薛晓路 著

华艺出版社
HUA YI PUBLISHING HOUSE

特别鸣谢参与此书改编创作的余姗姗，她的才华令此书锦上添花。特别鸣谢美国慈爱月子中心（CIAIBABY）及宗谦女士提供采访支持！一并致谢！

目 录

Chapter 1
Baby出口西雅图

【文佳佳的座右铭是：追求烧钱的快感】

人们如何赞美一个生活环境优雅、人文色彩丰富的城市呢？

美国人喜欢给城市标一个Title，比如"最佳生活工作城市"，比如"生活质量最高的城市"，再比如"最健美的城市"。以上这些Title都是赋予西雅图的。但是到了中国人眼中它们就会被自动转化成"消费水平非常高的城市"。

消费水平高，就意味着它会将自己手里的钱变得越来越稀少。穷人之所以怕穷，因为手里的钱实在所剩不多。说到底，这还是因为跟有限的生命比起来，钱更有限的缘故。

物以稀为贵，钱当然是越多越好的。

前些年，文佳佳从尼泊尔过境去不丹时，还曾感叹过不丹人民生活如何无忧，因为那里确实没什么可以花钱的地方。不过由于不丹每年只限定了七千五百个旅客名额，便立刻显得这个国家物以稀为贵起来。

换句话说，你就算有钱，也未必去得成不丹，那里的拒签率可不是唬人的。这么一想，文佳佳顿时有了万里挑一的优越感。

当然，如果不丹的消费水平能再高一些的话，那就更好了。不过那样一来，它也不会只限定七千五百个名额。

文佳佳很有钱，也喜欢买限量版的奢侈品。当她选择一个城市短期居住时，必然会先观察当地的消费水平。

消费水平越高的城市，越说明这里可以挖掘出的烧钱的快感越大，比如西雅图。

资料里说，西雅图和中国的重庆是姐妹城市。对此文佳佳非常不能理解。

这意思是不是说，我从重庆出发直飞西雅图不用办出国手续了？有谁看望自己的姐姐、妹妹需要办出境、入境手续的？还是说，西雅图的城市建设、经济实力、历史背景都和重庆有异曲同工之处吗？那为什么我大老远地要跑去西雅图生孩子？如果去重庆生的话，重庆政府会不会乐于为这个其父不详的孩子上个高级户口呢？

文佳佳翻看着手里那些和自己半点不搭界的资料，又发现西雅图的人口竟然有百分之三十六的人口拥有硕士或更高学历，那是不是就意味着西雅图人普遍好学，普遍聪明，普遍高薪呢？

再往下看，自一九九四年以来，西雅图的犯罪率下降了百分之四十二，汽车偷盗率却上升了百分之四十四。哦哦，看来西雅图人普遍开好车，所以其他途径的犯罪者都普遍转行偷车了；并且二手车的销路应该不错，自盗自销的市场前景一片大好。就像北京人谁没丢过几辆自行车、几部手机一样，有顺利销赃的，才有为虎作伥的，谁也别埋怨谁。

虽然文佳佳带着批判式的审美眼光，也不难从这些资料中看出很多小门道。但是当别人问起她"你为什么要去西雅图"时，她仍会不假思索地告诉对方："因为那部《西雅图夜未眠》，因为它是浪漫奸情的发源地。任何一个偷偷意淫过奸情的女人，都不想错过这样的城市。"

当老钟第一时间听到文佳佳这番高谈阔论时，他张大了嘴巴，虽然他很喜欢这个女人，但是依然惊讶于她偶尔的歪理邪说。

文佳佳隐约能看到老钟嘴里微微泛白的舌苔，脑子里浮现出一个词

——"瞠目结舌"。

但稍后当她把这段言论发到微博上和好几万粉丝共享时，粉丝们则对这种可爱可亲的小女人言论普遍表示支持和肯定。

当然，决定去西雅图生孩子，都是文佳佳怀孕以后的事了。在这以前，她只是向往西雅图，却从来没有机会落实。

这世界上人人都爱做美梦，文佳佳做着去西雅图的美梦，几万粉丝们做着希望拥有文佳佳式生活的美梦：以购物为主，以恋爱为生。

偶尔陪老钟看煤炭产业新闻时，文佳佳总会碎碎念："这么多煤，这能买多少个爱马仕啊！"

不日，文佳佳就会收到最新款的爱马仕包，拍了美图就传上微薄与民共得瑟。

有的愤青抨击她说："不就是一个放纵下贱的女人嘛！拽个屁啊！"

文佳佳回道："不在放纵中变坏，就会在沉默中变态哦！亲！"

接着，文佳佳又在微博签名上挂了这样一句："我靠，我爱的人名花有主，爱我的人惨不忍睹！你以为我想啊！"

那天晚上，老钟搂着文佳佳问道："你说爱你的人惨不忍睹，说的是谁啊？"

文佳佳眨眨眼："就那些不长眼的自不量力的人呗。"

老钟沉着脸不说话，文佳佳立刻吧唧一口亲上去："当然你除外了，老钟！"

老钟跟着乐呵。

平日里，文佳佳偶尔会陪老钟出席一些私人聚会，席间几个款爷总会叫上一瓶法式红酒，什么"拉斐"啊，什么"拉图"啊，大多是八二年

的，那时候文佳佳还没出生。只是这些品酒的款爷们，只会关注它的年份，却从不关心即便是八二年的拉斐，它的品尝年份也是有限定的，或早或晚都不行，太早是浪费，太晚则是露怯。

有的时候酒醒的不够，那味道简直比尿还难喝，对此文佳佳深有体会。

只是这些款爷和款爷怀里的小三儿却没有一个提出过质疑，无不是一脸享受，那神情就像是抽了大麻，浑然忘我，自我世界观无比的强大。

当然，文佳佳既没喝过尿，也没抽过大麻，那只是一种比喻。

她只会在离席以后，私下跟老钟说："什么破酒，怎么是馊的！"

老钟也会斜她一眼，笑她没品位，甚至觉得像是自己这样有钱又有品位的成熟男性，在无知和天真的文佳佳面前，额外有包容感。并且如果文佳佳绝地反击，他也准备好了见招拆招，顺便卖弄他丰富的红酒知识。

但文佳佳不会反驳，她只会腹诽，"你们有品位，那是因为你们觉得自己是在喝人民币！就是花高价买一瓶子尿也是香的！"

是的，就是人民币。

每天滑入老钟肠胃的不是食物，而是人民币，有时几百，有时数以千计，有时候甚至能上万。

而文佳佳自从跟了老钟以后，也过上了这种日子。人家当杀手讨生活是刀头上舔血，文佳佳讨生活就是整天舔食人民币。

有时候一顿饭吃了个万八千的，文佳佳走出大酒店，拍拍肚子舔舔嘴巴，就会说："这顿人民币味道真不错，除了咸点儿别的什么都没吃出来！"

买一件价值几万块的名家设计的小外套，文佳佳穿在身上满意得不得了，就会说："这设计师真有才华，设计的都是别人钱包里的钱！"

去趟珠宝城四处瞎溜达，文佳佳看上一块阳绿色的翡翠，又会说："不错，这块就比刚才那块绿了一丢丢，尾数就多了一个零！"

文佳佳没事瞎看看，没事瞎买买，没事瞎吃吃，出入的都是北京最高级的会所，消费的都是北京最高级的服务，结交的都是北京最高级的那批款爷和他们的小三儿们，但是最好奇还是这些高级款爷的着"装"。

这个"装"，是除了服装、化装，还有装洋蒜的"装"。

"低调的奢华"，这个词就像是天上的仙女，非凡人可以驾驭。反正在文佳佳的生活圈子里，她认识的那些三儿们选购的珠宝都一定是最奢华的，但和低调一定沾不上边。因为对她们来说，若一件商品只能体现品位却不贵，是不够摆阔的。

有人说，Mini Cooper和甲壳虫是京城最著名的两款二奶车，不过在文佳佳的生活圈子里，那些三儿们选的车一定是这种，既拉风又骚包。低调但昂贵的车是不行的，因为不够扎眼，也听不见将钱哗哗泼出去的声响。

北京城里的几百样著名小吃，当然在文佳佳的生活圈子里也不会出现。就算它们娱乐了文佳佳的味蕾，她也不能承认，因为它们没有经过米其林厨师的手，也没有装在价值几千块的盘子里，更没有出现在豪华酒店的顶楼餐厅里，不能让你产生做人上人的优越感。

当然，也因为这些俗物登不上上流社会，不够贵族范儿。

那什么是上流社会？

上流社会就是把下流事整得很上流的小型社会。

那什么又是贵族范儿？

贵族范儿就是买个土豆也要买全球最贵的五千块钱一公斤的那种范儿。

这些上流社会的贵族们每走一步路，都能直接和人民币挂钩，跺一跺鞋灰都能让股市抖三抖，随便捐个旧袜子都够贫困山区的孩子轮流穿上一年。

文佳佳每天面对这帮"装"大爷的孙子，心里经常出现"我呸"、"我靠"、"去你大爷"等字眼，尽管她的笑容可以得体到你找不出一条裂纹。

可以说，文佳佳是个小有批判精神的半愤青，至于另一半，已经掉

Chapter 1.
Baby出口西雅图

进钱眼里了。因为就是这些人的其中一员，恰恰成为了文佳佳的衣食父母。大家都叫他老钟，国内一特牛X的矿主，也可以称之为大企业家。

顺带一提，文佳佳烧老钟的人民币时，额外有快感。她甚至有一度认为，这年头人活着就是为了追求快感，不管你的目标是富可敌国，还是流芳百世，或者是拿"理想"当幌子做一些普罗大众不能理解的事，最终目的都是为了追求快感。

当然，也有人管这个叫成就感。

【寻找男人身上的优点，就像是母猴给小猴摘虱子】

朋友们都说，文佳佳特别会对付男人。

文佳佳自己却觉得，她既不会对付男人，更不会应付男人，她只是很善于帮一个男人将他身上隐藏的优点全都挖出来而已，就像是母猴在给小猴摘虱子。

哪怕是这男人身上没有优点，文佳佳也会立刻变身为自动转换器，将他身上的缺点都转化成优点。

这世界上有哪个男人不喜欢被奉承，又有哪个女人不喜欢被追捧呢？

因为文佳佳与生俱来的这项绝活儿，她时常被人在背后说是疯子。她听了挺高兴的，因为这说明她离成功已经不远了。

正常人是不能理解一个疯子的真实想法的，如果能，那么这些正常人早已成功。

而每个迈向成功的疯子都需要一个梯子，文佳佳的梯子就是老钟，那是她万里挑一的高级不锈钢梯子。

这梯子有很多优点，连梯子自己都不知道。

在一家私人会所里，一个同样追求烧钱快感的女朋友问文佳佳，为什么会选择老钟当ATM机。这朋友一直从旁观者的角度努力寻找老钟的隐藏优点，始终未果，所以对于文佳佳的痴迷也总是百思不得其解。

文佳佳很是志得意满道："哦，他有很多优点，比如，能养活我。"

不管是古代还是现代或是未来，社会和女人对男人的评价标准都是"他能不能养得起女人"，甭管他是医生、律师、检察官，还是个体户、厨师、作家。只要他的能力足以养得起他拥有的那些女人。那些女人是单数还是复数都不要紧。

比如老钟。当文佳佳小鸟依人地挽着老钟的手臂从精品店出来时，自会有司机跟在后面拎着十个指头数不过来的购物袋；哪怕是买辆骚包小跑，只要文佳佳的小下巴微微一扬，老钟就会掏出那张"没有什么是它买不起"的信用卡。

在文佳佳好奇的注视下，老钟颇为得意地告诉她，那张信用卡是没有限额的。但是文佳佳还是很好奇，所谓"没有限额"的上限到底是多少，如果她哪天突发奇想地买下一家公司，那张卡也能Hold住吗？

女朋友笑着反驳文佳佳："能养活你的男人有的是。"

文佳佳眨眨眼："这倒是。但是他显得比实际年纪要年轻。你知道，有这个经济实力的男人，大多老态龙钟不太管用了，有再多的钱也管不了这事。还好老钟还算过得去，最起码这几年还不至于关闸，只不过有一点点谢顶而已。"

文佳佳想到老钟奋斗在跑步机上大汗淋漓的身影，以及定期去美容院注射玻尿酸那任人宰割的微妙神情，不由地笑了。

不管是男人还是女人，只要有足够的人民币去勤奋维护皮肤和身材，就能把青春多留住几年。这就跟找个调音师定期为钢琴调音的道理一

样，买的是技术，消费的是"贵在坚持"。

至于谢顶，像是老钟这个年纪、这个身份、这个财力的成功人士，谢顶绝对是用来加分的，因为那是被智慧挤掉的标志。

女朋友想到自己傍着的那位，点点头道："我家那位最近肚子又大了一圈，让他出点汗减减肥就跟拿走他的全部财产一样困难，更别提做脸了。面膜都是我逼着他敷的，他那表情还特伤人，就跟上酷刑似的，我劳心劳力的容易吗，真是不知好歹！"

文佳佳掰着手指头继续说："老钟还懂一点艺术。"

老钟在高档KTV用嘶吼着"归来吧，归来呦，远在天边的游子……"时，额外的有魅力。他还有好几门方言和外语傍身，所以偶尔还会唱两首粤语歌、英文歌。

哦，对了，还有一支拿手的法语歌。

虽然文佳佳有听没懂，但是老钟一唱完她就扑过去献上几个大"吧唧"，语气别提多谄媚了，"难怪人家都说法语是这个世界上最迷人的语言，我现在终于懂了，老钟！"

老钟笑出了一脸笑纹，文佳佳看在眼里，心里却在想："啧啧，又该注射点人民币了。"

女朋友接话道："哎，我家那位就没什么艺术细胞。上次人家请我们去听歌剧，结果没十分钟他就睡着了。"

文佳佳更得意了，简直是在如数家珍，"还有啊，我家老钟够爷们儿！"

尤其是打呼噜的时候，呼声震天。

女朋友投来羡慕的眼光："男人还是不能太斯文啊，该爷们儿的时候就得爷们儿。"

要是三脚踹不出一个屁，那就糟了。

文佳佳笑眯了眼："他啊，不仅够爷们儿，还特善良。"

前两天，老钟才和一农民一起举着写有"慈善捐助"字样的牌子。老钟和农民握手时，现场瞬里啪啦此起彼伏的闪光灯，和他们面前桌上一摞摞的人民币，足以闪瞎任何一双狗眼。

女朋友没好气地白了文佳佳一眼，嘴里全是醋味儿："就是啊，那么多钱又花不完，做善事就是为子孙积德。照你这么一说，你家老钟是不错，简直就是个尤物。"

但是文佳佳却长叹一口气："可惜啊，人无完人，老钟哪儿都好，就是有个小小的美中不足……"

女朋友那张脸瞬间亮了，心里的酸味瞬间得到了中和："是什么？"

是该行的不行，还是不该行的太行了？

只听文佳佳道："他、有、老、婆。"

"喊！"

【男人的惊喜背后】

有一个外国哲学家说过："男人因为无聊而结婚，女人因为好奇而结婚。"

文佳佳脑海中浮现出一张十年前风格的结婚照片，男主角是老钟，女主角是老钟太太。

文佳佳就在想啊，难怪人家都说要在对的时间遇到对的人，才能成就对的感情。换句话说，不就是"一个女人要在最好奇的时间段，遇到一个正处于无聊期的男人，才能成就婚姻"吗？

但是文佳佳转念又一想，当初她找上老钟，不也是出于好奇吗？

那老钟自己呢？无聊症又犯了？

这么一分析，文佳佳顿时觉得，无聊的男人和好奇的女人不仅能成就对的感情，也能成就对的奸情。

难怪这年头的小三儿这么多。

只可惜啊，社会舆论一向只抨击天性好奇的女人，而且用词简练犀利，就一个字：贱。

或者再加一个动词：犯贱。

但对男人就包容很多，还总是用一副无奈的口吻遣词造句，比如"哪个男人不偷腥啊"，比如"天下乌鸦一般黑啊"等等。

鸡蛋里挑完了骨头，文佳佳又意犹未尽地想："其实老钟还有一个优点，那就是听话。谁的话都听那不是优点，只听她文佳佳的话才是。"

文佳佳和女朋友分手后，走出私人会所的大门，司机等在车边，等文佳佳走过来为她打开车门。

文佳佳一低头正准备坐进去，却在本该空空如也的后车座上望见了老钟。

她低呼一声，喜上眉梢地冲进去，偎进老钟的怀里。

"你怎么会在这里！"

"给你个惊喜。"

瞧瞧，老钟又多了一个优点：制造惊喜。

男人的惊喜，对女人来说就意味着浪漫。

而浪漫，是维系爱情温度最有效的手段。

不过，在老钟的惊喜背后，还有一场饭局。

也就是说，男人肯花心思制造浪漫，都是建立在有利可图的基础上的。

除了老钟和文佳佳以外，这场饭局还有另外三人在场：一位是经常上财经杂志和财经新闻的某银行家，一位是银行家无聊时和好奇太太生的女儿，一位是银行家无聊时找的好奇"宝贝儿"。

文佳佳真是佩服这位银行家的魄力，也十分佩服他女儿和那位宝贝儿竟能相处得如此融洽，只是不知道在家里的那位正室作何感想。

再看看身边的老钟，文佳佳又想，要是自己和他女儿齐坐一堂，欢声笑语，他能不能也像这位银行家一样淡定自若，老僧入定？

不过，老钟没有女儿。

更没有儿子。

这就是老钟和老钟太太之间最大的纠结。

银行家的宝贝儿丽丽很会拉拢人脉，蛊惑人心，双方见面还不出十分钟她就靠过来跟文佳佳攀谈，抓着文佳佳的手直称赞她指甲做得好。

文佳佳耸肩道："哦，就是最近正流行的猫眼甲，你也去做个试试。"

丽丽很会举一反三，"我啊，想开个美甲店，平时和女朋友们联络联络感情，还能帮我老公笼络笼络朋友们的太太，更能娱乐自己。"

丽丽眉飞色舞地阐述自己的理想，但她过了一会儿又觉得女人之间的交心是需要一来一往的，便转而客气地问起文佳佳的理想。

文佳佳想了想，不太认真道："开个画廊，弄个游艇俱乐部，要不然弄个私人会所，只招待金领女性那种，男人谢绝入内。"

丽丽正要点评，那银行家的女儿却先凑过来插了嘴："哎，画廊这玩意儿开在中国太不实际了，咱得开在法国！中国人有几个懂得欣赏绘画艺术的啊？游艇俱乐部更不行了，北京连个海都没有，难道要给游艇安个轮子吗？还有那什么私人会所，只招待女人的，会有人来吗？不可行，简直太不可行了！"

文佳佳一时难以成言，这会儿终于觉得"仁者见仁智者见智"是绝

对真理。文佳佳没有说，其实她还有个理想，或者说是梦想，不过说给她们听也引起不了共鸣，索性藏起来。

她转而问银行家的女儿："你多大啦？"

"二十一，在美国上大三，趁假期回来看看。"

"哦，学什么专业的？"

"传媒。"银行家的女儿扬着下巴，那劲儿头就像"传媒"是她发明的一样。

"哦，那以后也打算做这行吧？"文佳佳已经开始后悔开启这个话题了，但见对方一脸极度希望得到别人肯定的表情，也不好不继续。

果然，银行家的女儿仿佛一瞬间找到了值得发牢骚的知音，口沫横飞地"巴拉"了三四分钟，就把中国传媒彻底改革了，又"巴拉"了三四分钟，就把中国传媒的历史都否定了。

银行家的女儿认为，改革是一切进步的最初，又认为，她这一代之所以会这样不辞辛苦地思索改革的良策，那都是因为前人留下了太多的烂摊子。

而文佳佳这会儿又不得不感悟，"初生之犊不畏虎"也是绝对真理。

一个字：狂。

或者再加一个副词：忒狂。

过了不一会儿，丽丽向文佳佳介绍起近期在京很流行的一个佛学班，据说很多大款都去上了课，丰富精神之余也能网络人脉。

丽丽花了五万块听了两堂课，对着文佳佳细数着她对人生发出的感慨，声称突然看懂了生命的奥秘。

银行家的女儿在一旁啧啧称奇："这么神，五万块钱就能搞懂人生了？那我也得去听听。"

文佳佳心想："嗯，换做是我，就是没听懂也得说听懂了，这样才不会显得我花五万块钱听两堂课太傻逼。"

一个五万块就让你一次搞定人生奥秘的骗局，还有这么多大款们都巴巴地去上当，这个教课的老师简直可以写一本《骗术传奇》了。看来赚钱还是重在于骗的。

佛学课的话题刚落下帷幕，几人又聊起银行家的女儿在美国的求学史。

文佳佳不发一言地旁听着，并时刻准备着当对方的眼神投向自己时回以微笑，而不是翻白眼。

银行家的女儿高中就读于全美数一数二的私立学校，一学期学费几十万，师资优良，升入一流大学的几率过半。但是很可惜，银行家的女儿没有成为那一半的幸运儿，最终只是挤进一所排名四十几的美国大学的媒体专业。

看来，这世界上还是有一些东西是用钱堆不出来的，比如哈佛、耶鲁的录取通知书，比如智慧。

女人们这边聊得热火朝天，男人们那边也将事业谈得如火如荼。

文佳佳竖起耳朵听了两句，听出点眉目——他们在聊投资电影。

她在心里画了个问号，一个做矿业的老板和一个做钞票的银行家，两个人加在一起看过的电影连二十部也数不出来，怎么凑在一起就碰出了艺术的火花？

更凶残的是，银行家的女儿和丽丽竟然也加入了战局，她们都觉得能做电影是一件特别提升个人艺术素养和三观的事业，却没有一个人提出"电影要怎么做"的疑问。可能在他们心中，有钱就能做出好电影，钱砸的多了总会听到响声的。

文佳佳左看看右看看，眼珠子很忙，耳朵里贯穿的全是他们七嘴八舌的讨论声，他们的理想和理念都在文佳佳的脑海中无限放大，活脱脱是一出偶像剧。要是能偷拍下来放微博上，那比电影可好看多了。

最后，文佳佳顺便脑补了一下他们要做的电影画面，只有四个字可以形容：惨不忍睹。

她想，她终于理解了为什么中国电影产量很高，但质量普遍难以和世界接轨的真正原因了。

【如果女人得了空虚症】

社会在进步，社会在发展，在进步和发展的推动之下，有很多疾病可以得到治疗，虽然治愈率不高。

当然，也因此多出了很多新生疾病，慢性的、急性的、身体上的、心理上的等等。

比如抑郁症，比如夜食症，比如空虚症。

前两者有很多人都知道，那么后者呢？

空虚症和孤独症不同。孤独症是一个人的孤单，但空虚症却是不管你是不是一个人，你都会感到由内而外的空洞。哪怕是你深处人声鼎沸的自由市场，哪怕你掉进了像是蛤蟆坑一样的游泳池，哪怕你穿行在人踩人的庙会里，你都摆脱不了"孤单"对你的依附。

空虚症无处不在，尤其普遍存在于一些认为自己没有病的群体身上，他们以为自己很正常，其实他们都处于即将崩溃的边缘。

百度百科对于空虚症的界定十分广泛，"越生越穷，越穷越生"、"独身"、"政治独裁"、"追逐名利"这些现象都成为了空虚症的典型症状。

文佳佳也有空虚症，而且很严重。但她也像大多数人一样，对自己的病情毫不知情。后来仔细想想，或许就是因为这种现象存在的太过普遍，所以才会被她忽略。

这就像是胃病，因生活在都市里白领大多肠胃不好，以至于这种病时常不被当做一回事。但即便全世界的人都有胃病，这也不代表得了胃病的你不会为病痛所累。

空虚症也是一样。

文佳佳的空虚症表现特征是：不花钱空虚，花完了钱更空虚。

告别了银行家以及银行家的宝贝儿和女儿后，当晚，老钟亲自坐车送文佳佳回到她的公寓里。

文佳佳将做好的龙虾意大利面盛在一千多块买的盘子里，再放在老钟面前那张不知道多少万的餐桌上。老钟拿着意大利钢制叉子卷起意大利面往嘴里送，嚼了两口，非常满足地"嗯"了一声，又一次不厌其烦地称赞起文佳佳的厨艺。

文佳佳也不厌其烦道："那是，我跟你之前好歹也是个美食杂志的编辑，见得菜式多了去了，自己又喜欢做，再不好吃能对得起您的胃吗？"

老钟特给面子地吃了两大盘，频频说"好吃"，然后又端着文佳佳亲手冲的消食茶坐在沙发上看新闻，翘着那一晃一晃的二郎腿，老神在在。

老钟有时睡觉也这副姿势，有专家说是那是因为自恋。

文佳佳也在心里频频点头，这男人要是不自恋，也不会把自己捯饬的这么人模狗样的——她也不会看得上他。

人有钱，还要学会怎么花钱，花不好就土了。

在土和时尚之间那条分界线上，钱往往会起到反作用。

好在老钟不土，这都归功于他的自恋。

老钟喝完茶，看完新闻，搂着文佳佳进卧室做完了奉献，又乖乖坐车返回老钟太太的身边。

文佳佳裹着睡衣，环抱着双臂，一个人站在公寓床前，眺望着北京的夜晚。窗户外灯火辉煌，那景致就像是撒在黑蓝色的绒布上的大大小小的钻石，简直比天上的星星还要好看。

可是，文佳佳却觉得很孤单。

以前没有爱马仕的时候，文佳佳偶尔也会没有安全感，以为爱马仕就是买断安全感的唯一保险。可是现在有了爱马仕，文佳佳却开始觉得空虚。

如果说，钱能解决的问题就不是问题。那么现在文佳佳遇到了连钱也解决不了的问题，又该用什么解决？

说实话，文佳佳自己也不知道。

而这个"不知道"，就像是在心里裂开的一条黑色隧道，越扩越大，逐渐形成一个无底黑洞，用再多限量版的爱马仕也填补不满。爱马仕可以满足她一时的快感，但在那快感之后，随之而来的，是更大的空虚。

随着时间的推移，文佳佳独自站在窗前眺望北京夜景的次数也越来越多，扑面而来的空虚感令她有种灭顶的绝望，就像是被黑寡妇缠住的猎物，在冰凉的毒液一股脑的注入体内后，又眼瞅着自己被它拆卸入腹却无能为力的那种绝望。

文佳佳觉得自己简直上瘾了，上了空虚寂寞的瘾。瘾犯了就得花钱，可钱花完了反而更加重了病情，只能用更多的钱去压制。久而久之，就像吸了鸦片一样，享受背后是一望无际的无间地狱。

黑暗是那里唯一的颜色，深陷其中的人都恨不得能有一双力大无穷的手，将自己从那里拽出去。

文佳佳很快就找到了那双手。

但它并不力大无穷，它只是一颗活跃的精子，来自老钟，在几个月后的某一天，终于在文佳佳的子宫内着床。

文佳佳在妇产科开出的化验单上看到这样一项：尿妊娠试验（+）。

一个人的时候，是（-），多了一个人，就是（+）。

文佳佳怀孕了。

她第一时间将消息告诉老钟。连她自己都还没有从这个惊人的事实中醒过神来，就被老钟一把搂进怀里，听着他胸口咚咚咚地跳动，瞪着他兴奋地涨红的脸。

老钟鼻孔微张："太好了宝贝儿！"

文佳佳乐得说不出话，她也觉得太好了，她的空虚症不药而愈了，下一刻就拿起老钟那张据说没有限额的信用卡，兴高采烈地冲向新光天地。

同样的烧钱，几个月前是雪上加霜，几个月后就成了锦上添花。

钱的作用是正是负，还是要取决于人的心境的。

后来，文佳佳还不忘志得意满地想，年届中年的老钟尚存实力，看来问题只是出在老钟太太身上。

但在嘴上，文佳佳将怀孕的功劳，都归功于老钟的勤加锻炼以及她让他吃的那些健康食品上。

老钟笑得合不拢嘴，只会说"是是是"。

这个时候，准妈妈说什么都是对的。

只是好景不长，文佳佳的得意终于在她孕吐得最厉害的那个早上破灭了，连最喜欢的Chloe小短裙也扔在一边。她蹲在洗手间的马桶跟前呕声连连，恨不得连胃一起吐出来算了。

等文佳佳喘过一口气撑着洗漱台站起身时，镜子里也同时出现一张惨白的面孔，连嘴唇也是白的。

惊得文佳佳立刻骂了一句脏话："怀孕真TMD受罪！"

据说，这样的孕吐过程将持续三个月，而她连三天都没挨到，就要崩溃了。

但是文佳佳没想到，比这个更加难缠的，还在后面。

——孩子如何落地以及落地在哪儿？这成为了改变文佳佳一生的转折点。

【Baby出口西雅图】

在这个世界上，任何人、任何事、任何东西都有一个价钱。别说什么买卖人口是犯法的，打从一个人出生落地开始，就和买卖挂上了钩。古代管这个叫人头税，现代管这个叫社会抚养费。

社会抚养费是因人而异的，像是文佳佳这样的例子，交的钱往往是别人的好几倍，俗称罚款。

罚款的内容款项有这样两条：

未满法定婚龄生育的，按照一点五倍至二点五倍征收；

有配偶的一方与他人非婚生育的，按照第一项、第二项规定的标准加倍征收。

文佳佳过了一下脑子，觉得自己和老钟罚款加起来一定会很多。

自从跟了老钟以后，文佳佳就辞去了工作。她和老钟自然不可能结婚，所以在她肚子里着床安家的孩子只能是私生子。

光以上这两点就足以让文佳佳为准生证问题操碎了心，更不要说孩子生下来以后上户口的问题。

老钟有钱，自然就有对策。但文佳佳还是很发愁。

她发愁的不是孩子怎么落地，而是孩子应该落在哪片土地上。

是阿拉斯加？还是温哥华？还是巴登巴登？

办签证去阿拉斯加最快最方便，只要当地赌场发过来一张邀请函即可。可是，让一个孩子生在赌博城市似乎不太合理。

温哥华倒是著名的华人聚集地，只可惜华人太多，异域情调大大减少。

至于巴登巴登，文佳佳听说过，那可是个以洗浴闻名的度假胜地，尤其是那儿的露天男女混合裸浴。不过，这跟生孩子似乎也没多大干系。

就在文佳佳对着世界地图左右为难时，那位银行家的宝贝儿丽丽，也不知从什么渠道得知了文佳佳的好消息，赶在第一时间前来奉献第一手资料。

文佳佳正被孕吐折磨得死去活来，连形象也顾不得了，请丽丽在家里小坐。

丽丽一见文佳佳的脸色，惊呼出声："你的脸白得像鬼！"

文佳佳翻了个白眼，气若游丝地说："你的脸色就像是活见鬼……"

丽丽咯咯笑了，跟着文佳佳走进屋，又接二连三发出各种惊呼，高低起伏的就像是抛物线："哇，这装修……啊，这家具……天呐，这摆设……"

等丽丽终于觉得口渴了，才自觉地到厨房倒了一杯水，咕噜咕噜喝光了才走回客厅坐到文佳佳身边。

文佳佳半睁着眼，对着一脸茫然的丽丽，忍不住提醒道："你不是带资料来给我看的吗？"

丽丽一拍脑门，恍然大悟："哦！对对对，瞧我这记性。"接着从随身包包里套出一叠文件，"这些……这些……还有这些……都是教你怎么生孩子的……不，不对，是教你在哪里生孩子最保险的。"

文佳佳拿起来一看，所有文件都指向一个城市，"洛杉矶"。

丽丽口沫横飞地将一个女朋友到洛杉矶生孩子的经历，一五一十地告诉了文佳佳。

洛杉矶是美国第二大城市，有四十多万华人，他们之中还流传了一个口号："头一年豪言壮语，第二年无言无语，第三年胡言乱语。"

大多数华人的淘金梦在洛杉矶开始，也在洛杉矶破灭，到最后才明白，有钱到哪里都是享福，没钱到哪里都是受罪，甭管是在中国还是在美国。在洛杉矶为了孩子的美国身份失去太多的人，比比皆是。

若想同此路，留下买路财。在美国生孩子到底还是有钱人的通道，没钱的也可以过，但总需要担风险。

丽丽的女朋友就在机场亲眼鉴证过别人的"风险"，那也是一个大着肚子的孕妇，由于托付的中介没能和美国移民局的人完全打好关系，以至于她出关时被移民局的人盘问了三个小时。但丽丽的女朋友却一路畅通无阻，甚至还有机场的白人官员专门为她带路，走特别通道，享受特别待遇。

文佳佳长叹一口气，有钱和没钱的日子她都过过，没钱的苦她吃过，有钱的空虚她也尝过，在这件事上再没有人能比她更有话语权了。

文佳佳说："如果冒这么大的风险最终也出不去，就太可怜了。"

但丽丽却说："可怜？我不觉得。谁叫她没钱。没钱就该在国内老老实实待着，跑什么国外生孩子啊，这不是自找不痛快嘛！"

文佳佳没接茬儿，主要是知道即便替那个素未蒙面的孕妇反驳几句，也不会得到丽丽的认同。说不准丽丽还会反过来噎文佳佳一句："你不也是为了钱才跟老钟的吗？"

接着，丽丽很快讲道她那个女朋友的经历，对方姓李，名字不便透露，只得称呼为"女士"，因她已经年逾四十，称呼为小姐实在有些侮辱的意思。

李女士过了四十才生孩子，年轻时和老公一起忙活事业，把公司做得红红火火，资产几个亿，自然没时间管肚子里那些事儿。

后来临近四十五岁了，李女士终于怀上了一胎，宝贝得不得了，所以连国籍也要力求更上一层楼。

他们两口子将孩子落地的地点定于美国的洛杉矶，因那边华人多，因那边生活质量高，也因那边聚集了他们生意上的很多朋友。

朋友们一听李女士怀孕了，也都在鼓吹他们赶紧来洛杉矶生，简直把洛杉矶吹得天上有地上无的，还一一列举了住在他们附近的各种名人。

除了聊如何生孩子的严峻问题以外，文佳佳和丽丽还聊了洛杉矶的治安情况。

丽丽说，洛杉矶的富人区的治安比国内好很多。似乎在那边，犯罪率基本集中在一般区域和穷人区，富人区不仅警察更多，富人们的素质也高，所以犯罪指数相对低迷，富人区的警察们也不得不闲散度日。

文佳佳想，这可能是因为富人的生活太好，所以偷盗意识过低，哪个富翁会吃饱了撑的跑大街上去打劫他人？除非他想获得另类的生活体验。

丽丽继续说，李女士在国内找的中介公司，包了一条龙服务：陪你出关入关，陪你坐月子，帮你办妥生产医院，包括生了孩子以后帮你的孩子办理绿卡，连同母亲的移民手续一起办妥。

但李女士夫妇比较有个性，李女士入了美国国籍，但李女士的老公没入，主要是为了双管齐下。一个在美国做点房地产生意，一个在国内将大本营坚守牢固，然后两人再为了短暂小聚而时不时在天上飞来飞去。

文佳佳忍不住说道："既然他们一家子不愿都移民，那为什么还要去美国生孩子，让自己的Baby成为美国人？他们起码还是合法夫妻，也不存在在国内生孩子上不上户口的问题。"

丽丽被文佳佳的问题难住了："他们两口子的事我也说不好，估计是为了赶流行吧！"

然后丽丽仰头想了想，又说："哦对了，她最后好像也没入五万美

金那个套餐，月嫂是她自己单请的。一个月一万多美金呢。"

文佳佳惊呼一声："这么好赚！"

她不禁想，要是当年自己也能想到跑去美国当个月嫂，那她也犯不着勾搭老钟了。

丽丽咧咧嘴："你以为能多好赚，一分钱一分货，给有钱人当月嫂的哪个不是被呼来喝去的，首先得能受得了那份气，心也要细，然后才能论是不是挣得了那份钱！"

文佳佳点点头，进而问："哎，那你那朋友也是住月子中心吗？"

"好像不是。"丽丽一边翻资料一边说，"我记得她是一早就在那边买好了房子了吧，她在国内是做房地产的，到了美国也做这个，但是花了多少万美金我不记得了……总之她住半山富人区，可能离那边的二奶村还是有段距离的吧？"

文佳佳一惊："二奶村！"

就是说，那是一个二奶云集的"村落"？

那是先有的成批的二奶，还是先有的村？

怎么二奶都赶在一处买房子？

丽丽特别得意地抛八卦："吓着了吧！我第一次听见的时候也吓一跳！我打听了一下，那边二奶村里的都是一些档次不是很高的房子，就花个五十万去美国投资移民的人的聚集地，大多是为了拿个绿卡或是跑去生孩子的人。头五六年啊只有几十家这样的月子中心，现在发展到几百家了，都形成产业链了，可见中国人到美国生孩子已经成为一种流行了。"

丽丽还说，在二奶村的房子就像是国内的农家院那种结构，不过比真正的农家院要高级得多，而那里面的孕妇们大多十几个聚集在一处，统一由一两个月嫂管理，这样的月嫂一个月也能挣六千多美金。

当然，这种情况指的是国内一些小中产阶级。

真正的有钱人自然像是李女士那样的做派。人未到声先至，自己不用操心，全由律师出主意。这边肚子刚刚有了眉目，那边房子已经买好，手续全都办好，一对一的月嫂请好，最高级的保险买好，连出关都有美国警察单独领着走特别通道，人家海关官员明知道你来美国是为了生孩子的，也可以当做视而不见。

　　看来，美国的法律还是主要为有钱人服务的。

　　可谁叫您有钱呢！人家巴不得你来美国移民，好将他们的经济水平拉高几个百分点。

　　可是李女士的老公忒有个性，什么都办齐了，自己就是不移民。

　　文佳佳也有钱，但都是老钟的钱，比起李女士的实力实在是小巫见大巫，没得比。但就算有钱，文佳佳也不想移民。至于为什么，她想应该不是因为自己多么有爱国情怀，只是出于不想去美国做少数民族的心理吧。

　　丽丽临出门前，才像是突然想起什么似的，抓着文佳佳的手腕，瞪大眼道："对了，你千万记得，约好剖腹产以后，还要一起约个抽脂手术！"

　　文佳佳倒抽一口气："抽脂手术！现在美国女人生孩子都一拖二了？"

　　丽丽哈哈大笑："不是不是，只是我那女朋友就是先剖腹产，紧接着又做了个抽脂手术，这是她的经验之谈，说人会瘦得快一点儿！不过啊，就是得多受一次罪。你想，那抽脂手术可是随便做的？照样有生命危险是不？不过女人为了漂亮，是连命都可以不要的！"

　　文佳佳抽搐着脸恭送了丽丽。

　　再后来，文佳佳将此事跟老钟一念叨，老钟连连摇头，直说："不行，不行，你是去生孩子的，不是去移民的，不用办这么多手续。"

　　老钟的潜台词是：万一你一去不回了，我岂不是赔了夫人又折兵？

文佳佳眨眨眼，说："是啊，听说洛杉矶查的最严了，因为那边华人最多，其实我也不太喜欢那边。"

老钟拧着眉分析道："在那边买房子也暂不能考虑，买了房子就必须住，住了就成了移民了。就算移民，将来也是我带着你和孩子一起过去，哪有让你们母子俩先过去的道理？"

老钟这回的潜台词是：煮熟的鸭子哪能飞了？

文佳佳忙附和道："是啊，房子是不用的，只要能让孩子平安生下来，把美国身份拿到了就可以了，咱们也不用太张扬……依我看，也不用请一对一的月嫂了，但也不能用一对十几个孕妇的月嫂，那哪忙得过来啊？要不就找个……一拖三的？"

老钟乐了："好好好，这个你来拿主意。"

几天后，文佳佳找到了那家丽丽介绍的中介公司，将美国的情况问了一溜够，可在这之前，她甚至还没决定到底要去美国哪个城市。

人家中介公司是不在乎这个的，只要你有钱，也决定去美国生孩子，去哪个城市他们都有钱赚，都会热情招待你。

中介公司的人私下里告诉文佳佳，找他们办理手续的二奶，除了是为了去美国生孩子以外，还是为了得到一个合法的美国身份，好在那边安居乐业的。

但是文佳佳首先想到的却不是晋升美国公民以后的美好蓝图，而是一个女人带着一个孩子在美国要如何生活的现实问题。

陪坐在一旁的丽丽，很快为文佳佳答疑解惑了，"哎，好多二奶过去以后每个月靠着国内男人寄过去的赡养费，照样过得风生水起！要是真那么倒霉，赶上国内的靠山倒了，她们还可以用美国身份向政府申请补助。还有好多人把房子分租给到洛杉矶读大学的大学生，靠房租也可以过活的。当然了，也有男人带着老婆和二奶、孩子一起移民的例子。"

文佳佳不禁想到前几天老钟的那句"就算移民，将来也是我带着你和孩子一起过去"，只觉得一阵好笑，有些分不清那是老钟异想天开地认为她和老钟太太可以和平共处，还是只是一时的缓兵之词。

但丽丽却特别乐观道："我们家那位也说了，将来要是移民美国，一定带我一起！我是无所谓啦，我去了也是为了购物，只要他有这份心就够了！"

文佳佳崇拜地望着丽丽，觉得她简直神了。

那中介公司的人一见文佳佳和丽丽聊开了，连忙不落人后地继续奉上第一手八卦，"还有好多女人来美国找个老外假结婚的，只要花七八万美金就能搞定。还有一些来中国工作的老外在这边找个女人，等回国的时候再连同行李一起打包带回去。不过老外都很精，尽量都等结婚手续办齐了再走。当然，也有一些老外经常往返两国的，也会在中国买一套小房子，方便和他们找的中国情人约会。这样的情况，老外都找已婚的，也省得负责任是不。"

这样的风土人情令文佳佳啧啧称奇，不禁想起上学时学校里的一个男外教，他是加拿大人，四十几岁，曾是律师，最辉煌时在加拿大有好几处房产，好几辆BMW以及好几个情人。但是后来离婚了，这些"好几"都成了前妻的财产了。

哦，不，除了情人……

这件事告诉我们，不管你是逻辑清晰的律师，还是美国总统，只要你是个已婚男人，都会免不了被美人计弄得身败名裂。

文佳佳很好奇，在这些找中国女人结婚的老外之中，到底有多少个是被中国女人弄得身败名裂的？

是不是女人不狠，地位就真的不稳了？

这些现象到底是说明了社会现实，还是人更现实？

离开中介公司以后，文佳佳的情绪一直很低落。和中介公司员工的一席谈话，令她越发觉得生孩子并不单单是从怀孕到剖腹产的过程，而是斗智斗勇的曲线图。

当文佳佳随口问起丽丽，现在李女士和孩子如何时，丽丽的情绪也一下子掉到了谷底，"哎，她工作太忙了，美国中国两地跑，孩子只能交给秘书和小阿姨带。听说啊，那孩子吃的都是浓缩牛奶，没吃过什么母乳，小阿姨也不会英文，都不敢带着孩子出门。孩子从小就一身是病，真是太可怜了。"

再后来，李女士为了方便业务和人际交流，她在国内的朋友遇到生产问题时，也大多住进她在美国的豪华大别墅里，再请个专业月嫂一对一服务，办理的自然也都是最贵的保险，一生产完就给你喝冰酸奶，独占一套医院病房，身边围绕着形形色色的华人，之后医院还会送一大堆尿布、奶粉等Baby的生活用品。当然，这些都是包括在高级别的保险范围以内的服务，一般保险是没有的。至于家里的小保姆，多塞点红包再送点小礼品，她就会把你从汗毛到骨子里都照顾到。

还有那些带不回国的东西，比如婴儿车，只要买来用一个月照样可以退回商场。这一点和国内大不一样。

有很多人专门抓住了这一点大做文章。比如，A先去商场买个豪华音响组合，用个几天拿回去无条件退货。尽管这件东西依旧保持着全新的状态，但由于是二次销售，也必须作为打折品处理，也许五折，也许六折。这时候，A的朋友B就可以花砍掉一半以后的价格，再将这套音响组合买回来。

文佳佳越听越心寒，但不是心寒于人心太过叵测，而是心寒于自己竟然不具备这样叵测的人心，出了国大概也很难占到便宜。

就在数日后，当文佳佳正准备向Baby抛锚洛杉矶的大流行缴械投降时，行事说风就是雨的丽丽就带来一个足以改变文佳佳一生的消息："美国洛杉矶奇诺岗的爱马仕月子中心，因当地居民上街游行抗议扰民后，被当地政法通过法律手段而取缔了。"

文佳佳心里一凉，连忙上网翻找相关新闻，很快看到这样一段话："他们打出诸如'给我十万，还你一个价值九百八十万的美国宝宝'、'美国产子，投资回报率超过抢银行'之类的夸张广告，生意也着实越来越红火……据不完全统计，2007年时中国大陆赴美生子人数在六百人左右，今年这个数字或将超过一万。然而，当越来越多中国人对赴美生子蠢蠢欲动之时，在赴美生子产业最集中的南加州，华人月子中心却遭到了越来越多当地人的抗议。而在记者的采访中，也几乎个个有着赴美生子经历的新妈妈们都对月子中心颇有微词。赴美生子，真的像广告里说的那么美好吗？"

文佳佳继续往下看，越看越目瞪口呆，简直不能相信一个月收费三千五百美金的月子中心，吃住还不如普通食堂，还把地下车库改成了房间，把厨房改成了婴儿房！

资料里还说，月子中心在美国还属于法律的灰色地带，出了事受害者是无处可投诉的。有不少深受其害的孕妇都在网上大吐过苦水，说这样的月子中心大多建在半山上，来来回回没有车坐，往返几十分钟，倘若真的遇到紧急情况，是非常危险的。而且这样挂羊头卖狗肉的月子中心，大多是不管帮孕妇办理宝宝的户籍手续的，典型的管杀不管埋。

那既然环境这么差，为什么还有很多华人不远千里跑去受骗呢？

丽丽在此时为文佳佳揭晓了答案："哎，说白了就是钱！洛杉矶那边服务周到的月子中心太少了，但是排队的孕妇多啊，这时候比的是什

么，当然是钱了！没钱的人怎么办，只能被这种广告忽悠，来一个宰一个，来两个宰一双！这天下啊没有白吃的午餐！"

丽丽说得头头是道，简直可以开学讲课了，但是文佳佳却有这个闲情逸致陪丽丽分析美国的灰色行业。

这样导致的直接后果就是，直到几天后，文佳佳还依旧徘徊在"孩子到底要在哪里生"的问题上。

她原本想托丽丽介绍的中介公司代为找一家价格最贵、服务最好、风险最小的月子中心，但对方兴许也受到了这次事件的强烈冲击，行事变得十分低调。

听中介公司的人说，现在整个洛杉矶地区的月子中心都陷入了大混乱，已经有多家月子中心相继被查封停业整顿，甚至被告上法庭。

中介公司的人还说，现在正是美国月子中心大洗牌的关键时刻，但对于富人阶层来说，再多花几十万买个万全，是无伤大雅的。像是文佳佳这种追求高档月子中心的例子，是暂时无须担心的，只要肯在各方各面多花点钱，甚至专车接送，采用保姆和孕妇一对一或一对二的形式，还是问题不大的。

接着，中介公司的人又将整个洛杉矶的月子中心产业链从头到尾分析了一遍，说得文佳佳好一阵头晕脑胀，最后一拍桌子，叫道："够了！你别说了！洛杉矶实在太危险了！我决定换一个城市！"

但文佳佳想了又想，却想不出除了洛杉矶以外，她还能去哪里。

英国是不可能的，文佳佳从骨子里就不太喜欢习惯装腔作势的英国人。

法国也不可能，她的英文都已经烂到极点了，又怎么应付得了法语？

德国也是不可能的，德国人太过严肃，她会崩溃。

文佳佳在客厅里徘徊了良久，最后才一脸纠结地走到落地金属光盘架跟前站住脚，眼睛快速的扫过那一百多张各国经典爱情电影的光盘，就像是抽签游戏一样试图从其中找出一个落脚地。

《迷失东京》、《芝加哥》、《罗马假日》、《费城故事》、《午夜巴塞罗那》、《巴黎拜金女》、《一页台北》、《情迷拉斯维加斯》、《纽约我爱你》……《西雅图夜未眠》……《布达佩斯之恋》、《西西里的美丽传说》……

等等！西雅图？！

她怎么把它忘了呢？这可是她的Dream city啊！

文佳佳迫不及待地将《西雅图夜未眠》的光盘放进DVD机里，十六比九的宽大屏幕上很快就闪现出字幕。

接下来那一个多小时的时间，文佳佳再也顾不得其他，蓬头垢面地乖乖坐在沙发上，怀里揣着一个抱枕，全神贯注地投入到剧情里去。幸运地是，孕吐也暂时告一段落，仿佛那还没有形成baby的小胚胎也感受到妈妈的荷尔蒙波动，体贴地安分了好一会儿。

说起《西雅图夜未眠》，文佳佳身边的朋友都知道，但是看过的不多，更遑论这部戏的前身了。

《西雅图夜未眠》中的女主角安妮一出场，已经是即将结婚的女人了，换句话说就是名花有主。

安妮对未婚夫满意得不得了，但她不知道这只是"众人皆醒我独醉"，周围的亲朋没有一个人觉得他们合适的，只是出于不忍打击安妮的心理而难以启齿。

这样的安妮，向往着一见如故的恋爱关系，人们管这个叫"一见钟情"。

但不管是"一见"什么，当安妮终于遇见那个人时，是在她订婚之后。更讽刺的是，他们的相识甚至不是在面对面的情况，而是通过一个电

台节目。

那个人名叫萨姆，是个鳏夫，有个八岁的儿子，名叫乔纳。

妻子去世以后，萨姆带着乔纳一起从芝加哥移居到西雅图，在这座浪漫之都寻找亡妻留下的足迹。在很长一段时间里，萨姆整宿睡不着，幻想着亡妻就在自己身边，却没想到儿子乔纳洞悉了他的一切动向。乔纳见不得父亲自我折磨，便在圣诞夜打电话给电台的感情热线，为萨姆寻求新妻子。萨姆虽然无奈乔纳的怪异举动，却也不得不通过电台像所有听众讲述自己的经历，意外地博得了广大女性的爱戴。

听说后来有两千个女人想和萨姆取得联系，这里面也包括安妮。

安妮一面对自己说，她只爱自己的未婚夫，一面又忍不住写信给萨姆，相约情人节在帝国大厦上见面。乔纳对信中的安妮很有好感，对父亲萨姆说，他和安妮一定是前生注定的情人，就是中国人俗说的夙世因缘。但萨姆却不以为意。

直到萨姆在一个全无准备的偶然情况下，撞见了安妮。他们一见如故，或者说他们一见钟情，不约而同的认为对方就是自己要找的那个人。

由于本剧中的女主角安妮最喜欢的电影是1957年的一部老片《金玉盟》，所以在《西雅图夜未眠》热映期间，《金玉盟》录影带也因此热销了两百万个。

文佳佳不落人后，几年前她也找了一张《金玉盟》来看。

结果是，她哭了，痛哭流涕。

她终于明白为什么导演说《西雅图夜未眠》的灵感来源于《金玉盟》了，因为《金玉盟》中的男女主角阴错阳差地错过了在帝国大厦相见的诺言，所以才有了《西雅图夜未眠》的圆梦结局。

尽管男主角萨姆在片中称《金玉盟》是娘儿们电影，但它依然名列了美国最伟大的爱情电影第五位。

在影片进展到三分之二的时候，男女主角还没有见过一面，只是隔空通过信件来往。但也正是因为如此，才更加突出"一见如故"的威力，才更凸显出浪漫爱情的真谛。

没有女人不相信真爱，虽然女人总说："我看透男人了，我被爱情废了。"但是说这句话的女人，一旦再度遭遇爱情，仍旧会义无反顾地深陷进去。比如文佳佳。

"真爱可以打败一切细水长流。"这就是文佳佳爱上《西雅图夜未眠》的原因。

老钟来看望文佳佳时，文佳佳正沉浸在为真爱感动的氛围中，有些自怨自艾，还有些顾影自怜。

哎，老钟就是搞不懂，这些"娘们儿电影"有啥好的，从头到尾他一点儿剧情没记住，唯独记住了男主角萨姆的这句话。

可每次老钟这么一说，就会遭到文佳佳的大白眼。

那白眼翻得啊……技术！简直就是绝活儿！白得彻底，白得有内涵，一点黑边儿都不带留的！

可老钟呢，看傻眼之余，居然还觉得这文佳佳式有性格了！

"好好好，别哭了，你看他俩最后不是在一起了吗？你怎么还哭啊？"

老钟一通哄，一通劝啊，十来分钟过去了才终于让文佳佳消停下来。

老钟就在想啊，女人怀孕情绪不稳定这话真是没错，本来就是纯天然的情绪化动物，这再一怀孕，小猫立刻变成母老虎。

老钟正在这么想时，影片已经播放完毕。

文佳佳吸吸鼻子，伸手一指："我看孩子就在西雅图落地吧。"

老钟顿觉晴天霹雳啊，怎么一个电影就把孩子的国籍决定了？

再看文佳佳，已经没事儿人似的走进了洗手间。

"砰"的一声把门关上，屋里回音杳杳，老钟耳朵直嗡嗡。

等文佳佳从洗手间里走出来时，那十几分钟前的邋遢模样已经不复存在了，活似个刚洗净的青葱，白白嫩嫩水水灵灵地往洗手间门口那么一立，真真儿地招人喜欢。

老钟乐乐说："行，那就西雅图，办签证的时候咱得走走关系，这事必须慎重对待！"

文佳佳眉眼弯着，轻轻点头，笑得就像朵芙蓉花。

后来，当老钟醒过闷儿来，并试图对孩子落地西雅图一事表示质疑时，文佳佳就早有准备地呈上一组数据：西雅图是微软、亚马逊、RealNetworks、波音、星巴克、华盛顿大学的发源地；有百分之四十一的面积是水；有百分之三十六的人是硕士毕业；它海拔很低，却有古老的冰川以及活跃的活火山环绕……

老钟越看越头疼，提出一连串的问题。

这些问题或许也在文佳佳收集资料时或多或少地困扰过她，所以在为老钟答疑解惑时，文佳佳额外敏捷迅速。

老钟问："华盛顿大学？为什么华盛顿大学不在华盛顿？"

文佳佳一副看文盲的表情，"哦，因为西雅图属于华盛顿州。"

老钟继续扮演文盲："那为什么不叫西雅图大学？"

文佳佳给出了一个"文佳佳式"的答案："哦，因为西雅图已经有西雅图大学了，总不能让两所学校都叫西雅图大学吧。"

老钟愣了一会儿，觉得这么说十分有理，就没有再坚持。

但他很快又提出质疑："微软发源西雅图我知道，比尔·盖茨就住那儿。可这跟咱们去那儿生孩子有什么关系？"

文佳佳的食指敲在那几页资料纸上说："这几条要连起来看。你看，西雅图有微软、有波音、有星巴克，还有百分之三十六的人口是硕士。这说明在这座城市，走进这几家跨国大公司的机会大很多，也说明这座城市的教育水平普遍很高。而且，就全美来说，西雅图的犯罪里是很低的，足足下降了百分之四十二！"

老钟愣愣地听着，这才突然发现文佳佳是个很有潜质的销售人才。当她介绍一项美食时，介绍一款爱马仕包时，介绍一套卡地亚珠宝时，或者是像此刻一样介绍一座城市时，她可以很高明讨巧地闪避那个地方的所有缺点，再将优点无限延伸，极端发挥她的联想力，再对你洗脑，让你觉得即便是有缺点，也可以随时转化成优点。

老钟分明清楚地意识到自己正在被文佳佳同化，但他又觉得甘之如饴，虽然他对那个城市存有深刻的质疑，却又觉得，只要文佳佳喜欢，那花再多的钱也是值得的。

毕竟，有钱难买心头好，只要能博得文佳佳十个月的欢心，这一趟西雅图之行就算没白费。

只要这次去西雅图，不是连同文佳佳一起移民就好。老钟下意识地将洛杉矶和移民成疯之间挂上了等号，生怕文佳佳到了洛杉矶就会被那里的华人鼓吹的一起移民，将他扔在国内，然后再在美国找一个白人帅哥，让他的儿子管他叫爸爸。

然后，老钟又志得意满地想，等十个月后，他的儿子就会远渡重洋地回到中国，让他又多了一项可以吹牛的资本。瞧瞧，玩女人玩出了下一代，这换做别人肯定得心慌，可换做膝下无子的老钟，那就是歪打正着啊！

有钱人最怕什么？最怕自己花不了，又没有下一代帮忙接着花。

这下钱和儿子都有，齐活儿了，老钟觉得这就是他人生的最巅峰。

只是老钟完全没想过，要是一个女人有决心离开一个男人，在西雅图还是在洛杉矶是毫无分别的，她有没有孩子更加不是问题。

几个月后老钟就会知道，他高兴得太早了。

Chapter 2
西雅图的月子中心危机四伏

【孕妇过安检，就像做产检】

女人最令人美慕的身份是什么？

文佳佳认为是"单身"。

有男朋友的女人，或是已经结婚生子的女人，她们会提防单身女人。

有女朋友的男人，或是已经结婚生子的男人，他们会幻想单身女人。

单身女人是每个男人缔造一场追逐和征服游戏的可能性，单身女人身上充满了不为人知的神秘感，单身女人有独特独立的思想境界和对生活拿得起放得下的魄力。

所以往往社会上的人会这么形容单身女人：潇洒、率性、有性格。

就像《西雅图夜未眠》中的安妮，她就是在即将告别单身时遇到了命中注定的情人萨姆，这是令整个故事里变得罗曼蒂克的根源。

全世界的女人都爱这部电影，因为全世界的女人都爱浪漫。

但是文佳佳在想到如上问题时，总会觉得苦恼——她在法律上来说还是单身，但实际上她已经名花有主，这个事实直接阻隔了她寻找另一半的权利。

她是个伪单身，既没名分，又失去了寻找"萨姆"的机会。如今还要带着一个球飞跃大半个地球？

文佳佳觉得自己真是亏大了。

不过好在这种亏是有补偿的，在这世界上没有白吃的午餐，任何耕耘都会有收获的。

美利坚合众国有三亿人口，但在占地面积上却很接近中国，这大概是令他们的房价普遍低于中国的原因之一吧。

丽丽说，自从中国人大批涌入了美国，美国的房地产也被持续炒热，大批大批的美国人从房子里搬出来，而大批大批的中国人则搬进去。

文佳佳道，"中国人太牛X了，住美国人的房子，让美国人无房可住！"

丽丽说："也有有骨气的美国人，就是死活不让，有钱都不赚。"

文佳佳说："也许人家觉得有个房子才能安居乐业。"

丽丽突然叹气："其实能让女人安居乐业的除了房子，还得有一个合法身份。那些移民到美国的二奶，后来再找个老外结婚，也是无可厚非的事。"

文佳佳一时搞不懂丽丽为何突然这般多愁善感，只是茫然地看着丽丽抓住自己的手，并且听她语重心长的对自己说："佳佳啊，要是你……过得不快乐，你好歹也有这个机会能到美国去……不像我……哎，总之，如果能抓到一个让自己'安居乐业'的机会，可千万不要放过啊！在中国，单亲妈妈还是很受歧视的。"

丽丽的话令文佳佳莫名的心酸。社会舆论普遍不认同她们，她们只能顾影自怜，互相舔舐彼此的伤口，掏心挖肺地跟对方分享当年何以走上这条不归路，再一并探讨着将来还有没有回头的可能性。

到最后，这样的谈话总会以眼泪终结，多少伤心事不足为"圈外人"道也。

而这次谈话，也令文佳佳和丽丽的友谊更增进了一步，临上飞机前，丽丽还不忘相送，语无伦次地拉着文佳佳说了很多，就好像她这一去

再也不回一样。

文佳佳这才发现，其实丽丽也是一个极其没有安全感的女人，她甚至和自己一样都有空虚症。

而也是在这分别的最后一刻，文佳佳才知道一副泥足深陷于爱情无法自拔模样的丽丽，并不是银行家唯一的女人，但她对银行家的爱情，是真的。即便银行家就像是个多接头交流器，但在丽丽这一方，她对银行家也保持着一对一。

丽丽的悲催，直接反射到文佳佳的苦涩，她们简直是在互揭疮疤。

文佳佳心里堵得慌，她如行尸走肉一样入了闸，不敢回头，生怕见到丽丽泪流满面的模样。

她想到丽丽，又想到自己，呼吸越发的紧迫。她现在极需要一部男女主角对彼此坚贞不屈专心致志的爱情电影，用来麻痹神经。

而老天爷也在此时大发慈悲，适时地播放了那部文佳佳最爱的真爱电影——《西雅图夜未眠》，就在飞往西雅图的飞机上。

文佳佳永远忘不了最经典的那一幕，即使闭上眼睛也能倒背如流那些剧情，而且不管看上多少次，她都会毫无保留地为这部电影奉献自己最真情的眼泪。

男主角萨姆和女主角安妮站在帝国大厦顶层，萨姆一手拉着儿子乔纳，说："我们该走了。"

安妮很是失落，却不知如何是好。

这时，萨姆却向她伸出手来："不一起吗？"

安妮喜极而泣。

文佳佳也哭出了声，头等舱里的几个中外旅客纷纷投来诧异的目光。但她不管不顾旁人的看法，径自陶醉在浪漫的氛围中，脸上的面膜也被抹得乱七八糟。

每个十八岁的女孩的梦想都是安妮遇上萨姆，相约在帝国大厦顶层执手相看。

然而所谓"成熟"，就是每大一岁都更知道那个叫"爱情"的东西是多么的可有可无，不切实际。

当一个男人带着亿万身家站在你面前，哪怕岁数能做你爷爷，你都会发现爱上他其实并不太难！

所以，爱情是什么呢？

或许就像眼前这顿晚餐，沙拉奶酪红酒，赏心悦目，味道鲜美，但是对解饱来说，一份煎饼果子显然来得更实惠。

文佳佳不是没有壮志酬筹过，也不是没有幻想过在北京这样据说可以淘金的城市占据一席之地。但是路漫漫其修远兮，当她经过一番摸爬滚打四处碰壁之后，终于成为一个月薪颇丰的美食编辑后，却发现她那乍听之下令人眼前一亮的月薪数字，就算是攒上四十年，也买不起一套一室一厅。

哪怕她咬紧牙关，借钱、贷款、东拼死凑地拿下一居陋室，那装潢呢？家具呢？她总不能家徒四壁的当一名房奴吧？然后看着自己在镜子里日渐憔悴，郁郁寡欢，眼里逐渐爬满对这个城市的抱怨，一张嘴就愤青，仇视一切富人。

一想起那张嘴脸，文佳佳就浑身一抖，自己看着都讨厌，何况是别人。

文佳佳相信，随便抓来一个仇富的愤青问一问，对方十有八九的真实原因都是因为自己太穷，他一定是宁可当个被人仇视的人，也不愿徘徊在井底望着天上的嫦娥流口水。

再看看文佳佳，她有一张漂亮的巴掌脸，天然没有整形过；她还有摇曳生姿的好身材，也是天然没有打过硅胶；还有她的身高绝对称得上高挑二字，再登上高跟鞋站在人群之中大有鹤立鸡群之感；以及不俗的谈吐，不俗的见识，不俗的性格。

那么，她为什么不选择利用有限的青春，将这条漫漫路无限缩短呢？

"路漫漫其修远兮，吾将上下而求索"——前方的道路还很漫长，但我将百折不挠，不遗余力地去追求和探索。

大家奋斗的方向都是一致的，只是方法不同。

在这件事上，谁也没资格说谁是贱人，只要能达到目的，哪怕当一回别人眼中的傻逼，也未尝不可。

当巨大的轰鸣声刺破夜空时，机身也从黑夜中破茧而出，冲向机场。

机长的声音传遍机舱每个角落："先生们，女士们，现在是美西时间二十一点整，地面温度七十华氏度，二十一摄氏度，我们的飞机马上就要降落在美国西雅图sea-tac国际机场。"

乘客们陆续走下飞机，涌入来自四面八方的人群。机场里的人们永远行色匆匆，赶赴不知道是不是该属于他们的地方，文佳佳也是其中之一。

文佳佳没想从西雅图带走什么，也没想过要永远留下，她只是背着一个塞得满满的金色Gucci大包，快速地在人群中穿梭，扭着被紧身短裙包裹住的屁股，目标明确地拐入了女洗手间。

文佳佳一边对着镜子捋头发一边想："美国卖苹果、Windows、波音飞机，不过它们绝不是美国最好的产品。没有三万美元买不起蒂凡尼一克拉的钻戒、买不起爱马仕鳄鱼皮Birkin包包，但是却能买到更长远的东西，比如一本美国护照和宝宝的美国公民身份。谁叫咱中国现在最不缺的就两个，一个是钱，一个是人。所以，我只好带着钱带着人来了！"

文佳佳抿抿嘴，从大包里掏出一个腰封，再深吸一口气，利落缠到腰上，然后套上款式肥大的毛衣，侧身对着洗手间镜子仔细端详，最后是一件灰色的风衣。

她想了想，又从包里掏出化妆包，熟练而简单地化妆，粉底、睫毛膏、红艳艳的口红、香水，镜子里很快出现一个光彩照人的女人。

文佳佳对着镜子左右看看，似乎还有哪里不满意。

她眼神一闪，她忽然做出一个含胸的动作，接着夸张地整理起文胸，使乳沟在低胸的T恤衫下分外显眼。她得意地挺挺胸，又整理了一下风衣的对襟，看似自然地让乳房的轮廓在风衣的遮掩下若隐若现。

哎！怀孕最大的好处，就是可以一下子让你从A Cup升到D Cup，什么样的柴火妞儿这时都能变得性感无敌！

文佳佳露出微笑，用手机对着镜子拍下了自己，然后发了条微博："亲们，祝福我吧，我要闯关了！"

微博上粉丝们的回复此起彼伏，有一在美国生活多年还依然不太会说英文的华人，在这时语重心长地嘱咐文佳佳，如果你没有美国身份，请千万要多准备点中国的药托运过去。否则美国的医药费会贵得吓死你。

这粉丝还举了个例子，说一年前因得了点小感冒到医院挂号拿了点药，当场就被宰了二百八十美刀，心里那叫一个疼啊！可是令人意想不到的是，这一刀还没宰完。就在不久后的某一日，他又接到一封二百八十美刀的账单，合起来就是五百六十美刀！

下面一片惊呼，"打倒美帝国主义！"

不过这些文佳佳都看不到，也无暇去细读，她正忙着闯关，所有旁骛都被抛在一边。

在走到机场的入境处前，文佳佳还在脑海中假设过无数可能性，比如她在说英文的时候不小心卡壳露出马脚怎么办，比如万一机场官员怀疑她有移民倾向将她遣送回国怎么办，比如她选在这个时候孕吐怎么办……

各种比如，各种怎么办，各种紧张，各种纠结。

这些隐患全都要怪老钟的瞻前顾后。

要不是老钟担心文佳佳带着孩子移民一去不回，她早就跟中介公司买下那种最贵最全最保险的服务套餐了，这会儿就会有一个一对一服务的警察带她走特别通道，一路杀入在西雅图最豪华的富人区中的豪华别墅里，舒舒服服地坐享其成六个月。

但眼下，这些全都成了浮云。

文佳佳这会儿开始觉得脚下虚浮了，越走越无力，几乎要感觉不到膝盖的存在，也许下一秒就会跪倒在地。

前面入境处已经有大批的人在排队等待过关，文佳佳朝他们靠近，揣摩他们的身份和目的，幻想着在其中也许有走私贩毒的家伙，也许有和她一样挺着大肚子的女人，也许有拿着假身份证明恶意入境的高智商通缉犯。

这样的胡思乱想，令她好受了许多，虽然她越发紧张起来，人也显得不再自信，有些畏首畏尾。

文佳佳走入人群，站在最尾端，在她身后已经没有什么人了。而她的目光，也已经从揣摩旁人的身份，一路转移到他们的肚子上去。当然，只限适龄女性。

很快的，文佳佳发现一位亚裔孕妇，肚子比她的大得多，这令她瞬间找到了心心相惜之感，两只脚也不由自主朝她靠拢。

直到那孕妇站进属于"美国公民"的专属队伍中，而一个机场官员也很快拦下了文佳佳，翻了翻她的护照，指向另一边的队伍。

文佳佳扯扯嘴角，又指了指"美国公民"队，但那官员却摇摇头，坚定地领她走进另一边"外国游客"的队伍。

文佳佳只得木着脸无奈地收回目光，意兴阑珊地跟过去，伸头探脑地看着队伍最前端那个看似面善的白人官员。

她想起早些年听过的一些闲谈，那时候朋友说签证官批签证纯属看心情。有的人英语磕磕巴巴，单词拼不出几个，但只要顺了签证官的眼缘，一样可以批；有的人英语八级，对答如流，唱做俱佳，但就是不合签证官的意，"啪"一下大章盖下去，拒签！

原因很简单，因为人家认为你的英语已经足够好，不需要再来美国继续学习英文。但若你一句英文也不会，签证官照样会怀疑你来美国的动机。真是神也是他鬼也是他！

这朋友还说，还有一些人分明已经来到了美国，就差过这最后一道官员的门槛儿了，可偏偏人家还是选择将你遣送回去。

理由就一条，人家认为你不适合他们国家。

就这么简单！

前方的白人官员正在和一旅客说话，那旅客一下子拿出好几份资料给他看，神情很紧张。

这一幕就像是那朋友说的一样，就算你拿了美国签证，也不意味着你就一定能走进美国，这些官员当时的心情往往才是决定你命运的关键。你盼星星盼月亮不管盼什么，此时都最好只盼着对方心情阳光普照，否则下一秒哭的可能就是你了。

文佳佳眨眨眼，就见白人官员手下利落的将一个章盖在前面那个旅客的护照上，那旅客的脸上露出如释重负的表情。

文佳佳深吸一口气，下意识想去摸肚子，却还是忍住了。

如果她被看出怀孕，这个章盖下去无论十五天，一个月，甚至是三个月，都意味着她临产前必须离开美国。

六个月！她必须拿到六个月的居留期，否则就没办法生一个美利坚合众国的公民了！

当然，收益永远和风险成正比。

这时，旁边传来争吵声，文佳佳闻声看去，在另一个柜台前的旅客正在面红耳赤地和海关人员争执，很显然他是在为自己争取过关的可能性，但是海关人员仍是面无表情摇头。

他的意思是：您不适合我们国家。

文佳佳还来不及对那位旅客表示任何同情，她前面的旅客已经顺利过关——轮到她了。

她高昂着胸，展现出最美的微笑，走向海关柜台，主动道："晚上好。"

白人官员面无表情："晚上好。"

接着，白人官员问起她，此行的计划是什么。"

文佳佳一愣："什么？请再说一遍？"

白人官员神经线仿佛麻木了一般："请问你为什么来美国？"

文佳佳结巴道："哦！我……旅行。"

白人官员疑惑看着文佳佳，他的专业素养额外敏感："就你一个人？"

文佳佳很紧张，努力笑着："是。"

白人官员低头看了一眼她的护照："你是单身？"

文佳佳眨眨眼："是啊。"

白人官员盯着文佳佳，试图从她脸上找到破绽："很多人旅行都会选择去洛杉矶、纽约，你为什么选择西雅图？"

"西雅图？……什么？请再说一遍？"

白人官员开始不耐烦："我问你为什么来西雅图？"

文佳佳这回懂了，露出恍然大悟的样子："……电影！因为电影！我太爱那部电影了！《西雅图夜未眠》，你知道吗？"

官员看着文佳佳，一言不发，面容严肃。

文佳佳心里泛出了小九九，心说，莫非这位官员不知道《西雅图夜未眠》，或者他已经听过无数次一模一样的答案实在感到厌烦了，还是他正在估量她是不是正在随便开玩笑？

尽管文佳佳有些后怕，仍是努力地活动了一下面部肌肉，将那抹笑容保持住。

白人官员指指旁边的摄像头，意思是拍照。

文佳佳连忙对镜头将笑容扯得更大。

白人官员道："看镜头，不要笑！"

文佳佳连忙收起表情。

拍照之后，白人官员不再提问，严肃得仿佛裁定别人生死大权的判官一样，盖下了戳子，再把护照递给文佳佳。

文佳佳紧张地接过，不敢低头确认。

白人官员却在此时忽然笑了，让她一激灵："浪漫的爱情！……祝你玩得开心！"

文佳佳几乎是下意识地翻开护照看了一眼，这才轻轻出了口气，发自内心的笑了。

谢天谢地！是六个月。

【当美女孕妇遇见丐帮帮主】

武侠小说大多是男人的阅读范畴，但是也有很多女人喜欢，因为只有在武侠小说里，女人才能遇见英雄救美的桥段。

英雄救美意味着什么，自然还是浪漫，以及救美之后可以无限延伸的爱情故事。

很多年前文佳佳看过一则新闻，说是某个城市地震时，有个解放军救

了一个女人，但那女人有裸睡的习惯，被这个解放军看光了。后来，那女人又哭又闹的要嫁给这个解放军，但结果却不能如她的意。

这个小故事也勉强算是一段英雄救美的佳话吧，假如那女人真能弄假成真的话。不过这事看在文佳佳眼里，却丝毫不觉的浪漫，只是一场无妄之灾。

所以由此可见，英雄救美也是要看人物、时间、地点的，比如像是武侠小说《天龙八部》里乔峰那样的人物，虽然是丐帮帮主，却英俊伟岸，爽朗正气，敢爱敢恨。

文佳佳挺喜欢乔峰，但可惜生活中遇不到，所以只能将这种喜欢停留在几页书中世界里。

只是令人意想不到的是，文佳佳很快就遇到了现实版的乔峰，对方还真是颇有一帮帮主的风范——丐帮的风范。

这事还得从文佳佳闯关成功开始说起。

文佳佳不是一个做坏事的天才，她也并不善于掩饰自己，更不是一个以说谎为本能的女人。但是这次闯关对她来说却是一个刺激并且令人欢欣鼓舞的经验。她知道自己应该心虚，可是闯关顺利后如潮水般扑面涌来的喜悦感，早已将那该死的小心虚冲的没了影儿。

文佳佳怎能不兴奋？

她的Baby即将成为美国公民了！

当然，只要接下来的六个月一切顺利。

眼下，他已经四个月大了。

抚摸着肚子，文佳佳感慨着，人类虽然进化得比动物更完善，但是在怀孕周期上却远远输给了其他生物。如果她能像小猫一样只怀孕六十天就可以生下一窝小崽子，那她也许就不用再担惊受怕六个月了。

哎，这简直就是痴人说梦！

吁了口气，文佳佳赶往行李领取处。

十几分钟后，文佳佳已经带着她全套的大中小号的Gucci复古款行李箱，站到了机场大门外，四处张望着看有没有人举着她的名牌。

她的视线扫到一个接机的华人，便使劲地看着对方，但很快就有其他旅客和那华人一起离开。

文佳佳心里开始烦躁，面露不悦，一次次低头看表。

这会儿已至夜深，上一班飞机的旅客走得差不多了，下一班还没赶到，机场里显得冷冷清清。大门前偶尔会驶来一辆接乘客的车，然后又迅速离去，除了留下了尾气，不留半点人气。

文佳佳环顾四周，周围只剩下三两个人，再放眼望去，令在夜空笼罩之下的整个画面变得苍白冷清，完全没有任何与繁华有关的景象，更使文佳佳这样张望着远处神情不耐的旅客形单影只。

往往这种时候，女人都会想起自己最信任的朋友，或是情人，用最快捷的通信方式尽快和对方取得联系，哪怕就是吐半分钟的苦水，也好过这样憋在心里好像全世界人都不存在，只有你为自己的孤单买单。

老钟不玩微信，也没有QQ，只有手机号是可以让文佳佳最快速找到他的唯一方式。

所以，当大门口外冷风呼呼，四周只剩下文佳佳一个可怜虫苦苦等候时，她只得无奈的一屁股做到行李箱上，掏出电话不由分说地拨了出去。

手机屏幕上很快显示出"老公"二字，电话那头却传来一道制式化的冰冷的女声："您好，您拨打的电话暂时无法接通，请稍后再拨。"接着又是一段英文翻译。

但是文佳佳没有耐性听完，"啪"的一下将它挂断，低落的看看四周，再看看天，真想大声尖叫，再骂几句脏话。

反正这里的人也听不懂。

但就在文佳佳准备付诸行动时，手机上传来了一条微信消息。

丽丽问："姐们儿，闯关成功了？"

文佳佳说："是的，有惊无险，吓死我了快！"

丽丽语重心长道："早叫你办那一条龙套餐了，选洛杉矶多好啊！那边华人多，还能互相照顾点。"

文佳佳叹气："老钟不干啊，没办法，谁叫我花的是他的钱，这年头掏钱的是老大！"

两人没说几句，文佳佳就开始抱怨起迟到晚点的司机，"丫到现在也不见人影，怎么这里的人都那么没时间观念啊！我要扣他钱！"

正立在北京街头的丽丽也说："靠，咱俩真是同病相怜，我这司机也晚点了，说是堵车，堵车都堵了半个小时了！"

两个女人互吐苦水，稀里哗啦分别流遍了北京和西雅图，直到微信网络忽然断链，才结束了这场国际会话。

这时，说时迟那时快，一辆本田的灰色休旅车不知从哪儿杀了出来，仿佛从天而降一般突兀的停在文佳佳面前。空气里的尘埃也受到了冲撞，在车灯的直射下无所遁形，慌张四散。

文佳佳瞪着眼睛望着那个从车上匆忙跑下来的男人，下意识地站直了身子，随着他在自己面前一站定，心里也跟着一咯噔，瞬间被他的形象剥夺了话语权，半天吐不出一个字。

这个男人可真是极品，头发蓬乱，胡子拉碴，浓眉大眼，五官分布在一张国字脸上。他身上还穿着脏兮兮的蓝绿色大褂，医院手术室常见的那种，布料上还沾着明显的血渍，也不知刚刚屠宰了谁。

套一个国内的流行用语来形容，就是个"屌丝"。

文佳佳甚至相信，如果这时候给他一个破碗，再叫他往北京的地下道里那么一坐，活脱脱一个丐帮帮主，都不用化妆了，直接本色演出。

丐帮帮主语气有些急促，"是北京来的文佳佳小姐吗？抱歉，我迟到了！"

文佳佳还没从这种怕什么来什么的震撼中醒过来，盯着他愣了片刻，找到语言时几乎是立刻的发了顿脾气："你们什么情况啊？居然能迟到三十多分钟？你知不知道我是付了钱买服务的，我会投诉你的知不知道？中国人怎么到哪儿都不守时啊，干脆你告诉我一个地点，我去举牌接你好了……我做了十二个小时的飞机，我需要休息，你知不知道啊！像话吗你！"

丐帮帮主一面忙着将几件行李装进后车厢里，一面抽空听文佳佳数落。

虽然文佳佳穿着时尚，但这时候的她只是个孕妇，不是贵妇，她有特权可以将优雅扔掉，并且随时随地的化身为泼妇。

她情绪不稳定，需要发泄，尤其是在被人搁在人生地不熟的异地三十分钟以后，她除了骂骂咧咧地将行李粗鲁地递给这个丐帮帮主以外，再没什么可以做的了。

哦，还是有的，她可以先坐进车里缓缓。

然而，当文佳佳坐进后车座里后，她几乎是刹那间的发出尖叫声，"啪啪啪"的使劲儿拍打车门，高呼"救命"。

丐帮帮主连忙重新打开车门，解救文佳佳于水火。

文佳佳指着他就骂："喂！这耗子是怎么回事啊！"

她简直不能相信自己的眼睛，就在上一秒，她才和后车座上那个封闭式塑料箱子里的几只小白鼠近距离接触过，在她尖叫的同时，它们也唧唧喳喳地乱叫不停，仿佛也感受到不速之客的造访。

文佳佳差点要飙国骂。

丐帮帮主立刻说道："不好意思，麻烦请坐前座！"

文佳佳不敢相信地瞪着他："太夸张了吧，你居然养老鼠？！禽流感你懂不懂！"

话一说完，文佳佳自己也觉得不妥，但是仍绷紧下巴，死不改口。

丐帮帮主一言不发，打开前面的车门，做出一副"请她上车"的好脾气姿态。

而文佳佳呢，有些无措四下看看，但四下无人，这令她明白她只有两种选择：要么上车，要么自己想办法。

最终，文佳佳只得无奈地坐进了前座，但是僵直的身体却将她出卖，她试图更往前坐一些，以为这样就可以离后座远一点儿。

丐帮帮主随后驾到，轻描淡写道："请系上安全带。"

文佳佳白了他一眼，毫不忸怩地掀开毛衣，一把扯下腰封，系上安全带。动作一气呵成，简直像是练过的。

丐帮帮主仍旧看着她，静默幽深的眼睛里写满了严肃，文佳佳示威似的和他对视，在那对瞳孔里看到了自己的倒影。

良久，丐帮帮主发动了车子，向她抛出一句风马牛不相及的话："它们是无菌的，请放心。"

如果老鼠无菌，那这世界上也不会有鼠疫了。文佳佳想。

【差点被取缔，孕妇很生气】

文佳佳对《天龙八部》和乔峰都幻灭了，她觉得小说都是写来骗人的，尤其是骗女人的。

但是转念一想，文佳佳又觉得这怪不得小说，因为原作者金庸先生也只是在写自己幻想中的人物，而这种幻想也普遍迎合了大众们的幻想，才会一拍即合。

女人爱浪漫，女人爱幻想，所以女人总爱在一些其实原本很现实无奈的事情上加上一个虚假的光环，以满足女人幻想的权利和对浪漫的构造。

就像文佳佳，也曾不止一次地幻想过成为老钟的太太，虽然无情的现实和她残存的理智都一再告诉她，这是痴人说梦。

文佳佳更相信，老钟太太也肯定不止一次地幻想过老钟可以对她从一而终，虽然无情的现实和层出不穷的女人都一再告诉她，老钟是一个男人，还是一个非常有钱的男人。

男人一旦有钱就变坏，这是不变的铁律。

就算老钟太太不愿意，也得接受。倘若不接受，惟有离婚一途，进而便宜那些幻想成为第二任老钟太太的女人。

休旅车稳健地穿过灯火辉煌的市区，又一路驶上高速公路，车窗外道路两旁的景色也逐渐转化为树林，黑压压的一片，活似北京郊区，全然没有半点大都市应有的态度。

文佳佳憋闷，特别憋闷，十分的憋闷，除了憋闷就再没有别的词可以精准地形容她此时的状态了。当然，她还可以在"憋闷"之前加一些表示憋闷程度的词。

憋闷的累积就像是水被煮沸的过程一样，直到抵达沸点，再也装不下了，令她自动引爆。

文佳佳拉长了脸，也拉下车窗，不快地大叫："这车里臭死了！你鼻子闻不见啊！"

丐帮帮主却决定沉默是金，目不斜视地继续驾驶。

吵架最怕什么？就怕一个巴掌拍不响，对方不陪你玩。

文佳佳又喊了几句，依旧石沉大海，听不见一点回响，令她只好暂且忍下一口恶气，把头转向窗外，并将咒骂留在心里。

文佳佳的憋闷得不到发泄，这令她憋了整整一路，憋到屁股蛋都坐麻了时，视线里才出现一片别墅区，一幢幢的一个接一个，从外面一看就能想象得到，里面的房间必然宽敞明亮。

最主要的是，终于不用再对着丐帮帮主这张活似不苟言笑活似得了面瘫症的嘴脸了。文佳佳的心情也忽然转晴。

丐帮帮主将车在一幢房子前的路边停稳，表情依旧那个德性："到了。"

文佳佳却不着急下车，好奇并且谨慎地看着房子。初到陌生环境，人和动物都会变得小心戒备，文佳佳也不例外。

她一时之间，还不确定这是否就是中介公司代为办理的月子中心。

但见丐帮帮主下车去取行李，文佳佳也跟着缓慢地走下车来，伸展胳膊，又活动了一下筋骨，手扶着腰露出孕妇最具有代表性的姿态。

在她脑海里，已经开始刻画她在别墅里的面貌：一会儿将受到什么样的接待，这里的床会不会很大很舒服，以及以后的每一顿大餐是不是能让她身心愉悦，等等。

然而就在她大做白日梦时，丐帮帮主却先停下了手里的动作，双眼一眨不眨地盯着前方不远处停着的一辆车子。

这个在过去这段时间里都表现得沉稳淡定，仿佛机器人一样没什么人味儿的男人，突然如此警觉地做出这种和他言行极为不符的动作，很快就引起了文佳佳的注意力。

文佳佳疑惑地看着他，心中又是一咯噔。

因她相信祸不单行的道理，跟着一个衰人，所有事都会被带衰。

只见远处那辆车里伸出一只手，手里的警灯被那人熟练地摆放在车顶，警灯闪烁，车门也相继打开，从里面走下来一男一女，他们都穿着深色西装，仿佛为政府卖命的美国公仆。

外国女人先一步警觉地望向文佳佳和丐帮帮主的方向，因为他们傻愣愣的姿态很值得怀疑，文佳佳还一脸后知后觉地挺着肚子，全然不知大祸即将临头。

就在此时，丐帮帮主当机立断地展现出大男子姿态，走过去一把搂过文佳佳，用自己的身体挡住了她的肚子。

那一男一女已经走了过来，双方很快展开对话。

"有问题吗？"外国女人问。

丐帮帮主道："没有。"

但是他们仍是站住不动，直到丐帮帮主低声提醒文佳佳："快说No！"

文佳佳一脸的莫名其妙，但也不忘莫名其妙地配合："No。"

那一男一女似乎满意了，渐渐走远，走到那栋房子门前敲门，又走了进去。

文佳佳这才后知后觉地意识到自己应该恼羞成怒，一把推开丐帮帮主，心里觉得膈应："你疯了你！"

但丐帮帮主仍旧一副国际特工007的姿态："嘘！"

他用眼神示意文佳佳看房子那边。

文佳佳连忙看过去，生怕看漏什么。

片刻后，一对华人夫妇被那两位官员从房子里请了出来，很不情愿地被带上车。接着，又有几个大着肚子的孕妇从门里相继走出，神情忐忑紧张。

孕妇们的紧张也很快感染了同为孕妇的文佳佳，她也随大溜地很快紧张起来："这是怎么了？！"

丐帮帮主分析道："这种月子中心是非法的，估计被人举报了！"

我靠！

文佳佳瞪着他，眉头紧锁，仿佛在评估他话里的真实性。

不过是一两秒钟的时间，文佳佳得出结论，二话不说地快速返回车里，一边招呼着丐帮帮主："快，快！开车走！"

丐帮帮主一脸茫然地坐进驾驶座里："去哪儿？"

文佳佳没好气道："我哪知道，我人生地不熟的，你接我的，你当然有义务把我送到一个能生孩子坐月子的地方！你不是月子中心请的司机吗！这家出事了，算我倒霉，我损失点钱事小，被抓了遣送，我不就功亏一篑了嘛！快开呀！你还磨蹭什么呢！"

丐帮帮主皱着眉听候批判和审讯，只见文佳佳狠呆呆地瞪着他。

叹了口气，丐帮帮主终于向恶势力屈服，或者说是懒得计较，重新发动了引擎。

逃之夭夭，这是文佳佳来到美国西雅图后的第一件事，她真是懊恼啊，憋闷啊，恨不得上蹿下跳啊！

她既不是走私来的，也不是打黑工来的，更不是作奸犯科来的，凭什么她一来就要饱受惊吓啊，她可是孕妇啊！

她不但不做坏事，还为美国人口的繁荣增长出了一分力，她容易嘛！

但文佳佳气归气，却还是意识到方才救了自己一命的大英雄，正是身边坐着的这位仁兄。尤其是，当那紧张的氛围逐渐散去后，后座上那窝鼠崽子仿佛也不再可怕了。

在接下来的数分钟里，两个人都不说话，这像是一种默契。

不过文佳佳一向不是个坐得住的人，嘴巴也不是管得住的主儿，所以毫无悬念的，打破沉默的也会是她。

文佳佳声音干涩道："……哎，刚才谢谢你啊！"

丐帮帮主含糊其辞地应了一声。

文佳佳觉得更干了，话匣子打开了就没理由关上："还没问，你叫什么呀？"

丐帮帮主道："Frank."

文佳佳继续没话找话："……回头我也得起个外国名。"

丐帮帮主不接话。

文佳佳很无聊，一时之间不知道从哪里再牵出话头，她总不能问他星座或是属相吧，更不能问他这幅落魄犀利的打扮是追流行啊还是受了感情刺激吧。

除了无聊的坐在这一方小座椅上，文佳佳真是没事可做，直到她感到手上有什么奇怪的触感，才抬起头借着微弱的灯光看了一下，看不清楚只好闻闻。

文佳佳很震惊，"血？！"

Frank看了她一眼，相对于她的大惊小怪而言，他额外淡定，活似见惯生死刀头舔血的人士。

"可能是刚才在我衣服上蹭的。"

文佳续惊讶万分地看着Frank，好像重新认识了一回，又看看后座的那窝鼠崽子，别提多惊诧了。

接着，她的目光又落在窗外，两边依旧是黑压压的森林，令你不可能透过现象看本质的看透在那森林深处有些什么。

一分钟前的尴尬迅速得到升华，文佳佳的紧张也步步升级，更新极快。但她精神紧张，脑海中拼命思索对策，嘴上仍旧故作轻松，生怕打草惊蛇。

"哎，让我看看你们美国驾照什么样？"

Frank看了文佳佳一眼，从遮阳板上拿出驾照递给她。

文佳佳接过来翻开，迅雷不及掩耳地用手机对着它拍了一张，又很

快发到微博上去。

这会儿，文佳佳的语气已经变了，忐忑却不忘威胁："我告诉你，我可把你资料发微博上了，我好几万粉丝呢。你要是变态杀人狂，我出了什么事，警察肯定能找着你！"

对于文佳佳的异想天开，Frank大感意外，皱着眉向她伸出手。

文佳佳立刻花容失色道："干吗？！"

Frank语气不耐："我的驾照，小姐！"

小姐！你才小姐！

文佳佳小心翼翼地将驾照递给Frank，却见Frank作势要将它扔掉的样子，令她立刻大叫："不要！！"

Frank笑了笑，把驾照放回原处。

靠，居然耍她！

文佳佳骂道："哦！Shit！"

但随即，她也笑了，紧张感和脑中那些杜撰的恐怖镜头都烟消云散了。

不过，看似沉默寡言的Frank却不合时宜地多补充了一句："除了电影里，美国没那么多变态杀人狂。"

文佳佳："……"

【最惨不忍睹的月子中心】

有人说女人结婚生子的过程，就是当一天的公主，十个月的皇后，和一辈子的奴才。

文佳佳没当过一天的公主，自从认识老钟以后，她每天都像是公主。

而接下来几个月，她还会体验一把当皇后的瘾。

皇后住在哪里？当然是皇宫了。

但是上一座皇宫才刚被取缔，下一座皇宫却还不知道在哪里。

皇后正处于前不着村后不着店的窘境，身边没有卫兵护驾，也没有内务大臣出谋划策，只有一个身染血污的活似从屠宰场走出来的丐帮帮主惹她心烦。

皇后很生气，因为丐帮帮主虽不是哑巴，却比哑巴还沉默。

哑巴不会说话，所以才会渴望说话，但是这丐帮帮主分明会说话，却惜言如金，典型的占着茅坑不拉屎。

在接下来的那段时间里，Frank依旧是一路的沉默寡言，窗外也依旧是一成不变的风景，皇后文佳佳更是一如既往的憋闷。

她身边坐了一根木头，窗外也掠过一根根木头，她真是不明白为什么这世上有老钟那样的多金又解风情的极品，偏偏还有Frank这种穷困潦倒却不苟言笑的家伙，难道上帝在造人的时候真的偏心眼了？

文佳佳也不知道在心里叹了多少口气，才盼来了下车放风的那一刻。

当车速明显减慢时，文佳佳立刻提起了精神，伸头望向窗外，这意味着目的地到了。

车子停在一处房子门前，文佳佳正想下车活动活动腿脚，顺便伸个懒腰时，Frank却先一步走下车，看都不看她一眼。

他只是说道："你等会儿。"

文佳佳见他下车，直直往房子的大门前走去，心里打着鼓，也不再着急下车了。有了刚才的前车之鉴，这会儿她也有些后怕，生怕刚才那一男一女的官员会再度出现，将这里的一干人等带走，再将几个无辜可怜的孕妇遣送回国。

文佳佳向车外周围望了望，刻意坐低身子，心想，她还是老老实实地坐在这里敬候佳音吧。

房子那边门开了，一个头发剃得很短的中年女人走了出来，一见Frank就抱怨道："怎么这么晚？Julie都睡了。"

短发女人边说着话，就要引Frank进门，哪知Frank却站住脚，对女人说了些什么，然后指指车。

短发女人探头张望，引起文佳佳的疑惑，小心谨慎地矮了矮身子。然后，她对Frank摇头，Frank不死心，继续请求似的说了一番话，但短发女人依旧不为所动。

两人一来一往谈了很久，似乎在交涉什么，直到许久以后，短发女人才向Frank妥协，无奈地点点头。

Frank露出微笑："谢谢！"

Frank急忙掉头跑回车边，利落的卸行李，就像是卸掉烫手山芋一样。

文佳佳却不下车，心里的疑惑越来越大，探出车窗冲车后喊道："哎！这是什么地方啊！"

Frank解释道："一个台湾人开的月子中心。"

文佳佳下意识地觉得排斥："台湾人？！……她们做饭我吃得惯吗？"

Frank停止搬行李，虽然不耐烦却还做出最后通牒："小姐，这是我唯一有点交情的月子中心，你要是不住，我就送你找个酒店，你明天自己再想办法，好吗？"

Frank的意思很明白。虽说帮人帮到底，送佛送到西，但是他能力有限，已经尽力帮她从中斡旋，找到了第二条出路，已经算是仁至义尽了。要是她还不领情，就只好自求多福，自求他路，到时候不管好坏都和他无关。

文佳佳下意识觉得，如果让她自己想办法，那就等于和这个Frank脱离了责任，对于人生地不熟的孕妇来说，是十分不聪明的做法。

不行，绝对不行，她不能自掘坟墓。

这么一想，文佳佳再没发作，只是皱了皱眉，不情愿地走下车，嘴上却不忘不饶人的威胁道："……我告诉你，这要是黑店，老娘饶不了你。你别忘了，我有你驾照资料。"

Frank露出一丝苦笑，继续搬行李下车。

文佳佳走进台湾女人开的月子中心里，就像每一个初入陌生环境的小孩子一样，浑身充满了戒备竖着刺，对屋内的环境和布局自然也就挑剔很多。

身穿深色外套的短发女人一路引文佳佳上楼参观，好像没注意到她的不满。

"楼下是餐厅和厨房，卧室在楼上，我们管一日三餐加两顿加餐，待产三千美刀一个月，坐月子四千五美刀。要是家属来陪，加一张床一个月加一千五美刀……这里是洗衣房，洗衣液我提供，里面有烘干机，我们这里不可以晾衣服到外面……楼上楼下冰箱里的牛奶，果汁，水果可以随便吃……"

短发女人叽里呱啦地说了一大通，才想起来要自我介绍，说道："哦，叫我黄太就可以了，请问贵姓？"

文佳佳眨眨眼："文佳佳。"

文佳佳边说边探头探脑地看着周围的摆设，途中路过一间开着门的套房，外间摆着几张小婴儿床，里面是主卧，其余房间都关着门。

又往前走了几步，黄太推开一间房门，打开灯，意思是：就是这里了。

文佳佳放眼一望，视野受到了严重的阻碍。

这房间不大，只有一张双人床，以及旁边的一张小单人床、衣柜、一个小写字台兼梳妆台、一个小沙发。单单这些东西，就将房间挤满，感觉连下脚的地方都没了，恨不得一转身就能碰到东西，这哪适合孕妇居住？

文佳佳叫道："这么小？开什么玩笑！"

黄太却说:"这间算雅房,卫生间在隔壁。"

文佳佳问:"什么叫雅房。"

就这样,还叫雅?

黄太说:"就是不带卫生间的,带卫生间的叫套房。"

文佳佳很生气,要不是事情太荒唐她肯定会当场气乐:"没有卫生间能叫雅?我要住套房!"

黄太依旧那个调调,简直像是和Frank一个生产线加工出来的:"不好意思,请小声一点,大家都睡了!"

又是一样要死不活的语气,文佳佳简直肯定,这个黄太和Frank是一家子。

她是倒了什么邪霉啊,一到西雅图就什么事都不顺。先是苦等一个丐帮帮主一样打扮的臭男人三十分钟,再来又被这个臭男人挤兑了一路,憋了一肚子的气得不到发泄不说还险些遭遇被遣送回国的危机,现在又遇到一个跟黄世仁一个姓的臭女人,欺负她人生地不熟就用这么破的一个小房间要憋死她!

Frank选在这时走了进来,依次把三个受了一路摩擦颠簸的行李箱放进屋里,屋里瞬间就如同文佳佳预料一样,连人走的地方都没了。

文佳佳一想到几个月后自己大腹便便地被困在这个小房子里的模样,心里就来气,当下就摆出颐指气使的姿态,对黄太说道:"等等,还有别的房间吗?我不住这儿!"

黄太依旧公事公办道:"不好意思,只剩下这间了。"

好熟悉的语气,好熟悉的回答。这样的对答在电影和电视剧里也经常出现,往往店家说出这种官方答案都是为了多要钱,往往住店的人只要拿出双倍的Money就能入住上房,高枕无忧。

于是,文佳佳蛮横道:"我不管,这样的房间我没办法住!我可以加钱，钱不是问题，我付双倍！"

只是，文佳佳忘了，这不是在北京，身边更没有财大气粗的老钟，所以她的要求都有可能受到冷处理。

果然，黄太没有当下同意，有些犹豫："这样，有什么问题明天再谈，明天我帮你问问看其他两个人愿不愿意跟你换。文小姐，一路很辛苦，胎儿也需要休息。"

文佳佳一下子就被黄太这种强大气场震得眼前发黑，太阳穴也一抽一抽的，除了皱着眉喘粗气，以及恶狠狠地瞪着始作俑者Frank以外，她简直没了招儿。

居然有人连钱都不要，这是什么世界！

而Frank呢，则像是没事儿人一般，无奈地对她耸耸肩，一副找抽相。

文佳佳差点当场气死。

至于黄太，她依旧淡定从容，好似在这间房里并没有一个聒噪的文佳佳，更没有她发出的那些尖锐的质疑声。黄太只是目不斜视地越过文佳佳，走过去打开衣柜，轻车熟路地拿出一个盆，让文佳佳看到盆里的物件，新毛巾、牙刷、牙膏、拖鞋、洗发水、沐浴露等等。

黄太语气平淡道："这些都是新的，浴室二十四小时热水。明天早餐是九点到十点。"

文佳佳不说话，也不知道还是正在气头上气得说不出话，还是被黄太对自己的视若无睹感到吃惊而哑口无言。

总之，文佳佳既不接盆，也不答话，她正在考虑对策，正在琢磨到底用什么条件才能打动这个油盐不侵的台湾老巫婆。

于是，在接下来那十几秒钟里，黄太依旧保持着拿盆的姿势，和文佳佳两人大眼瞪小眼。

两个女人不说话，Frank自然也不说话，眼睛警惕地注视着她们，一

旦这两人闹起来，他也好在第一时间做出反应。

这时，一个穿着睡衣的束发孕妇从另外一间房开门出来，边吃苹果边立在门口看着热闹，身上的睡衣一看就是廉价货。

文佳佳好似受到了启发，突然道："刚才我看见一间大的，我要那间！"

黄太说："对不起，那间是我的。"

文佳佳眯着眼看着黄太，二话不说就从包里拿出两沓钱也不数，放在小桌上："这大概是三千，我加一倍……"

意思是，我不是光说不干，真金白银摆在这里，别和钱过不去！

黄太却不动。

文佳佳和她杠上了，又拿出一沓："再加一倍！"

吃苹果的束发孕妇直勾勾地盯着那些钱，眼里放光，连忙把嘴里的苹果咽下，有点不好意思道："哎，那个……妹妹，要不我跟你换吧……我这间也不小……"

刷地一下，大家都看向束发孕妇，她更加不好意思了："这不是助人为乐吗……"

文佳佳也不吝，直接走过去查看束发孕妇的房间，只看了一眼，就回身对黄太道："对不起，黄太，我还是觉得你那间更合适我……"

文佳佳话未说完，就见Frank一声不响地过去，提起文佳佳的箱子就要下楼。

文佳佳叫道："哎，你干什么！"

Frank根本不理文佳佳，转头对黄太道："不好意思黄太，我带她去找其他地方。"

文佳佳怒了："你给我放下！我们在谈生意，你瞎搅合什么！"

Frank忍着火刚要说话，黄太却先一步走过去，拿起桌上的三千，又从第二沓钱里拿起一小摞："大房间五千一个月，其余你收好！"

文佳佳得意地笑了："谢谢黄太，我先在小屋歇会，大屋收拾好了叫我。"

黄太最后道："好好休息，晚安。对了，还有，如果方便的话，尽量不要穿睡衣到客厅里来。"

虽然在来美国前，文佳佳曾听不少人说过，台湾人开办月子中心的历史最久，经验最丰富，服务最终周到。但是平心而论，文佳佳对这个黄太开办的月子中心，并没有多大好感。

Chapter 3
神秘莫测的丐帮帮主

【孕妇是这个世界上最不可理喻的女人】

哪怕你没看过武侠小说，大概也知道谁是白发魔女吧？尤其是对女人来说，白发魔女的故事更能触动她们的心，因为那关乎着一个浪漫而又虐心的故事，也因为林青霞将这个角色诠释得出神入化。

白发魔女是个孤儿，被母狼抚养长大，又练就一身足以称霸武林的好剑法，年纪轻轻就成为了绿林领袖。

并且，她很美。

美人都傲气，有能力的美人更是自视过高。但就算是眼高于顶的绝世美人，也会对爱情充满了期待，憧憬能遇到一个与自己并驾齐驱的男人，进而展开一段惊天地泣鬼神的爱情故事。

卓一航就是白发魔女所期待的那个男人，不管是硬件条件还是软件条件，都像是为了白发魔女而存在的。

他们的爱情也确实够得上惊天地泣鬼神，尤其是卓一航刺进白发魔女身体里的那一剑，令她一夜白了头。

文佳佳想，那估计是被气白的。

不过，虽然换得一头白发，白发魔女依然风华绝代，更有诗词为证："独倚阴云映素忱，天寒谁解泪纷流？一裳轻送关怀至，几缕衷情满洞秋。惊粉面，叹娇羞，芳华如水梦如绸。奈何多惹情牵绊，一夜青丝换白头。"

这首诗词刻画出的意境和林青霞饰演白发魔女的形象，深深地入住了文佳佳的脑海，但是她完全没有想到，在遭遇了现实版的丐帮帮主以后，她竟然又撞见了犀利版的白发魔女……

黄太陪Frank走下楼梯时，两个人都放轻脚步，生怕惊动这栋房子里的几位敏感生物。

Frank肩上扛着一个睡得呼呼的小女孩，应该就是方才刚进门时黄太所说的"Julie"。女孩的面相和Frank有几分相似，但是由于正处在人一生当中最善于卖萌的童年，所以显得比Frank可爱得多。

黄太仍是一口台湾腔："大陆人现在好有钱好凶的。"

不防楼上的文佳佳正从房间里出来，拿着毛巾动静特大，完全不掩饰自己的不快，趿拉着拖鞋"吧嗒吧嗒"地走进了浴室。

Frank脸上有些尴尬："给你添麻烦了。"

黄太客气道："哪里，你是照顾我生意。"

文佳佳来到浴室门口，见上面挂着一个木头牌子，上头写着"occupied（使用中）"，反面是"vacant（空缺）"

但文佳佳有看没懂，也懒得理会，直接推开门就要进去，却被扑面而来的雾气蒙了一脸。

浴室里，一个短发孕妇正志得意满地对着镜子端详着光裸的肚子，她的睡裙被撩到肚子以上，肚子下面围了一条毛巾，将肚子的尺寸无所遁形地凸现出来。

短发孕妇显然没有料到会有不速之客与她分享这个画面，所以乍一看到文佳佳的那一瞬间，就当即尖叫出声，双手下意识地用毛巾挡住自己。

文佳佳也吓了一跳，但很快就反应过来，恶人先告状道："怎么不锁门啊！"

那短发孕妇也不是善茬儿："你看不见门上的牌子啊！"

话音方落，短发孕妇就"啪"的一声使劲儿关上门，隔绝了爆棚的怒火。

文佳佳瞪着门上牌子英文，完全不认识，"靠，都是女人谁没见过啊！"

气哼哼地回到屋里，文佳佳甩下毛巾和盆，郁闷委屈地坐在床上，两只眼不争气地环顾狭小的房间，感觉自己就像是闷着锅盖不透气的蒸锅，正盼着能有谁掀开锅盖让她抒解一下。

文佳佳拨出电话，屏幕上显示着"老公"二字，电话那头却依然只传来："您好，您拨叫的用户暂时无法接通，请稍后再拨……"

靠！文佳佳一把摔下手机。

先是遭遇身上带着血渍的丐帮帮主，又碰上雌雄双煞取缔月子中心，然后遭遇了台湾黄脸大妈的处处刁难，再来又遇到这么一个凶神恶煞的婆娘。她这是招谁惹谁了，老天爷要一口气派下这么多天兵天将来磨炼她？

最最最可恨的是，该死的臭男人，他需要你的时候，想给你肚子里留种就留，可当你需要他的时候，丫永远不在！不在！

文佳佳几个小时以后就会明白，不管她心情如何糟糕，这个地球依然转动，不管她情绪起伏多么波澜，第二天的太阳依然会如期而至。

好似是为了讽刺文佳佳的愤怒一般，翌日的西雅图迎来了又一个好天气，阳光普照，正透过窗帘照在好梦正酣的文佳佳的脸上。

文佳佳迷迷瞪瞪的睁开眼，一时之间不知身处何地。她闭上眼反应了几秒钟，才想起来她已经身在异国，如今正躺在一个经过一番厮杀才换来的房间里。

这房间的主人，正是那个长着一副死人脸的黄太。

光是想到这里，文佳佳就再也睡不着了，皱着脸爬起来，蓬头垢面的坐在床沿，什么帝国大厦，什么一见钟情，什么《西雅图夜未眠》，如今都从脑海里烟消云散了。

理想太遥远，而现实却很近。文佳佳摸了摸，随手抓起一件七彩图案的长裙，外搭一件针织衫，然后抱着咕咕叫的肚子披头散发地走出房间，四处转悠着。

前一晚撞见的那个短发孕妇正在修剪一盆玫瑰，边剪边对着耳机说话。文佳佳这才注意到这位主儿的头发是白色的，看着跟白发魔女似的，乱七八糟的。

文佳佳撇撇嘴，透过窗子，正见到黄太在厨房刷锅，旁边束发孕妇正在切水果，边切边吃边叨叨："我就跟我闺女说，你长大了千万别找你爸这样的，一年卖一百万个打火机，生拉硬扯都算不上小康，要找就找卖火箭的，卖一个就管一辈子……"

黄太一脸认真地接话："嗯，是得考虑转行，以后都禁烟了，打火机不好卖的！"

束发孕妇更无奈了："可不是……"

文佳佳走下楼的动静惊扰了厨房里的两个女人，她们顿时停止交谈，看向文佳佳，好像来的是一位不速之客。

黄太再度恢复成蜡像脸，旁边的束发孕妇倒是看似一脸和气。只是黄太没有为两人介绍，文佳佳也懒得知道，前一晚受得冤枉气仍堵在胸口憋得慌，这会儿笑脸都没有一个。

文佳佳冷冰冰地问："有吃的吗，黄太？"

黄太放下手里的锅，从桌子盖帘下拿起托盘放进微波炉，多一句都懒得说。

文佳佳俯身翻看冰箱，有些嫌弃道："不是说西雅图海鲜好吗？怎么什么都没有啊？"

站在旁边的束发孕妇悄悄伸手去摸文佳佳的衣服，那是一件质地样子牌子都很好的小皮衣。

文佳佳起身发现衣服被拽住，束发孕妇赶紧放手，讪笑着："皮子挺软的啊……"

文佳佳道："嗯，我今年的新款。"

微波炉"叮"的一声停了，黄太将里面热好的食物端过来，是中式的粥、鸡蛋、咸菜和小包子。

文佳佳看了一眼，一脸别扭："我喜欢吃西式的，黄太。"

黄太板着脸："西式都是凉的，对孕妇肠胃不好。"

文佳佳却不打算轻易放弃，依旧挑剔："入乡得随俗啊，黄太，我儿子以后可是美国人呢。哦，对了，黄太，待产营养很重要的，西雅图海鲜多，我也喜欢吃，希望每顿都有虾，牡蛎或者螃蟹。钱我会另付。哦，还有，衣服也帮我洗一下吧，我付钱。"

总之一句话，有钱能使鬼推磨，这是真理，在任何国家任何人身上都通用。

黄太明显忍着火儿，瞪着文佳佳："好。"

这时白发魔女走了进来，把剪下来的玫瑰花插进花瓶，再慢条斯理地灌上水，用英语对黄太叽里咕噜说道，"黄太，如果叫你替我拉屎，要给你多少钱？"。

白发魔女的眼神直勾勾地打量着文佳佳，似乎很轻视的样子。

黄太好像找到同盟军一样，也用英语回答："别给我找麻烦了，一个公主就够我受的了。"

两人一来一回说着笑起来，典型的指桑骂槐。

文佳佳知道她们在说自己，可她有听没懂，只好问愣在一旁的束发孕妇："她们说什么？"

束发孕妇显然也没听懂，摇摇头。

文佳佳立刻怒了："拜托！都是中国人请说普通话！"

白发魔女比她还牙尖嘴利："我们在说，怀孕吃螃蟹，生出孩子会胡搅蛮缠，蛮不讲理，横行霸道！"

然后也不给文佳佳反驳的机会，转身拉起束发孕妇，就往外走："陈姐，我们去散步！"

文佳佳七窍生烟地看着她们的背影。

而黄太则视若无睹地绕过她，收拾起碗筷，把文佳佳眼前未吃的东西全都收走，同时又把一叠资料放到文佳佳眼前，用公式化的口吻道："下午Frank会带你去见产检医生。你看愿意选哪个？"

文佳佳看着宣传资料，男性，女性，亚洲人，印度人，白人，墨西哥人都有，看得她一头雾水，一时间不知如何是好。

【Frank的人道主义关怀】

古人云，朝中有人好办事。

文佳佳则认为，产检有人好办事。

这个人，就是这个邋里邋遢的丐帮帮主，他纵使有千万个缺点，文佳佳也能在他身上找到这一个优点。

文佳佳开始以为，Frank原来一定是通缉犯，因为她喜欢以貌取人。

但是在窥探到Frank的鲜为外人知的历史后，文佳佳又觉得，他简直就是小说里的乔峰在世。

因为乔峰有令人意想不到的身世和背景，Frank也有。

乔峰还有位前妻阿朱，虽然没有注册登记，更没有洞房花烛；在这一点上，Frank技高一筹，他不但有一位合法结婚并且合法离婚的前妻，还和

前妻有了一个女儿。

现在，Frank又像是乔峰细心照顾阿紫一样地照顾着文佳佳，只不过出发点不同。乔峰是因为阿朱，而Frank则是因为……人道主义关怀？

再次见到Frank，这人依旧是胡子拉碴，衣衫邋遢，不改丐帮帮主般的着装风格。文佳佳一见他就想别开眼，心里总觉得膈应，生怕他身上带有什么寄生菌。不过再一想到自己如今寄人篱下，英语都不灵光，别无选择之下只能投靠他，就只好先忍住情绪。

真是什么人进什么地儿，Frank带文佳佳光顾的诊所，竟然在一个样式老旧的"凹"字形的写字楼里，前面是露天停车场，乍一眼望过去，非常不靠谱。

文佳佳就像昨天晚上一样，按捺着一肚子的疑惑，跟随Frank一路穿过停车场走进楼里，正巧迎面走下楼一个浑身纹身图腾、头发朋克的白人壮汉，将狭小的楼梯间堵得水泄不通。

Frank和文佳佳赶紧侧身给壮汉让路，文佳佳一脸震惊。

等壮汉过去了，文佳佳才小声担忧地问Frank："你敢保证我选这医生是最好的？在这种地方，他不会把我治死吧？！"

Frank："会说中文，女性。满足你这两个条件的，这医生最贵。"

文佳佳皱皱眉没说话。

她突然觉得，Frank最后那几个字才是重点。

这间诊所果然不大，与其说像是接管生育的地方，倒不如更像是一间办公室。墙壁上挂着许多照片，横横竖竖歪歪斜斜，全是一些华人孩子和他们父母的照片，以及感谢卡等等。其中最显眼的是一张女医生穿着博士服的毕业照片。

这里除了文佳佳和Frank，还有两个孕妇在候诊。

文佳佳没兴趣和孕妇攀谈，仔细端详着墙上的照片，试图找出蛛丝马迹，顺便问Frank："看着像真的哈！不过你们美国也有伪造学历的。"

Frank无奈摇头，放弃和这个惯性把人往坏处想的女人计较，拍拍面前桌上的一张表："先填表。"

文佳佳难得配合地坐下，拿起表和笔，刚填了两行，就皱眉道："真是，明明都是华人，填什么劳什子英语！欺负老娘不会啊！种族歧视！"

Frank看她一眼，主动拿过表格，好脾气地问："这是第几次怀孕？"

文佳佳挑眉道："第四次。"

Frank只顿了一下就惊讶地扭头看向她。

文佳佳立刻陪笑道："开玩笑的！"

Frank继续问："对什么药物过敏吗？"

文佳佳也是一头雾水："毒药算吗？"

Frank又问："以前是否做过手术？"

文佳佳回忆道："小时候上树，掉下来磕破后脑勺缝针算嘛？"

Frank低头填表，"几针？"

文佳佳耸耸肩："三、四、五随便吧……诶你英文不错啊，后脑勺你都会写！"

哪知话还没说完，一位唐姓医生从诊室里走出来，上前热情地招呼两人。

唐医生操着香港国语："Hi！Gigo！Sorry，Frank，好久不见！"

文佳佳奇怪地看着Frank，不明白为什么唐医生这么称呼他，难道他犯过法改名换姓了？还是那个什么鸡什么狗的意味着不为人道的过去？

Frank对唐医生的称呼没什么反应，把表格递给他，扯扯嘴角："还没填完……"

唐医生说："真是不好意思，怎么能麻烦你！Grace,Grace……"

一个胖胖的印尼护士连忙走出来，唐医生吩咐道："你把这位小姐带进去……"

Frank也转身对文佳佳说："我在外面等你。"

这间诊室和在电影、电视剧里看到的那些没什么不同，一些医疗器材，一位医生，一张床，还有空气里弥漫的药水味。

文佳佳躺在床上，还有些紧张。

那位唐医生正在翻看文佳佳的产检记录，神情认真。

看了一会儿，她才拉扯着长音道："我国语讲得不太好啦，如果真的听不懂没关系，告诉我，我可以讲英文，Ok？让我看看你什么情况啦，文佳佳，北京人，哇，二十六岁，很年轻啦，在我们香港这么年轻生孩子的女生不多哦。我告诉你，女孩子生Baby越早越好，生男孩子几率会大很多的啦……"

唐医生啰嗦完毕，走了过去："来，让我摸摸Baby……"

唐医生在文佳佳肚子上一边触摸一边道："你可以去问Gigo……Oh，Sorry，是Frank，他以前是医生，他会告诉你大龄产妇有多危险……"

医生？那个丐帮帮主？

不都说医生都有轻微洁癖的吗？他怎么会容忍自己脏成那个德性？

接下来，文佳佳完全没听进去唐医生在说什么，脑子早已被Frank的神奇历史震住了，心里迫不及待地想去八卦。

【男人的神秘感】

如果有人问文佳佳，什么样的男人最有魅力，文佳佳会说："有钱的男人。"

男人因为有钱而变得有神秘感，连同他的思想和钱包都会变得很神秘。文佳佳首先会好奇这个人是怎么赚到那么多钱的，其次会好奇这个男人愿意在她身上花多少钱。

所以说，在这世界上只有两种男人，第一是有钱的，第二是没钱的；当然有钱的男人也分两种，一种是肯为女人花钱的，一种是不肯的，不过这些年社会开化得多了，也就多了一些男人是肯为男人花钱的。

如果再问文佳佳，和一个有夫之妇的男人谈恋爱追求的是什么，她可能会想想再告诉你："其实就是追求一个恋爱的过程吧。"

那么，恋爱的过程到底是什么呢？

大概就是让两个原本不相干的人扯到一起，直到再也不相干的那一天吧。

文佳佳不知道何年何月她才会和老钟走到不相干的那一天，当他们的感情越来越深时，她总是有些后怕，尽管她早有觉悟——这一天迟早会到来，这是一条不归路，她只是在拿青春赌明天。哪怕那个明天日复一日无穷多。

文佳佳很清楚地知道，像是老钟这种男人，是不会为了一个外遇对象而和太太离婚的，但是总有一些身居太太位置的女人搞不明白，杀死婚姻的不是另外一个女人，而是时间。

文佳佳猜想，当老钟不在老钟太太身边时，老钟太太一定会觉得老钟在自己这里，但其实有很多时候老钟也不在自己这里，只不过她和老钟太太一样，总是改不了对这个男人朝思暮想，就像男人也改不了对女人的朝三暮四。

但是说来说去，不管女人如何自我矛盾，自我纠结，女人的最大购买商依旧是男人。就算女人总说男人不是东西，也得接受这一事实。

最起码，等到了不相干的那一天，她文佳佳还能剩下点钱。

文佳佳和Frank离开了诊所，就开车来到附近一家大型超市里，因为她正好想花钱了。

文佳佳一向是个善于利用钱财的女人，做钱的主人，通常这种人会被统称为财主。

文佳佳喜欢钱，是因为钱是不会出卖主人的。

Frank和文佳佳推着购物车穿行在货架之间，她精准而迅速地将卫生纸、洗衣液等生活用品放进推车里，就像是不要钱似的。

但其实它们都是最贵的。

文佳佳一边分辨价签上的数字，一边还不忘八卦："Doctor唐说你以前是医生？还真没看出来，看着你跟通缉犯似的。"

文佳佳噎人的功力一向不俗，如今更像是找到了合适的发挥对象，一发不可收拾。

Frank却并不介意："对，看着不像，所以辞职了。"

文佳佳继续八卦："那你现在干吗？司机？"

Frank模棱两可道："算是吧。"

一位正在摆货架的华人店员，扬手跟Frank热情打招呼："Hi，Gigo！排骨打折哦，买回去给女儿烧汤很划算。"

Frank朝店员笑笑，和文佳佳继续往前走。

文佳佳想了想，歪着头看他："哎，对了，她为什么叫你Gigo？你不是叫Frank吗？"

Frank明显有些不悦："你怎么那么多问题！在美国这叫'private

information'！"

文佳佳毫不示弱："我是中国人。"

Frank无语文佳佳的胡搅蛮缠，反正她总是有歪理邪说。他的目光顿了顿，从推车里拿出文佳佳刚放进去的麦片。

在文佳佳询问的眼神下，Frank说："燕麦不合适你吃，你需要的是这个。"

Frank拿起几大盒牛奶放进推车里走。

文佳佳不甘受人支配，又把那写牛奶都拿出来，再换上另一个牌子。

接着，她挑衅道："那我也要最贵的。"

一想起烧钱的快感，文佳佳就无比的亢奋，憋了一天的闷气终于能在此刻得到圆满的发泄。所以你看，钱不仅忠诚，而且可以帮助人排忧解难。

有钱人总爱说一句话："钱能解决的问题就不是问题。"

文佳佳却认为："钱能治好的病就不是病，比如郁闷症。"

两人来到款台准备结账时，文佳佳当场就掏出一叠现金来数，店员有些瞠目结舌，被花里胡哨的美钞晃得眼花。

在美国，大多数人连买瓶矿泉水都刷卡，再加上美国一向以犯罪率高而闻名世界，除了毒贩、赌徒一类人，哪有人会带着大把现金在大街上乱晃呢？

文佳佳见Frank手里拎着一袋排骨站在一旁，客气道："一起算吧？"

Frank立即掏出信用卡："不用，谢谢。"

文佳佳撇嘴，用行动表示Frank非常不可理喻。

Frank说："没有别的事，现在送你回去。"

文佳佳十分惊讶："不是吧，才五点，我可不想回去陪她们养老。我请你吃晚饭！西雅图最好的餐厅在哪儿？"

Frank完全不领情："抱歉，我得去接女儿。"

文佳佳再度不悦："她妈妈呢？"

Frank说："在国内。"

他的话再度引起文佳佳八卦的欲望："……你一个人在美国？"

Frank看了她一眼，一副文佳佳问了废话的模样："和女儿。"

文佳佳立刻联想到男人朝三暮四的一面："你老婆真行，放心你一个人在国外，跟这么多洋妞儿在一起……"

华人收款员在这时插嘴道："有那么会赚钱的老婆谁舍得往外跑啊，八块五。"

Frank礼貌地笑笑，付钱，先一步往外走。

文佳佳还在等着结账，对着Frank背影大喊："哎，等等我啊！"

Frank送文佳佳回到月子中心门口时，适逢白发魔女正和一个英俊的白人男人分手，男人显得很关心白发魔女，一手还在她肚子上温柔地拍拍，然后两人友好地拥吻告别。白发魔女站在门口和男人挥手再见，男人转身上了另一个女人的车，和那女人激情接吻，继而车开走人。

Frank顾不上看这出戏，正帮着文佳佳从后备箱拿东西，文佳佳却看得大跌眼镜，直呼过瘾。

文佳佳想，要是等哪一天，这世界上的男人和妻子，以及男人的情人，可以这样相处的和颜悦色，那就世界太平了。

不过有人的地方就有战争，人类是达不到以上这种崇高的境界的，除非他不是人。

文佳佳凑近Frank，小声打听："那人是谁？"

Frank说："小周孩子的父亲。"

原来白发魔女姓周。

文佳佳继续追问："车里那个呢？"

Frank依旧那副口吻："他女朋友。"

文佳佳听得目瞪口呆，主要是因为小周已经达到了"不是人"的境界："哇，我以为中国已经够开放了，跟美国比还是不行啊。"

接着，文佳佳啧啧有声意犹未尽地提着东西转身进门，Frank却忽然叫住她："我建议你不要穿高跟鞋，对孩子不好。"

文佳佳扭扭腰："我只穿高跟鞋。"

然后就仿佛对着干一样踩着高跟鞋"咚咚咚"跑进门。

这时候的文佳佳，早就忘记了当一个女人认为一个男人有神秘感时，就是他们产生奸情的前奏，因为在文佳佳的字典里，Frank的光辉邋遢形象绝对是第一拒绝往来户，现在她之所以依靠他，主要是因为无人可靠。

而眼下，除了Frank以外，白发魔女小周也引起了文佳佳的探索欲，她被文佳佳列为第二拒绝往来户。

但这阻碍不了文佳佳对小周的八卦心理。

【三个女人，必有一贱】

三人行，必有我师；三个女人，必有一奸，或者贱。

不过这个"Jian"是相对来说的，当你这样定义对方时，就等于落入了对方的定义范畴里。

文佳佳和白发魔女小周就是如此，虽然她们往日无仇近日无怨，纯属互相看不顺眼，气场不和，不是一路人。

若在北京，文佳佳可以选择和非我族类者划清界限，老死不相往来。但这是在西雅图，具体地说是在西雅图最糟糕的月子中心里，所以她和小周就成为了避无可避的冤家对头。

相比较而言，热心于人道主义关怀的Frank，就显得可爱可亲得多。

何况他又有神秘感，又愿意对一个素未蒙面的女人伸出援手。

就这点来说，他的人道主义关怀也可以解释为"英雄救美"。

文佳佳一回到月子中心就开始显摆，她这也是发挥人道主义救援的一种。她蹲在巨大的双开门冰箱前，把购物袋里的东西一一摆放进去。一下子就占满好几格，全是螃蟹和大虾。

束发孕妇陈悦凑过来叫道："哎呦，这就是那阿拉斯加螃蟹吧！说在西雅图可有名啦！这得特贵吧？！"

文佳佳勾起嘴角："还可以，晚上让黄太做，大家一起吃。"

陈悦很是腼腆："这真是……"

这时，小周忽然走过来，也不多说，从冰箱里拿出一些文佳佳刚放进去的东西，又从地上拿起食品和牛奶，占据了那些空位。

文佳佳瞪眼："哎！"

小周也瞪着文佳佳，针尖对麦芒，谁也不让谁。

文佳佳看着气场十足的小周，想说什么最终没说出来，故作潇洒地离开："怎么摆这种事我就不管了，晚上餐桌上有我点的菜就好。"

这天晚上，黄太果然煮了一桌文佳佳选购的海鲜宴，陈悦低头嗑螃蟹，头也不抬，在她眼前已经摆了一大堆的螃蟹壳。

小周却沉默着吃米饭和眼前的青菜，那些螃蟹和大虾一口没碰。

黄太新端上一个砂锅，打开一看是三杯鸡。

文佳佳尝了一口，挑剔道："这三杯鸡怎么这个味道！这是江西名菜，怎么让你们台湾人改良成这样！"

小周看了文佳佳一眼，没说话。

文佳佳又尝了一口："没放酒。黄太，做三杯鸡最重要的是放酒，要米酒加绍兴老酒……"

黄太端着托盘过来，把一碗汤放在文佳佳眼前："怀着孩子，不适合沾酒精！"

文佳佳笑道："哈，哪有那么娇气。"

小周显然是被倒了胃口，站起身，拿出三十刀美金放在文佳佳眼前："谢谢你的海鲜，这顿我自己付账。"

文佳佳嘴里还吃着鸡，含糊道："不用……"

还没等她抬头，小周已经拿着碗离席。

文佳佳有点尴尬，一向都是她给人钱，很少见人给她钱。她看着眼前那三十美金拿也不是，退也不是，只好像是推掉烫手山芋一样推到陈悦面前："给你。"

陈悦也很意外，看着美金，犹豫了半天："那……我先帮你们拿着……"

饭后，文佳佳百无聊赖地处理自己的内务，收拾行李，将几个本就看着不大的柜子填满，再走近浴室里洗个热水澡。

二十几分钟后，文佳佳浑身舒爽地打开浴室的门，里面蒸汽喷薄而出。她抱着脏衣服懒洋洋地走出浴室，回屋看了眼手机，手机安静得仿佛和全世界的信号都隔绝了一般，让人失望透顶。

夜晚的月子中心十分安静祥和，各个角落的灯大多关着，空气里隐隐会传来从楼下大厅里发出的微弱的电视声音。

楼上，陈悦的房门微微打开，她的说话声从那道缝里轻轻透出："丫头，感冒好点没有，在家要听奶奶话啊！……跟你爸说没事早回家，别成天在外头耍……"

从对话中不难听出，这是一位劳心劳力的母亲在对她心爱的女儿说话。更加可以由此推断，陈悦到西雅图来是为了躲避国内政策而生下第二胎，八成是为了要个儿子。

文佳佳从房间出来，把换洗好的衣服扔进洗衣房里，终于无事可做，空虚症也开始蠢蠢欲动。

文佳佳非常不适应这间静悄悄得显得有些空旷的房子，虽然它看上去小得可怜。当西雅图脱去浪漫的外皮后，它的夜晚简直无聊得要命。

在中国，你永远不用考虑晚上该上哪儿找乐子，而是该考虑推掉哪一拨人，层出不穷的应酬和需要交际联谊的场子，会将你的夜生活填得爆棚，你应接不暇恨不得一天能有四十八小时，和一副不需要睡觉也能精神抖擞的好身体。

可是在这里，在这个浪漫著称的西雅图，连文佳佳那个平日里那个总是处于"通话中"状态的手机，都变得像个死人，无声无息，就像是为了符合西雅图的无聊。

文佳佳看看时间，以往这个时候，她应该是正在挑选一会儿要在Party上大放异彩的礼服。它必须是一件和自己的姿色相得益彰的奢侈品，而且早在下午Shopping时，文佳佳就早已决定了将哪一件套在身上。只不过符合这个条件的礼服实在太多了，到了晚上，她才不得不重新挑选一遍。

最专业最会奉承人的化妆师会为文佳佳上妆，不能太浓，太浓了像粉末登台的戏子；也不能太淡，太淡了会在Party的灯光下无所遁形。尤其是，她勤于去美容院保养皮肤，将每个细节都打理得无可挑剔，为的就是上妆时可以将效果发挥到极致。

再下来是珠宝。

女人的珠宝大多是男人挑选的，和戴给女人看的。男人掏钱买珠宝送给女人，女人再戴出门让其他女人围观。所以珠宝的设计既要能吸引男人的钱包，也要能吸引女人的眼光。

说白了，买珠宝买的是身份，戴珠宝戴的是嫉妒。

最后是高跟鞋，这也是画龙点睛之处。

文佳佳本来长得就高挑，走T台都能应付自如，这样一个鹤立鸡群的女人一旦登上高跟鞋，必然盛气凌人，高人一等。

上流社会，衣香鬓影，一群女人和一群男人聚在一起，嘴里聊的是风月，眼睛里看的是细节。要让众人最先注意到你，首要条件不是珠宝最闪，衣服布料最少，更不是皮肤最白，而是海拔。

只要你的海拔足够高，哪怕是在百米之外，众人也会最先发现你。

当然，也不能高得离谱，否则就高处不胜寒了。

像是文佳佳这样的身高刚刚好，再加上高跟鞋，就可以恰到好处的将脖子上的珠宝衬托的更鲜艳，面上的妆容也会更显精致，还有身上服帖而稀少的布料，也会在视觉里被无限拉伸延展。

只是这一切，都已经远离了文佳佳。

洗尽铅华，挺起肚子，文佳佳发现她的空虚症竟然卷土而来。

而这会儿，连怀孕都不能将她治愈，她需要的是招猫递狗。

文佳佳无聊地走下楼，寻找她欠招儿的目标。她走进厨房里打开冰箱，倒了一杯牛奶，一边喝一边看到正蜷在沙发里看中文电视剧的小周，在她面前的茶几上摊着很多DVD碟片，碟片上闪烁着从电视荧幕上投下来的光。

看来这个小周和文佳佳有一样的兴趣爱好，在这一点上，文佳佳可是个行家。

文佳佳抿嘴笑了笑，拿着牛奶走进客厅，蜷在另一个沙发里，将自己安置得很舒服，抬眼一看，电视里正播放《生死线》，这会儿演到四道风跟女主人公深情表白。

小周看得十分入戏，感动得一塌糊涂，眼前也蒙了一层水雾。

文佳佳想，此时不欠招儿，更待何时呢？

于是她看了看小周，又看了看电视，一句话就点燃了导火线："这电视剧特惨，后来四道风死了，高昕也死了。高昕先死的。"

小周果然怒目以对，恨不得瞪穿了文佳佳："你不说会死啊！"

文佳佳一脸小人得志地笑了，心里一下子就仿佛装满了填充物，便功德圆满站起身准备上楼："你不是英语好吗？你们这种人在中国看盗版美剧，来美国看盗版中国电视剧，累不累啊！"

一针见血的讽刺啊，真是致命的一击，白发魔女凄凄惨惨地败在文佳佳手里。文佳佳边上楼边偷看小周咬牙切齿的嘴脸，小周越愤怒，她越有成就感，简直就差叉腰狂笑了。

文佳佳就像是老顽童一样，在奸计得逞之后急需一个和她分享胜利果实的朋友，这个人无所谓是谁，只要能和她共乐乐即可。

文佳佳眼珠子一转，这个人选就落在陈悦头上。

她轻手轻脚地来到陈悦门前，轻轻敲了几下，陈悦才打开门，文佳佳就忍不住捂嘴笑出了声。

陈悦大感意外，不知道文佳佳有什么猫腻。

文佳佳笑痛快了才说："你没看见刚才她那个样子，逗死我了。我就看不惯她整天高人一等的样子，脖子恨不能仰到天上去，会说两句英语牛什么啊！我要是傍个外国男人，我也会说英语！"

三句话不离本行，文佳佳又在背后一剑戳穿了小周的脊梁骨。

说曹操曹操就到，真是不能背后说人。

文佳佳话音才落地，身后的门就突然打开了，小周正气冲冲地站在门口。

"你说什么呢！"

文佳佳吓了一跳，回身看见是小周，理屈但是词不穷，赶鸭子嘴硬道："我，我说的谁你自己心里明白，别以为你的事我们看不出来！人家有女朋友你还怀人家孩子，不是傍就是给人家当代孕妈妈，傍还都没品位，傍个开本田的！哎，我说你的英文这么好，是不是都跟老外在床上学的啊！"

文佳佳一向对牌子格外敏感，那个白人男人长什么样她早忘了，却还记得人家开的车的牌子，因为那直接体现了一个人的财力。

小周气得双眼发绿，一个箭步上前作势就要打文佳佳，文佳佳吓得跳起来，跑到陈悦身后："哎，哎，别过来，小心我伤着你！"

夹心饼陈悦赶紧出来阻拦，也怕自己被殃及池鱼："别别……"

小周却不想善罢甘休，怀孕本来情绪就不稳定，身边还住进这么一个唯恐天下不乱的主儿。

于是，小周一边就要越过陈悦去打文佳佳，一边也口下不留德道："我今天非教训教训你！让那个你知道什么叫礼貌！你别以为你有钱就怎么着了，不是亲爹的就是干爹的！我就不信这钱是你自己挣的！"

文佳佳仰起脖子，趾高气昂："我老公的！怎么了！"

小周也扬高声音："就你这么花钱，花的还不定是谁老公的！男人疯了才会娶你这种女人！"

文佳佳真是气死人不偿命："我老公愿意，你管呢！骚货眼里的都是骚货！"

三个女人叽叽喳喳，当场就搭起了戏台子乱成一锅粥，屋里顿时一片混乱，吐沫横飞。

文佳佳憋屈了一天一夜的郁闷终于可以借由小周这个垃圾桶一股脑倒出来，哪能放过？反正她喜欢吃螃蟹，她喜欢横着走，她横行霸道怎么啦，她有钱！这年头在哪里都一样，有钱就是大爷，有钱就能挺直腰板，吵架也能多点底气。甭管她是牛鬼蛇神还是白发魔女，文佳佳都照

单全收！

小周气得脸红脖子粗，早就看这个文佳佳不顺眼了，如今又被她无缘无故地挑起战火，哪有不战而逃的道理，非得站在这里把理说清楚不可。对付文佳佳这种贱人，绝对不能玩文明的！

陈悦则是两头劝，两头不落好，有点猪八戒照镜子的代入感。这边文佳佳的尖酸刻薄从她左耳进，那边小周的伶牙俐齿从右耳进，一下子就把陈悦的脑子灌满了，两耳嗡嗡作响，真恨不得把她俩请离自己的门口，还自己一方净土。

就这样，三个孕妇很快就围剿在一起，乱成一团麻，根本拎不清。

黄太闻声出屋，就见到这样一幕，火儿噌地一下攒了两尺高，嗓门也比那三个野女人大了几分，震得整栋房子的楼板都跟着颤。

"好了！都给我住口！都怀着孩子呢，这么大吵大闹地爆粗口，你们还有个当妈的样子吗！"

真是声如洪钟啊，喝斥得文佳佳和小周这对泼妇都一下子住了口，但依旧怒目而视剑拔弩张，好像随时还能再来一回合。

但是黄太在一旁紧迫盯人，文佳佳只好决定鸣金收兵，于是先一步离开陈悦房间，快步站回了自己房间门口，先发制人道："我不想跟你说话！"

小周也不示弱地说："Me too！"

双方都使劲儿地关上门，完全没发觉这种行为简直幼稚到了极点。

Chapter 4
空虚症就像是大姨妈会定期发作

【文佳佳的空虚症卷土重来】

文佳佳不知道小周如何治疗自己的空虚症，反正能治愈文佳佳的是钱。但这个钱得是自己喜欢的男人的钱，别的男人是不行的。

文佳佳花老钟的钱时，脑子里想的全是老钟。如果她不喜欢老钟，即便刷爆了那张没有上限的卡，也尝不到丝毫快感。

前一天晚上的战争最终没有人赢也没有人输，文佳佳觉得很不痛快，回屋就坐在床上压着声音嘶吼着："气死我了，气死我了，气死我了！！！"

一连三个气死我了，为的不是小周的嗓门比较高，也不是黄太的威严很慑人，而是小周一脚就踩中了文佳佳小尾巴——男人疯了才会娶你这种女人！

对，没错，老钟没有疯，也没有娶文佳佳。

但这两点并没有直接的因果关系。

那主要是因为他先娶了老钟太太，然后才认识了文佳佳。

这要换做在旧社会，她文佳佳就算再差也能混个二姨太，至于后面的三四五六七八，随他的便！

当然，以上这些只是文佳佳的自我定位。

美国人大多不买奢侈品，明星除外。

但即便是明星，他们购买奢侈品也是为了工作需要。当他们平日闲

暇之余享受普通生活时，也会穿着随便，只为图个舒服。

在美国，随时随地将奢侈品挂在身上的人，只有华人。

文佳佳虽然花钱大手大脚，但是也有个"穷养儿富养女"的意识，她明白在孩子尚不懂事尚无赚取生计的能力时，是不应用物质堆满他的世界的。

这个认识，在文佳佳亲眼见到一个十七岁的华人男孩开着兰博基尼出入学校之后，变得更加肯定了。

钱，往往是在无形中毁掉下一代的最直接最有效的工具。

但人们永远只看得到钱的好处。

文佳佳前一天晚上被小周气得不轻，第二天一大早又听到小周在庭院里讲电话，说什么"到了两千万就替我完全卖掉"，无名火又一股脑涌了上来。文佳佳不相信小周有赚大钱的能力，倘若有，就不会来美国傍一个开辆破车的老外。

为了避免再次和小周吵得不可开交，也为了抒发前一天受的气，文佳佳当天上午就跑到西雅图最大的奢侈品商店里，想试试老钟亲手递给她的信用卡附卡上的磁条到底耐不耐磨。

她指着各种名牌鞋包："这个，这个，这个……"

又见到信用卡一次次地刷过去，"刷刷刷"，"刷刷刷"。一听到磁卡和刷卡机亲密接触时的摩擦声，文佳佳心里就特别的爽，空虚症好像也得到了一丢丢的缓解。

亲爱的女士们，请记住，最有效的召唤不是温柔的电话，不是含情脉脉的短信，而是当他的手机一次次接到银行消费短信提示的时候，他爱你的心将会一点点膨胀起来。

"刷刷刷"，"刷刷刷"，文佳佳坚信，那些纷至沓来的提示短信，很快就会塞满老钟的手机信箱。

让他有种不接她的电话！

文佳佳受到了店员最热情的关照，令她最后还不忘买下全店里唯一一个限量款的爱马仕皮包，三万美金。

文佳佳拿着包，简直是爱不释手，但她依旧不忘打电话给远在国内的丽丽。

"亲爱的，我拿到了爱马仕最新的限量款，你要不？要的话，我也给你带一个。"

丽丽的尖叫声差点刺穿文佳佳的耳膜："天啊，我太爱你了，那个我必须要的！你先帮我带，回国我把钱给你！"

文佳佳笑眯眯地挂上电话，指了指包："再来一个！"

那店员瞪大了眼，又为难又惊讶地告诉文佳佳，这样的限量款他们店现在只有一个，如果还想要，他们只能先去调货，需要文佳佳多等上一段时间。

等Frank翻译过后，文佳佳大为吃惊："啊？这家店就这一个啊？这不是西雅图最好的购物中心吗？"

外国店员又叽里咕噜地说了一通，十分激动。

文佳佳连忙看向Frank。

Frank解释道："他说，他们店一年就卖四个限量款，你一次就要两个，原来中国人是这么买东西的。"

文佳佳歪着头："难道美国人不买奢侈品吗？那干吗开这么多奢侈品店啊？"

Frank说："这些东西基本上都是卖给华人，和美国明星的。"

文佳佳眨眨眼，这才恍然大悟，原来华人在美国和明星是一个待遇的。

几十分钟后，文佳佳踏着新败的高跟鞋和时尚裤装，甩着大波浪卷的长发，终于心满意足的走出了奢侈品店。在她身后，亦步亦趋的跟着拎

着无数名牌购物袋和包装盒的外国服务员。

文佳佳低头看了眼手机，仍旧一副要死不活的模样，很快便被她塞进了新买的爱马仕包里。

再抬头一望，Frank正在路边等候。

文佳佳走过去，好不容易压制住的空虚症又因为手机的不争气而往上蹿，她对Frank说："我要去西雅图最好的餐馆。"

Frank想了想，为她拉开车门。

当车子在一家豪华餐厅外停稳后，门前侍者连忙上前为文佳佳拉开车门。

Frank却不下车，对文佳佳道："我等下过来接你。"

文佳佳特别诧异，回头叫："一块吃呗，我请你！"

Frank说："不用了，谢谢。"

文佳佳不悦了，一个人进餐有什么乐趣，吃饭要两个人抢着吃才香。

"见什么外啊，走吧！"

她也不想想，Frank和她不熟，不见外难道还见内吗？

Frank依旧坚持原判，语气也不温不火："我八点过来接你。"

文佳佳撅撅嘴，只好独自下车，索然无味地走进餐厅，原本还有些食欲，这下全因Frank的一板一眼搅和没了。

随着文佳佳的高跟鞋在高级餐厅的大理石地面上敲打出来的"咔咔"声，她最忠实的伙伴空虚症也悄悄涌进心头，很快填满了每一个角落。

到头来，如影随形，对她不离不弃的，也只有它。

高级餐厅里灯光闪烁，情调十足，空气里弥漫着优雅的钢琴声，周围有许多白人财主和他们的情人们在用餐，但是文佳佳却感受不到丝毫人气。她只是独自坐在宽大的铺着白色桌布的餐桌前，面对着一整桌的美食和一瓶昂贵的红酒。

文佳佳没吃几口，就像是得了强迫症一样频频看向手机，仍是一片死寂，她几乎怀疑这部手机接收不了国内的网络，脑中也浮现出一句话："一个男人不在乎你花钱，只有两种可能。一是他爱你至深，一是他置你不顾。"

一想到此处，文佳佳心里就泛慌，那里很快就蔓延成一望无际的荒原，仍凭她怎么跑也逃离不了这种无力回天的绝望。

她只好抬手叫来服务生。

外国领班注意到文佳佳的动作，立刻招呼一个华人侍应生过去。

文佳佳当即对华人侍应生："再加一份龙虾！"

服务生提醒道："小姐，您点的已经足够了。"

文佳佳蛮横道："摆着看不行啊？"

最终，那盘龙虾文佳佳一口也没动。

美食和美酒是否合乎一个人的口味，还要视乎这个人的心情是否愉悦。倘若一个女人对爱情心灰意冷时，即便眼前摆放着山珍海味，对她来说也是形同嚼蜡。

文佳佳在遇到老钟之前，认为这种说法根本是无稽之谈。怎么可能会有人面对这么一桌菜而放弃食指大动的权利呢？

但是现在，她身历其境。

几个小时后，天色渐黑，温度也降了下来。

Frank依约前来接送文佳佳，文佳佳坐进车里一言不发，完全没有几个小时前购物时的雀跃亢奋，这种情形就和在国内时一样，花钱可以一时治愈她的空虚症，然而在花钱之后空虚症又会卷土重来，甚至越演越盛。

Frank依旧不怎么说话，那是他天性使然，但是文佳佳居然也一字不吭，只是看着窗外发呆。

Frank时不时看向文佳佳。

直到许久以后，也不知是因为被Frank的频频关注引出了说话的欲望，还是文佳佳自己想透口气，她才无精打采地说了一句："别送我回去，我心里闷，带我去船屋看看好吗？"

瞎子都看得出来文佳佳心里闷，Frank不是瞎子，自然也看得出来。

他只犹豫了一下，就将车掉头。

这个晚上，文佳佳难得的沉默寡言，就像精神分裂的患者一样，以至于她并没有告诉Frank，她想去的是电影《西雅图夜未眠》中萨姆和儿子乔纳居住的那个船坞。

毕竟在西雅图，有百分之四十一的面积是水，可以想见这里的船坞也是不少的。

而文佳佳也不知道萨姆的那个船坞叫什么名字，距离他们到底远不远。

文佳佳清楚地记得，剧中的安妮乘坐飞机到西雅图看望萨姆父子，她在船坞外见到了萨姆的庐山真面目……

金色的头发、长款的风衣、一双眼睛仿佛会说话，这样的安妮，在远远见到萨姆时，便不由自主地向他们走去。在这之前，她甚至还没有想清楚一会儿将要说些什么。

当然，安妮更加不会想到，会有一个短卷发的女人先她一步跑向那父子俩。

安妮站住了脚步，直愣愣地看到短卷发女人将乔纳抱起，接着穿着米色夹克的萨姆也向他们跑去，展开手臂一把将他们一起揽在怀里，再轻而易举地将他们举高。

然后，是萨姆和那短卷发女人相互拥抱，态度热络，仿佛一对恋人。

萨姆说："见到你真开心。"

但他们的谈话仅止于此。

一阵吓人的大型货车的鸣笛声打断了他们，而鸣笛的对象正是傻呆呆站在马路中央的安妮。

大型货车呼啸而过，萨姆和安妮之间再没有视觉的阻隔，令他们清楚地看到彼此。

萨姆向安妮走过去，他惊喜地发现，这个女人就是早先在机场，令他感到一见钟情的那个。

安妮呆呆地看着萨姆，不知所措，两只眼睛好像说出了千言万语。

她听到萨姆说："你好。"

安妮也说道："你好。"

只是，他们的谈话再没有下文……

安妮的另一边传来令一阵刺耳的鸣笛声，一辆鲜黄色的出租车向安妮驶来。

"然后呢？"

镜头一转，安妮从西雅图返回了自己居住的城市，此时正是安妮的朋友在向她发问，她问出了所有观众们的心声。

安妮说："然后我就走了。"

朋友重复叙述着当时的情况："你站在路当中？"

安妮说："是啊，就像你梦到自己赤裸，而周围每个人都在看你。"

朋友玩笑道："我喜欢这个梦。"

安妮崩溃道："就算那样，也比不上我当时的羞愧。"

朋友说："但是他看到你了。"

安妮无奈道："他看到了！"

朋友继续紧追："面对面。"

安妮看了朋友一眼："他说'你好'。"

朋友点头："他说'你好'，那你怎么说？"

安妮懊恼的皱着脸，恨不得立刻死去："我只说得出'你好'。哦！"

朋友愣了一秒钟："哦，我的天啊！"

然后，朋友和安妮又一次看了一遍《金玉盟》，那里面女主角的台词也是这样的："我只说得出'你好'。"

朋友指给安妮看："这是个好预兆！"

尽管安妮觉得自己蠢得像头驴，尽管安妮觉得在萨姆和另一个女人深情相拥之后她出现的十分多余，尽管安妮后悔死了自己竟然冲动的飞过去只为了见一眼萨姆，但是在朋友心目中，他们的开始依然很罗曼蒂克。

当Frank将车停在船坞附近时，文佳佳也像是剧中的安妮一样，不由自主地走下车来。她控制不住自己的脚，她的眼睛被眼前的景致所迷幻。

在昨天这个时候，文佳佳还在抱怨怎么电影中的西雅图在现实中可以这样安静得无聊，可如今，她又觉得唯有这样安静的西雅图才有可能缔造浪漫的爱情。

爱情在别处，但这个别处必然是富有异域风情和祥和气氛的地方，绝不可能是闹市。

这是不是因为，只有在这种地方，一个人太过孤单寂寞，才会在遇到另外一个同样孤单寂寞的人时，以最快的速度摩擦出激情的火花？

这听上去像是《动物世界》里，一雄一雌两只动物在寂寥宽广的大草原上相遇的故事。

但是这时候"在别处"的文佳佳，身边只有Frank。而那个原本应该陪在她身边的老钟，则在不知哪个女人的温柔乡里，或者是环绕着燕瘦环肥的酒桌上，所以即便是此刻的文佳佳和Frank身上都同样具备了寂寞孤独的气质，她也从未想过他们会开始。

一排排船屋安静地在水上排列着，文佳佳靠在栏杆上看着它们随着水波荡漾的姿态，甚至依稀可以看到在船屋里一家人或情侣之间相聚的温馨画面。

文佳佳突然有了和Frank分享心境的欲望，因为除他以外，她也别无选择："萨姆就住在这儿……"

Frank有点摸不着头脑："谁？"

文佳佳解释道："《西雅图夜未眠》的男主角啊，你没看过那部电影吗？"

Frank特别不解风情："没有。"

文佳佳撇撇嘴，表示恨铁不成钢："亏你还住在西雅图。"

Frank觉得自己被吐槽得很无辜，但他没有反驳。

文佳佳又转过头去看着那些人，忽然转移了话题："美国人晚上都待在家吗？"

Frank说："大部分吧。"

文佳佳又问："那没有家的人呢？"

Frank一板一眼道："不知道，大概正在努力创造家吧。"

他说得很实在，正如"人活着不是为了死，就是在通往死亡的路上"一样，实在的令文佳佳再没有继续这个话题的兴趣。

文佳佳发现，Frank别具一种"话题终结者"的风格，他总能在不经意间让她保守心酸——她也想努力创造一个属于自己的家，但她却怀着一个已经有家室的男人的孩子。

文佳佳停顿了片刻，有些自暴自弃了："我不想回去，找个喝两杯的地方吧，最好还能跳跳舞。"

Frank看看表，面露难色，他毕竟还有个女儿。

但文佳佳是不允许别人扫她的兴的："算我包车，双倍费用。"

如果每个人都有价钱，文佳佳愿意花双倍的钱多买下这个男人多一会儿的时间。

【当女人自揭疮疤时，男人应当保持缄默】

女人一个人独处时，有时候是为了寻求个人空间，有时候是因为爱情虽在但爱的那个人却在别处。

老钟从未见过文佳佳因为爱情而落泪过，他觉得文佳佳很坚强，但他不知道那是因为文佳佳总会选在老钟不在的时候哭泣。

老钟也从未见过文佳佳因为别的女人跟他吃醋，他觉得文佳佳很识大体，但他不知道那是因为文佳佳自认为无权吃醋。

很多时候，文佳佳觉得自己看不透老钟，不了解老钟，虽然她很了解男人。后来想想，也许那是因为要了解一个男人，最好先从做他的朋友开始。恋人之间总是隔着一层纱才有美感，揭开面纱固然看透了，但也就不爱了。

相比之下，文佳佳似乎更了解Frank多一些，虽然他们相识不久，但她却可以找到一连串的形容词去勾画这个男人的性格轮廓。

——胡子拉碴却配上一副死人脸，不爱笑就像是得了面瘫症，但是偶尔笑时线条却很迷人，个人卫生看上去很有问题却居然有从医历史，虽然离异却带着一个拖油瓶，脾气很好但多半是被无奈的生活逼到这步的，为人可靠老实所以才会混得很惨，不懂得拒绝别人的要求就像是得了职业病……

综合以上条件，文佳佳觉得Frank真是很值得同情。

文佳佳所谓能喝两杯的地方，不外乎是人声鼎沸的酒吧，没说一句话都得扯着嗓子嘶吼的那种。

　　她不喜欢买醉，但如果买醉可以暂时缓解她的空虚症，她愿意出钱。

　　在这样的环境下，灯光昏暗，视线模糊，每个人脸上都仿佛挂着醉生梦死的表情，可以完美地掩盖文佳佳的落寞，还可以令她远离西雅图宁静的有些过分的夜晚，甚至于关于老钟的一切记忆也会暂时消失。

　　吵杂的音乐声扑面而来，台上的女郎激情摇摆，台下则是群魔乱舞，每个人都很High。

　　文佳佳也是一样，她跳得投入，和一个陌生的白人对舞，时常还有点暧昧动作。对她来说，这也是麻醉剂的一种。

　　白人大声道："你太性感了。"

　　文佳佳没听清："什么？"

　　白人声音更大的重复道："我说你太性感了。"

　　文佳佳得意了："我知道！"

　　但是这种得意持续的时间不长，文佳佳很快就觉得累了，觉得索然无味。因为这个陌生白人不过是个过路客，而通常一个过客的赞美，对文佳佳来说是意义不大的。

　　在经过暂时性失忆之后，文佳佳回到了现实，但她脸上兴奋未消，兴冲冲地跑回吧台Frank的身边，对酒保点点自己眼前装着威士忌的酒杯："one more。"

　　然后，文佳佳看向正在喝可乐的Frank，若不是那杯子里面冒着气泡，若不是文佳佳深谙Frank要死不活的性格，若不是在这种乱七八糟的环境Frank还能保持一副"我是正人君子"的姿态，文佳佳几乎要以为那里面装的是红酒。

她对酒保说："two."

Frank的答案竟和文佳佳预料的一样："我不喝酒。"

她忽然有些受不了和这里格格不入，好像世人皆醉唯我独醒的Frank。

她抱怨道："你这人怎么这么闷啊？"

Frank倚老卖老："年纪大了。"

潜台词是，俺的肝不好。

文佳佳撇撇嘴，觉得他很好笑："我男朋友跟你差不多大，还好不是你这样。你喝杯酒会死啊？来，来照张相！"

文佳佳拉过静若处子的Frank，掏出手机和他照了一张合照。照片里的Frank依旧摆着一张死人脸，但是在昏黄的灯光下显得柔和许多，那一下巴的胡子渣渣也点缀得恰到好处了。

文佳佳边忙活发微博，边发牢骚："别以为我大着肚子就没男人陪！"

其实如果文佳佳愿意，她大可以去找那个陌生的白人帅哥合影，对方一定不会拒绝，总好过这个邋遢又不解风情的Frank。

Frank无奈地摇摇头，他对文佳佳的无奈正在无上限的递增中。

整理完微博，文佳佳把威士忌一饮而尽，琥珀色的液体顺着食管淌进胃里。文佳佳摇头晃脑，跟着周遭的男人们一起对台上辣妹吹口哨，时而看看面不改色心不跳的Frank，心里啧啧称奇。

真是绝了种的柳下惠。

文佳佳不怀好意地问："你是装的还是真的？你老婆不是不在这儿吗？"

Frank不理她。

但文佳佳这种人，一旦对一个人产生了好奇心，就算你装蒜装水仙装大葱，也只会更加刺激她的兴趣。

所以，文佳佳颇有兴致地问道："哎，你平常都是怎么……弄的啊？"

Frank真是一愣，没反应过来："什么？"

文佳佳看他那副呆傻相，道："我说……你都怎么解决啊？"

这一回，Frank脸上的尴尬可是货真价实了，他转过头，忽视文佳佳的问题，看向舞台。

一般动物感到尴尬时，也会这样转过头不理主人。

Frank的动作恰好取悦了文佳佳，她很不给面子地哈哈大笑，惹得Frank有点恼。

Frank语气严肃："没人告诉你这种地方对胎教不好吗？"

文佳佳不以为然："哪儿不好啦？非得听莫扎特看莎士比亚？万一我儿子将来是著名DJ呢？我从现在就得让他见识各种女人，男人见多识广才经得起诱惑。"

文佳佳忘记了，经得起诱惑的男人，并不是因为他见识过各种女人，而是因为"经历"过各种女人。

Frank又化身为老学究："如果我是你，我会希望我的孩子过简单一点儿的生活。"

文佳佳继续调侃："简单算什么生活，像你一样闷？我儿子将来是要当美国总统的，我听说必须生在美国才有权利竞选。"

Frank反问："刚不是说要当DJ吗？"

文佳佳眼珠子一转："对，业余时间当总统。"

Frank被逗笑了："你喜欢儿子？"

很显然不是文佳佳喜欢儿子，像她这样爱美爱漂亮的女人，通常更喜欢女儿。但是老钟必然喜欢儿子，必须喜欢儿子，这取决于老钟的国

籍、文化背景、经济现状和性格等方方面面不可撼动的主观条件。

文佳佳也撼动不了，只能迎合，就像老钟太太也必然和必须要迎合自己生不出儿子的客观事实一样。

但是文佳佳不想被人看穿，只好避重就轻道："Doctor唐说是儿子。"

Frank却老实地将其戳穿："她跟所有产妇都说是儿子，尤其是大陆的。"

文佳佳愣了一下："哈，她以为到儿这生孩子的还在乎男女啊？"

Frank又一次戳破事实："不在乎吗？"

文佳佳耸耸肩："不知道。其实男孩女孩无所谓，是孩子就好。那话怎么说来着，自己的孩子都是宝。"

Frank简直可以上国际联盟谈判桌了，又将话题转了回去："你要真当自己孩子是个宝，是不是可以为了他的健康少喝一点儿酒？"

文佳佳当即愣住，脸上的笑容慢慢褪去："你是不是看着我特别不像个好妈妈？"

Frank不说话，不说话就代表了默认。

文佳佳认真地为自己澄清："我告诉你，我比一般的女人当妈要称职一百倍！你去问问，在国内有几个像我这样年纪的有了孩子，想到的第一件事不是去做掉他，而是怎么把他生下来！"

文佳佳在国内医院做产检时，也见过一些还未成年就怀孕的女孩，她们去医院自然是为了永绝后患的。还有一些女人，已经有属于自己的合法老公，却也选择去医院拿掉孩子，因为他们想做丁克，也因为他们觉得自己负担不起养活一个孩子的流水开销。当然，像是文佳佳这样未婚怀孕的也大有人在，更有一些是在不符合政策规定的前提下怀了第二胎的。

Frank听到这话，不禁也认真起来，而且似乎有一种前所未有的倔强和不满："对，这点我也不明白，生个孩子有那么复杂吗？！"

Frank不是在指桑骂槐，只是有感而发，在月子中心看多了这样的案例，早有些麻木了。但是这种麻木日积月累地堆在一处，终究还是需要一个突破口。

文佳佳有些恼羞成怒，再一次被Frank戳中了痛楚："对我就很复杂！……我是单亲妈妈，我没有工作，他不愿意离婚，这就意味着我开不出证明办不到准生证，去医院没蓝本就办不到合格的产检手续，意味着孩子即使顺利出生也上不了户口！你以为我跑这来，真就为了生个将来的美国总统？没点难言之隐谁会这么背井离乡、孤家寡人的到这生孩子？！"

文佳佳喘了一口气，继续掰着手指头数落："美国的孩子不用背着和体重差不多的书包上下学，从小学到高中都不用面临考学的压力，将来也不必为了考大学削尖了脑袋，更不用在毕业之后还跑到人才市场抢工作……你看看你那套房子，只要四百万！但在北京，那就是两个厕所！还有……你是当医生的，那你应该知道现在中国有多少食物不过关，有多少有害物质，那空气里全是霾啊，那水里全是杂质啊……"

说着，文佳佳再次把威士忌一饮而进，拍拍肚子："所以说到底，我不欠他这一杯酒。"

Frank不再说话，主要是不知道从何反驳。

文佳佳眼圈红了："孩子他爸都能随时说走就走，可我不是还决定生下他吗！"

从这一点上说，女人比男人更有责任感，因为这块儿肉不是生在男人肚子里的，所以他们割舍时会更加潇洒自如。

不过Frank算是个倒霉的例外，因为他前妻很聪明睿智地将拖油瓶甩给了他。

由此可见，女人要变坏，才能治男人。

【爱情能治百病，也能治于百病】

这世上没有白吃的午餐，任何播种都是有回报的，差的只不过是时间的早晚。

这个道理文佳佳一直懂得，但是每当身在局中时，却总有一种看山不是山的感觉，令她产生错觉，以为自己的播种颗粒无收。

就好比如说，当文佳佳自暴地刷卡时，她以为她白刷了，因为老钟没有回电。但她却从没想过，也许老钟只是当下没有时间回电。不过想了也没用。因为她只会跟自己说，老钟当下没有时间回电，那只因为在他身边有更值得他关注的女人在。

她文佳佳，永远排第二，当第一休息时，她也不会成为第一，因为老钟的第一就是他自己。

当以上这种消极论出现时，文佳佳大多处于经期，才会被荷尔蒙的紊乱导致了她的情绪失控。

现在，她的经期会远离她十个月，随之而来的却不是心情上的稳定，而是更难以预料的波动。

唯一能治愈这一切的是爱情，和站在爱情的另一端的那个男人。

酒吧外像是另一个世界，寂静的街道像是没有尽头，灯光点点只能衬托出没完没了的阴冷寒凉。

威士忌的后劲儿终于不负众望地席卷着文佳佳的四肢百骸，她一步一晃地靠在酒吧外的墙边，Frank帮她披上外衣，拿着包紧紧搀扶着她。

文佳佳的胃部一阵翻搅，痉挛得难以自控，扶着墙豪爽地吐了出来。

而她那部一直处于罢工状态的手机，却好死不死地选在这时恢复运转，铃声响得很急促，文佳佳在Frank的搀扶下，东倒西歪地靠着墙，指着手机上面显示的"老公"两个字。

"看看这就是男人，我要不是花得他肝儿疼还不给我打电话呢！"

文佳佳将手机甩给Frank，不再理会。

Frank皱着眉犹豫了一会儿，终于替她接起电话。

电话那头传来世界第一风流情种老钟的声音："宝贝儿？你今天可是大Shopping啊！"

文佳佳的刷卡攻势终于奏效，就是药效来得太过缓慢。

Frank语气平缓："你好，文佳佳小姐不方便接电话，我会让她过一会儿回给你。"

老钟那头迟疑一下，有些猝不及防："哦，好，哎，你是谁？"

Frank刚要说话，文佳佳已经一把拿过电话，一下子按住了挂机键。

这药效来得太慢了，她表示非常不乐意。

但很快电话又响了起来，文佳佳这次按下了关机键。

Frank不解："你这是干吗？"

他尤其不解为什么一个女人盼星星盼月亮的盼着一个男人，但是却又在关键时刻自断出路。

文佳佳冷冷道："两天都没个电话，说的第一句话居然就是关心我花钱了！哼，要是我不花钱，估计这个电话都没有呢……"

话才说完，文佳佳又吐起来，Frank看着她，终于伸出手帮她拍背，力图让她舒服一些。

等文佳佳吐够了，又躲开Frank的搀扶，扶着墙壁望着上面画着的人像图，醉眼迷蒙道，"呵呵，你还是打电话给我了！"

再之后的事，文佳佳全都没了记忆，她回到车里倒头就睡，也忘了自己是怎么回到的月子中心，又是怎么扑到床上呼呼大睡的。

这一晚，文佳佳破天荒的什么梦都没做，既没梦到自己被扶上正室

的位子，也没梦到自己暴揍了老钟一顿。

酒精令她获得数日来第一次的好觉，等她迷迷糊糊地醒来时，低头一看才发现自己还穿着昨晚的裤装，整件都皱皱巴巴得贴在身上，邋遢得不像话，脸上的妆也花得一塌糊涂。

外面天光大亮，阳光照进屋里，门外传来其他人吃早餐叮叮当当的响声，听着有些吵。文佳佳抚着额头，还有些茫然，一手摸出枕边的手机，却发现关了机。

她奇怪嘟囔着："怎么关机了？"

开机一看，居然显示有十几通未接来电，文佳佳还没来得及惊喜，手机就响了起来，是老钟的电话。

文佳佳还处于失忆状态，接起来道："喂——"

老钟那边语气不善："你们在哪儿呢？"

文佳佳理所当然道："在床上啊。"

老钟气结："他是谁？"

文佳佳莫名其妙了："什么他？"

老钟大吼出来："跟你在床上的他！"

文佳佳说："当然是你儿子啊。你以为谁啊！"

老钟一顿，怒火烟消云散："儿子？"

文佳佳很是平静："嗯，做B超了，是男孩儿。"

老钟那头喜出望外："真是儿子？"

文佳佳说："嗯。"

她简直不能想象，如果检查出来不是儿子，老钟会是什么态度。

惊喜过后，老钟才回过味儿来："昨晚上你跟谁在一块儿？"

文佳佳费劲儿地想了半天，才恍然大悟："没谁啊……哦，护工。"

老钟的语气就像是委屈的小媳妇："你当我傻呀，护工半夜还上班？还长得跟通缉犯似的？"

文佳佳说："爱信不信，随你……哎，你怎么知道他像通缉犯？哈，你看我微博了！"

这一瞬间，文佳佳颇有成就感，就在她以为老钟对她的私生活漠不关心时。

老钟有些尴尬，清清嗓子道："你少出去乱跑，要安心养胎！我尽快去看你。"

文佳佳双眼发亮："真的？什么时候？"

老钟说："圣诞节。没多久了，你等着我！"

临挂电话前最后还不忘多嘱咐了一句，"哦对了，花钱没事，可不能花心啊！"

文佳佳开心地一下子蹦下床，空虚症不药而愈。

女人的善变往往取决于女人的心情，仿佛坐过山车一般时起时落，让人始料未及。连女人自己都意想不到自己下一步会作何感想，又何况是男人。

文佳佳的空虚症令她的善变更富有戏剧性，可以治愈它的药唯有爱情。而"爱情"也好似就守在她身边从未离去过，但是当文佳佳需要时，又会在一个转身的刹那，失去了它的踪影，又好似它从未造访。

但是眼下的失而复得，瞬间就令她忘记了上一刻的落寞，脑子里想的只是这样快感将会一直延续到圣诞节，并且还会再迎来一次高潮。

至于圣诞节之后，管它呢！

这会儿，文佳佳已经好了伤疤忘了疼，正开心地叉腰大笑，十足猖狂。

但她却忘记了"乐极生悲"的真理，那才是永恒不变的。

Chapter 5
每逢佳节倍思春，是已婚人士的专利

【当一个女人心明眼亮地看到男人的优点时】

爱情来得轻巧，账单来得严肃。

文佳佳庆幸自己只享有爱情，而把账单留给了老钟。

在她和老钟的"爱情买卖"关系上，文佳佳看得一向很开，她付出真情，老钟接收一切账单；她拿青春赌明天，老钟通过她而抓住青春最后的尾巴。

文佳佳是个称职的好情人，以老钟的喜悦为喜悦，以老钟的痛苦为痛苦。老钟对她嘘寒问暖时，文佳佳心花怒放；老钟对她不冷不热时，文佳佳痛彻心扉。

有时候她甚至会觉得，自己是在用生命恋爱。

但是文佳佳也知道，男人是不会用生命去恋爱的，他们只会希望女人为了他们而付出生命，哪怕有时候他们一个想不开而为了女人决斗，那也只是因为他们强烈的占有欲和不容许自己的领地受到他人侵犯的自尊心。

所以说，女人是为了俘获爱情而恋爱，而男人则是为了实现自我价值。

第二天一大早，文佳佳就从床上爬了起来，一把拉开窗帘让阳光透进屋里，心情极好。她花了一个小时的时间捯饬自己，就像要赶赴一场空前盛况的宴会，连眼线和睫毛膏都画得一丝不苟。直到早餐时间即将结束，她才拿起一个大包匆匆跑下楼来，第一次赶上月子中心的早餐。

黄太正在收拾桌子，因文佳佳大喊而刹住了动作："别收！别收！我起来了。"

文佳佳奔到桌边给自己倒了一杯豆浆，抓起油条就吃，边吃边对陈悦说："你今天脸色真好，闺女感冒好了吧？"

她的好心情令陈悦有些受宠若惊："哦，好了。"

文佳佳继续道："让你老公圣诞节新年带她来看你吧，我看你都想闺女都想疯了。"

陈悦讪笑一下没说话，一时之间不知如何承受文佳佳的嘘寒问暖。

文佳佳看向小周："你……"

小周也抬眼看她，一脸冰霜。

文佳佳顿时收了腔，转头叫黄太："哎，黄太，圣诞节我老公来，在你家搞个大party吧！我们出钱。哎，黄太，圣诞节是不是要吃火鸡？哦，对了对了……"

文佳佳从大包里拿出那件小皮衣给陈悦："送给你了，算圣诞礼物！还有这个，黄太给你的！"

陈悦双眼放光："哎呦，这怎么可以，太贵重了！"

文佳佳摆摆手道："一件衣服，明年就过时了。"

然后凑到陈悦耳边笑嘻嘻道："我昨天买了件新的。"

黄太走过来一看桌子上的香水，有些为难。

文佳佳笑眯了眼："收着吧，你天天做饭身上全是油烟味，难闻死了。"

黄太立刻无语。

这时，小周和文佳佳不约而同地看向对方，两人也颇有默契地一起开口。

"请不要送我礼物。"

"我可没给你礼物。"

说完，两人都陷入沉默，气氛跌到谷底。

早饭过后，Frank驾车带着黄太和三位孕妇，一起到购物中心选购圣诞礼物。文佳佳一路上都没有刁难任何人，只是把头伸出窗外，享受被微风吹拂过面颊的舒爽。当爱情不再刁难她时，她变得像只温顺的小猫。

圣诞歌曲无处不在，渗入西雅图的每一个角落，哪怕你是个聋子都不难感受到这愉悦的圣诞气氛。所有人都为了买圣诞礼物而奔波，文佳佳一行人也不能免俗。

小周在首饰店挑选首饰，看中一对造型夸张的木质手镯；黄太和陈悦在儿童玩具柜台前商量着买哪一版的芭比娃娃，和橄榄球手套的尺寸等。

而已经换上平底鞋和孕妇装的文佳佳，则埋在化妆品柜台里，小心仔细地在脸上涂抹试用装。

Frank帮文佳佳提着好几个购物袋，见她一脸得意的模样，忍不住泼了一盆冷水："抹也没用，该长还得长。"

他指的是因怀孕而冒出的小斑点。

这话立刻勾起了文佳佳的肝火："你什么意思！我变成麻子脸你就能合家欢乐啦？真不厚道！"

Frank连忙解释："我是说长了就长了，没有人会介意的。"

文佳佳扔下化妆品反驳道："谁说没人介意，哪个男人乐意自己老婆满脸斑啊跟眼屎没洗干净似的？"

男人若着能做到不介意，那就没有"女为悦己者容"这句话了。

Frank神情平和道："我。"

文佳佳满脸不屑："你站着说话不腰疼。"

Frank一副专业人士的口吻："那是激素变化引起的色素沉淀而已，何况是为了生自己的孩子，每个男人都不该介意吧。"

文佳佳半信半疑地问："真的？"

Frank点头："好男人都不介意。"

他的意思是，如果介意就不是好男人？这会儿文佳佳才觉得，Frank颇有指桑骂槐的讽刺精神。

接着，文佳佳又立刻自问，老钟会不会介意？

她发现，她竟然没法欺骗自己。

十几分钟后，文佳佳跑去了男装柜台挑选领带，还不忘在Frank身上比划。Frank好脾气地随叫随到。

文佳佳没发觉自己在挑选领带时，比在选化妆品时更仔细，只是嘴里不停地碎碎念着："这个颜色太艳了会不会？这个有点俗是不是？这个……哎，你觉得哪个好？"

她简直没了主意，突然得了选择恐惧症。

Frank面无表情地说："都可以。"

文佳佳较起真儿来："都可以叫什么，你们男人都这样，嘴上说都可以，然后心里挑剔得很……"

Frank一本正经道："不会，他知道你这么认真给他选礼物，什么样子的都会喜欢。"

文佳佳睁大眼睛，满怀期盼："真的？"

只见Frank非常笃定："当然。"

文佳佳笑了："嗯，这话我爱听。老钟有一百条领带，我怕他不喜欢。"

她终于挑定一条拿给店员。

然后，文佳佳又看向形象颓废的Frank，忽然有点良心发现了。她不禁想象，要是Frank能好好整理一下胡子，再穿上西装，配上领带，会是什么模样？

估计也能称得上是人模狗样吧？

于是，文佳佳转过身对Frank道："对了，挑个礼物吧，那天晚上我喝醉了，你帮我付账，还没谢谢你呢。"

Frank却语不惊人死不休道："啊，那个，正想跟你说，请你把钱还给我，六十八美金。"

文佳佳简直以为自己幻听了，瞪大眼睛看着Frank，不敢置信道："你说什么？"

Frank说："那不属于我的工作范畴，那天只是帮你垫，现在你得还给我，有问题吗？"

没问题，完全没有问题！

文佳佳拼命深呼吸："正想夸你人不错来着，你怎么这么不会给自己攒人品啊？"

管他是不是人模狗样，他还是颓废死算了！

人逢喜事精神爽，女人一受到爱情的滋润就翘尾巴，不知道自己姓什么了。

文佳佳是女人，尤其是一个很会翘尾巴的女人，她时常忘记自己姓什么，也时常找不到北。

所以即便疯狂购物耗去了她很多精神，她也安静不了几分钟，就会继续叽叽喳喳。

那时候，Frank正提着购物袋陪文佳佳走向停车场，文佳佳嘴里还塞满了冰激凌。她太兴奋了，身体燥热，需要靠冰激凌缓解。

文佳佳一边吃一边在脑海中规划着圣诞节的行程，对Frank建议道："哎，既然你这么在乎钱，给你个美差，圣诞节我老公来，我们包你车，三倍工资，不错吧！"

Frank说："圣诞节？不行。"

文佳佳问："嫌少？"

同时，在她脑子里已经将价格加到了五倍。

Frank看了她一眼："圣诞节Julie妈妈过来，要陪她和孩子。"

他边说边把东西放进车里，玻璃窗上透出文佳佳失望的脸。

文佳佳埋怨道："老夫老妻有什么可聚的，还不如跟我们玩儿，老钟这个人特喜欢热闹，虽然你人有点儿没劲，还有点儿傻，但多一个人吃饭也有意思……我跟他这么几年了也不巴望着二人世界，你跟你老婆肯定更无聊，还不如……"

Frank早已习惯文佳佳的聒噪，脾气极好地没有半句反驳。直到小周三人满载而归时，文佳佳才停止对他的轰炸。

【在法定节假日，男人只会和法定配偶团聚】

文佳佳很快就会发现，或者说是从美梦中惊醒，并且深刻地认识到一个她早已洞悉的事实——在法定节假日，男人只会和自己的法定配偶团聚。

你可以说这是男人仅存的良心，也可以说这是社会不变的定律，更加可以说是男人为了安抚家中原配最有效的手段。

总之，倘若在这一天男人都弃原配于不顾，却和另外一个女人厮混的话，那么这个男人的后患必将无穷。

有哪个男人会吃饱了撑的去得罪一个可以合法分拨自己财产的女人呢？

老钟平时吃得很少，所以很少有吃撑的时候。

但是文佳佳却还是时不时天真地幻想着，也许老钟会有破例的一天？

只不过当这层幻想被现实一次又一次敲打时，那层原本坚硬如大理石一般的外壳，瞬间就会变得比鸡蛋壳还薄。

这令文佳佳发现，幻想得越美好，现实就会来得越残酷。

后来当圣诞节过去了，文佳佳还不禁自问过：为什么老钟明知他不能

兑现却还是改不了开空头支票的习惯？为什么她明知道老钟的口头信用早已破产却还是选择宁可信其有？

想来想去，唯有一个理由可以解释：文佳佳很爱很爱老钟，她和老钟都对此深信不疑，所以才会食髓知味的透支这份不知限额上限多少的爱情。

尽管他们都明白，这世界上任何东西都是有上限的，透支见底，只是迟早的事。

在大采购之后的那个晚上，三个孕妇围在餐桌边吃饭。陈悦和小周边吃边研究一份旅游资料，文佳佳被晾在一边，有些无聊。

文佳佳一无聊就会干坏事，就像猫科动物一样，天性习惯欠招儿。

不过好在黄太先一步走了过来，适时地阻止了文佳佳的无理取闹。

黄太拿出三个红包，分别摆在三位孕妇面前："有件事我想跟大家商量一下……"

这分明是有事相求的口吻。

三人一起抬头，六双眼睛齐刷刷地看向黄太。

只听黄太道："圣诞节我女儿带男朋友来过节，所以想麻烦大家搬出去三天。这是退给你们一周的房租。不知道可不可以？"

屋子是黄太的，黄太发话，必然没有不可以，何况还是有关"天伦之乐"的要求，这时候谁也不会没事扫兴的。

小周和陈悦对视一眼，由小周代为发言："Ok，我们没问题，正好我家人过来，和陈悦我们一起去雷尼尔雪山。"

陈悦有点无奈点头："我老公和女儿的签证没办下来，我一个人过节太闷了，和他们凑个热闹。"

接着，三个人又一起看向文佳佳。

文佳佳见终于轮到自己，清清嗓子道："知道Downtown的xx酒店吗？它可有125年的历史，我跟我老公订了那的总统套过平安夜。"

连最难缠的也大发慈悲了，黄太立刻松了口气："那就谢谢大家了。"

陈悦八卦问："女儿带男朋友回来，就这么隆重，是不是要结婚啦？"

黄太说："哪里是隆重，只不过他们要带小孩，怕家里住不下。"

小周笑道："原来你都做外婆了，好福气啊。"

黄太谦虚着："哪里，哪里。"

文佳佳破天荒的一言不发。合家欢乐，这一向是她的短处。

平安夜当晚，文佳佳的心情前所未有的高涨。也不知道老钟那厮是胖了还是瘦了，皮肤是白了还是黑了，见到她这幅盛装打扮的模样会不会一脸惊艳？

已经换上粉色长款洋装和小皮草短外套却仍掩不住凸起的肚子的文佳佳，头一次觉得这里多出一块儿肉并不有碍观瞻，反而是一种荣耀。但是仔细想了想，她还是拿出一条披肩遮了一下。

然后，文佳佳坐在化妆镜前一丝不苟化妆，耳朵里听着楼下传来的各种圣诞歌曲，嘴里跟着哼唱，心思早就飘到了九霄云外。

窗外响起一阵汽车鸣笛声，文佳佳连忙跑到窗边，只见一辆车停在门口，小周和陈悦拿着行李先后上车。

文佳佳撇撇嘴，又返回化妆镜前继续化妆，没画两下，再度听到门铃作响。

肯定是老钟！

文佳佳立刻冲了出去，边跑边喊："我来，我来，黄太！"

但站在门外的不是老钟，甚至不是一个人，而是一群人。

文佳佳的满脸笑容瞬间僵掉，被这个阵仗吓了一跳——黄太的女儿那位高大健硕的黑人男友，还有三个明显也是黑人的小男孩。

黄太的女儿和男友客气地向文佳佳打招呼。文佳佳下意识让开门，目送他们一家大小进屋，有点回不过神。

三个男孩一边欢呼一边迅速奔向客厅里的圣诞树和树下的礼物，黄太的女儿高声叫道："妈，妈我们回来了！"

黄太满手面粉地从厨房出来："Hi,宝贝儿，Hi，Mike."

Mike夸张地上前抱住黄太："哦，Mama！你好！"

黄太在他怀里像个小孩儿，对这亲热的礼节很有点不适应。

黄太的女儿招呼三个小男孩过来："过来，孩子们，这是我妈妈。"

三个男孩过来问好："黄太太好。"

黄太的脸上笑开了花："你们好，去拆礼物吧。"

这一家人显得很热闹，唯有"和乐融融"四个字可以形容，文佳佳就像个多余的摆设，有些落寞地走上了楼梯，一边走一边还看着楼下黄太的女儿陪黄太进了厨房，三个男孩子已经在树下争吵起来，而那黑人爸爸则颇有权威感地坐在沙发上。

"shut up！"

文佳佳不禁摇头，心道："这再明显不过了，这绝对是母女俩。一个帮别人生孩子，一个帮别人养孩子。这男人很有钱吗，值得为他做这种事，真是不可思议的人生观。"

文佳佳不知道，她的一些事看在别人眼里，也同样意味着不可思议的人生观。这就好比，当你和一只疯狗斤斤计较时，你以为你是正义的一方，却殊不知在围观群众的眼里，你也是一只疯狗。

即便你再有钱，有时候也会因为得不到一些东西，而吃不着葡萄说葡萄酸。

楼下的这一家人，丝毫没有感受到文佳佳的孤独，欢乐的气氛将他们感染透了。

香槟酒瓶被"嘭"地打开，琥珀色的液体咕噜噜的分别倒进几个杯子里。黄太一家人在桌边落座，巨大的火鸡摆在桌子中间，四周摆满了一桌中西结合的菜。

面对让人食指大动的美味佳肴，忙活了一天的黄太却没有着急动筷子，反而走到厨房里，拿起对讲机，对文佳佳表示了一下礼貌："文小姐，要不跟我们先吃一点儿？"

文佳佳说："不用了黄太，可能飞机晚点，我再等一会儿。"

黄太太挂上对讲机，走进客厅开始张罗着给大家夹菜，但是没吃两口，大一些的孩子就抢走弟弟的蛋糕，那弟弟很快哭了起来。黄女连忙去哄孩子，把自己的蛋糕让给他吃。这样一来一往的，黄太也没吃上几口。

文佳佳这时走进厨房打开冰箱倒牛奶，透过窗子观察着这家人。

黄太正对女儿说道："你应该告诉他，他是哥哥，应该让着弟弟。"

黄太边说边看那抢赢了的黑人小孩。

黄太的女儿好脾气道："算了啦，过节不要教训孩子。"

那黑人孩子很敏感，感觉到自己正在被讨论，用英文喊道："喂，你们又在讲中文，语言歧视吗？谁知道你们在讲谁的坏话！"

黄太的女儿说："我们在说你应该让着弟弟。"

孩子仰着下巴："凭什么要让他？我又不是他的监护人，你也不是我的监护人，你凭什么管我！"

Mike立刻严厉制止道："Tom！"

　　任何不懂礼貌的小孩都不会受到大人们的喜欢，尽管黄太照顾过这么多孕妇，也是一样。小孩子在人前的作风直接反映了他的家教，就像眼下这一幕，黄太首先想到的就是他的爸爸有问题，接着又会想到自己女儿的委屈。

　　黄太很是心疼地数落女儿："你看看你这算什么！自己不生倒帮着养三个小妖精，累死还讨不到好！"

　　黄太的女儿无奈道："妈，我们说过多少次，不讨论这个话题。"

　　黄太不打算罢休："可你看看你这一年，都瘦成鬼了！Mike倒是心宽体胖！人家前妻那叫聪明，放假过节接过去亲热几天，然后倒把长年累月的麻烦都扔给你了。这三个小妖精一点教养都没有！真不知道你怎么就鬼迷了心窍！就看上他们了！"

　　黄太的女儿叫道："妈！"

　　黄太继续语重心长："我不是讲种族歧视，黑人里也有很优秀的，你看人家奥巴马、乔丹！我辛辛苦苦供你念完大学，你倒好找个汽车推销员，还没结婚，然后就成家庭妇女了！"

　　黄太的女儿明显提高了语调："我有选择自己生活的权力！现在我觉得这样幸福，我为什么要按你喜欢的方式生活。你看不惯，我们可以马上就走。我们开车八百多英里过来，不是为了来听你这些刻薄话的。"

　　黄太也火了："我没有邀请你们，是你自己说要来的。"

　　黄太的女儿一下子站起来，扔下餐布："那好，我们马上走！"

　　Mike一直听不懂，但一直关注她们母女，这时他立刻眼疾手快的起身劝架："不不不，有这么好吃的饭菜，我哪里都不去……"

　　Mike一手搂着黄太的女儿，冲三个儿子挤眉弄眼："快，快！你们几个……"

　　在黄氏母女莫名其妙的眼神下，三个儿子听话的跳下凳子，互相看看，直到老大带头打个节奏，三个孩子很快以黑人特有的灵动开始用几乎听不懂的中文唱着："你问我爱你有多深，我爱你有几分……"

Mike也加入了他们，他巨大的身体跟着儿子们一起晃动，十分滑稽，但却十分认真。

男人认真的时候最迷人，不管他是什么样的人种。

黄氏母女看到这一幕，先是震惊，接着感动，不由自主地冲Mike露出赞许的笑容。Mike一边唱一边过来搂过黄太的女儿，黄太看看女儿再看看那四个演唱者，终于无话可说。

这温馨的一幕，博得了一个忠实观众的热泪盈眶。站在厨房端着一杯牛奶的文佳佳，正一眨不眨地望着他们，她擦了擦眼角，嘴角微微翘起。

她不知道自己什么时候也可以走到这一步，有属于自己的家庭和小孩，将来等孩子长大了，她还会升格做外婆。虽然黄太很辛苦，为女儿操碎了心，但是也总比老来孤寡一个人冷冷清清来得要好。

然而，感动的时刻没有持续很久，很快被一阵急促的门铃声打断，文佳佳几乎是立刻的扔下牛奶，边擦眼泪边兴奋地跑过去，一把拉开门，却瞬间傻掉。

她完全没想过站在门外的会不是老钟，毕竟小周和陈悦已经驱车离开，而黄太要等的人也已经来了，Frank今天有事不可能过来，那么除了老钟还能是谁呢？

站在门外的又是一个黑人。今天黑人的出镜率真高。

那黑人捧着一个豪华的红色礼盒袋，以及一把同样红得耀眼的玫瑰花，头上戴着圣诞老人的帽子，脸上笑得跟阳光一般灿烂，却显得那么的讽刺。

黑人用音调奇怪的中文说道："谁是文佳佳？"

文佳佳心寒如水的将爱马仕礼盒和玫瑰花签收下，已经想到了最坏的结果。但她仍是打开卡片看了看，希望能见到一丝不可能出现的曙光。

只见卡片上写道："亲爱的，对不起我没法过去了。过节，家里实在没法交代。回头一定补偿你——老钟。"

文佳佳木着脸慢慢打开爱马仕礼盒，里面是一只用优良皮革和工艺精湛的金属扣组成的限量款皮包，价值不菲。

但它却和她刚买的那只一模一样。

这真是莫大的讽刺。

老钟又一次透支了他的口头信用额，也许他以为这个和他那张无上限的信用卡一样可以无限次的使用，而且无须还账。

文佳佳也又一次尝到了法定节假日特有的孤独寂寞，尽管这在国内已经无数次的上演过，比如中秋节、春节、情人节等。

文佳佳安静地回到楼上，瘫坐在床沿，盯着桌上那两个一模一样的爱马仕包，有些欲哭无泪。

不知道现在会不会有一个因没抢到限量版而同样欲哭无泪的女人，文佳佳愿意免费送给对方，只要能换得老钟跑来见她一面。

楼下才经过一番感动的氛围，很快又传来了三个孩子的吵闹声和黄太的女儿以及Mike的呵斥声，真是江山易改本性难移。

这样的嘈杂，和楼上的安静形成了强烈的对比，荣幸成为压死骆驼的最后一根稻草。

文佳佳"噌"的一下从床上站起身，随手披上一件衣服，很快下楼越过客厅冲出大门。她轻轻地将门带上，将欢声笑语关在了屋里，并将屋外无边无际的寒冷孤寂留给了自己。

但是文佳佳很快就发现，她逃出了那间屋子，却没有逃出整个圣诞节。在这条街旁边矗立的每一栋房子，门口都挂满了圣诞装饰，彩灯闪闪，灯光照进她的眼里，正反射出她的可笑。透过窗户，还能看到那一栋栋房子里的一户户人家，无不是和乐融融一派祥和，只有她形单影只。

全世界人都好像迷恋着圣诞节，唯独将她排除在外。

文佳佳觉得，自己是被彻底孤立了。这里甚至还不如在北京，可以找一些酒肉朋友出来假寒暄假Happy，虽然在狂欢之后席卷而来将会是更巨大的空虚感，却也总好过现在这种不上不下的境地。

她太要面子了，既不能返回那间屋子承受黄太怜悯的目光，也不知道这样漫无目的地走下去该何去何从。

不知怎的，文佳佳突然讨厌起了西雅图。

Chapter 5. 每逢佳节倍思春，是已婚人士的专利

Chapter 6
绝种好男人

【一个遍体鳞伤的女人，和一个饱经磨难的男人】

张爱玲说过这样一句话："在这个世界上总有一个人是等着你的，不管在什么时候，不管在什么地方，反正你知道，总有这么个人。"

当然，除此以外，张爱玲还说过很多话。

人们喜欢拿张爱玲的至理名言来举例说明，那是因为她总能说中别人的痛脚，以及揭开自己的疮疤。

按照张爱玲的理论分析，等着老钟的那个人，应该是文佳佳。可文佳佳却不知道那个等着自己的人又是谁？

既然总有那么一个人，那他为什么该死的还不出现？

然后她想，一定是张爱玲在骗她，以及骗全世界的女人，或者是在骗她自己。也许当她觉得孤单寂寞时，就用这种谎言来哄自己。现在她回归黄土了，这句谎言又转而哄着广大女性。

但换句话说，这也是文佳佳在自欺欺人，或者是甘心上当受骗。

总之，她不管是谁骗谁，她就是不喜欢这种等人的感觉，只想那个等自己的男人赶紧出现，把她从这种绝望中解救出来。

她可以给他双倍的钱。

文佳佳转过一个弯道，依旧是毫无目的地走着，左右张望着看是不是有人正站在路边等自己。

她茫然的双眼无意识的瞟向一个刚经过的汽车，脑中灵光一闪，促使她停下脚步，又退了回来，瞪着车号有些不敢置信。

那是Frank的车。

文佳佳半信半疑地抬头，望向眼前那栋看上去相当好的房子，竟然比黄太的家高级华丽的多，而且很大。

只是，只有一楼的某个房间亮着灯。

文佳佳犹豫一下就鬼鬼祟祟踏上草地，户外冰冷的空气毫不客气地侵蚀着她的细胞，她已经没力气再走回去取暖了，正好Frank被老天爷送到眼前，这是注定的。

文佳佳靠近房子，小心谨慎地凑到窗户跟前，眯着眼往屋里看。

十几秒钟后，文佳佳转移了战场，她大大方方地来到门前，按下门铃，脸上挂着笑容。

一阵"叮咚"声后，Frank前来开门，依旧是那副不修边幅的模样。

在见到文佳佳的那一刹那，Frank脸上的惊讶货真价实："怎么是你？！"

他既不知道为什么文佳佳会找到这里，也搞不清楚她来此处意欲为何。

文佳佳坦然地登堂入室，自来熟地在屋子里转了一圈，边参观边顺手打开每一盏灯，嘴里还不忘感叹着："哇塞，你们家够棒的嘛！你们当司机的能买得起这么好的房子啊，简直让人不敢相信！"

Frank不说话，对这个不速之客感到很无奈。不过他经常对文佳佳无奈，所以已经习惯了。

文佳佳打破沙锅问到底道："哎，这得多少钱？"

Frank说："大概五十多万美刀吧？"

文佳佳一下子转过身来，仿佛不敢相信自己的耳朵："多少？"

Frank扬高声音："两年前我们买五十多万！合人民币不到四百万吧。"

文佳佳顿时呼天抢地："太便宜了！太便宜了！太TMD便宜了！！这要是换做在北京，最多买俩厕所！不行，回头我也买一套，这两年涨多少了？"

Frank说："前两年降了一些，最近好像又回涨了。"

文佳佳问："怎么会这样，我听说在你们美国买房子享有的权利比中国好。好像可以拥有什么'完全所有权'，但在中国只有七十年。还有好像也没有居住期限，可以无限期永久居住下去……"

Frank解释道："嗯，确实如此，但是在美国买房子的手续也比中国麻烦很多。在国内买房子只要通过楼盘销售处或房地产中介就可以了，可在这里不仅要经过房地产经纪、房产律师、房产稽查员，还要经过美国银行专门派人前来估价。以上这些每一项都要交税付费，手续办理下来要比国内麻烦很多，所以这才会直接影响房价……不过最近华人聚集多的几个美国城市，房价都涨了不少。"

文佳佳简直是有听没懂，觉得美国房地产里的门道，简直就像是月子中心产业链的形成和消亡一样深不可测。

于是，她偃旗息鼓道："是吗？那我得考虑考虑了，这点你们美国不怎么样，不如中国，房子升值跟抢银行似的……"

文佳佳走完一圈，这才反应过来屋子里没女主人，便问道："哎，怎么就你一个人？你老婆女儿呢？"

Frank有点落寞："她妈妈有个Party，带Julie一起去了。"

文佳佳扯扯嘴角："孤家寡人啊，正好咱俩凑成一对。"

Frank有些迟疑："你……孩子爸爸没来？"

文佳佳耸耸肩，故作潇洒："对，放我鸽子了。"

顿时，两个人都不说话了。

文佳佳又看看屋里四周，看到精心布置的圣诞树，看到树下的没拆封的礼物，最后看向Frank一副倦怠无趣要死不活的样子，忽然撸起袖子道："嘿，我还不信了，没有臭鸡蛋我还做不了槽子糕了！得，今儿这平安夜，咱俩过！你们家厨房在哪儿？"

说着话，她就自动自发地往里走。

文佳佳一直认为，快乐是自己给自己的，哪怕别人有时候会影响你的情绪。情绪低落时，她会选择自救，做点菜，欣赏那些限量版的战利品，看看浪漫爱情片，或是再试一次看能不能刷爆老钟那张卡。总之，自救的办法有很多，端看你是否愿意去做。

而眼下，她不仅需要自救，还需要救另外一个男人，这笔买卖很划算。

文佳佳走进厨房打开冰箱，从里面拿出各种东西，一边拿一边惊叹："哇，你买这么多东西，今儿晚饭……"

文佳佳说着就回过头去，看到Frank那副死样子，气不打一处来："拜托，过节要有过节的样子，你就不能换一件衣服吗？"

Frank皱眉，看看自己，不觉得有任何不妥。

文佳佳微笑着解释："圣诞圣诞，您老人家就穿这个迎接耶稣基督也太不敬了吧！就算人家不是中国菩萨，可好歹也是外国神仙。"

Frank依旧没动。

文佳佳低下头，换了个说法："我妈妈说过节要穿新衣服，才像过节的样子。"

Frank犹豫一下，这才转身走了。

Frank很久都没有返回厨房，文佳佳径自忙碌起来，打鸡蛋，快速切菜，把大虾放入油锅，香味立刻四散。

文佳佳正忙得不可开交，一个背影这时立在文佳佳背后，她忙里偷

闲的回头去看，不禁愣住："哇哦……"

收拾一新的Frank几乎有"惊艳"的效果，那件黑色的套头衫简直就像是为他而设计的，帅到冒泡！

文佳佳直勾勾的盯着他，像是犯了花痴，看得Frank有点不好意思，只好过去主动接下文佳佳手里的铲子："我来吧。"

文佳佳摆摆手，"不用不用！"然后拿起一旁的围裙套在脖子上，转过身去一边炒菜一边对Frank道："帮我系上。"

Frank愣了一下，轻手轻脚地帮她在背后系了个结，但很快又听文佳佳道："再帮我把头发撩出来。"

Frank不敢动。

文佳佳催道："快啊！"

Frank只好依言照办，文佳佳全然没有注意到此时此刻的暧昧。

之后的那几十分钟，Frank老老实实地在厨房帮文佳佳打下手。这时候的他，简直就像是整容成功了一样，变得顺眼许多。而文佳佳也打扮得光鲜亮丽，十足是每个男人的梦中情人的模样。这样的两个人在厨房里默契十足地搭配着，活脱脱一对金童玉女，任谁也看不出来他们相交不久。

如果文佳佳知道这时候的她和Frank像是一对老夫老妻，她一定会抖出一身恶寒，但实际上，她从未和男人在厨房共同协作过，这种经验还算不赖。

看来那句话说得没错，男女搭配干活儿不累，一桌圣诞大餐很快出炉，色香味俱全。

文佳佳和Frank一起坐在圣诞树下的地板上吃饭，两个人吃饭果然比一个人来得香，很快，几个盘子里就只剩下残羹剩饭。

文佳佳吃得很撑，舒服地靠在壁炉边上，一动不想动。

Frank在厨房冲咖啡，咖啡的香味很快飘进客厅，不一会儿他就端了两个杯子走了过来，一杯给文佳佳，然后重新坐在地上。

Frank说："没想到你做饭这么好吃。像你这么大女孩，我觉得大都只会煮泡面。"

文佳佳听着很受用："嘁，我原来是美食杂志编辑，你真以为我是职业小三啊！"

Frank赶紧澄清："没有，我不是那个意思。"

文佳佳大度地说："没事，我敢做就不怕人说！我拿青春赌明天，其实也没什么错，是不是？"

Frank不置可否地笑笑，将杯子放在一边，兀自削平果。

文佳佳却不打算结束这个话题："我知道你们打心眼里看不起我这样的。我告诉你，能当三的女人都是最优秀的女人！不计较，不妒忌，既不天天看着老公，也不天天看着他钱包，每天晚上不问他去处，只要他来就心满意足，你说天下哪个老婆能做到这样？！我他妈觉得自己都成天使了！"

文佳佳说着有些激动，还有些伤感。

Frank不说话，默默递给她削好的苹果。

谁说当小三的就是恶人，就不痛苦，就不伤心落寞。文佳佳自从走上这条不归路以后，就丢失了过去的潇洒，忘记了过去的没心没肺，甚至连生活的目标都找不到了。她就像是吸大麻一样，不停地用金钱麻痹自己，因为除了钱以外，她什么都没了。

这个时候，张爱玲的名言警句再度闪入脑海："我喜欢钱，因为我没吃过钱的苦，不知道钱的坏处，只知道钱的好处。"

文佳佳体会过钱的好处了，也尝到了钱的坏处。好处在于，只要是有价钱的东西，你就能买到；坏处在于，这需要你用以往的一切东西去换取，包括你的快乐、青春、梦想、家庭、事业等等。

这样说来，这个代价是昂贵的。

文佳佳咬了一口苹果，看着Frank沉静的样子，不想气氛陷入僵局，便转移了话题："哎，你太太……是个怎么样的人？"

Frank很认真地想了想，说道："她……是我大学同学。"

文佳佳没想到Frank会用一个过去的身份来形容一个女人，还是一个和他同床共枕并且孕育过一个女儿的女人。

然后文佳佳又等了半天，却等不到下文，有些错愕地问道："没啦？"

Frank又补充说："挺漂亮的，还有要强。"

文佳佳紧追下文："漂亮女人当然得要强，不要强那叫不讲究……然后呢？"

Frank继续道："我们都是学医的。那时候我比较能糊弄人，成绩好，她就嫁了。后来她辞职去了药企，现在是辉腾医药公司的大区经理。"

文佳佳不禁吹了声口哨："我靠，感情你家供一财神啊！"

Frank笑笑点头："没错，挣钱比我多。"

文佳佳口无遮拦地："怨不得他们叫你Gigo。"

Frank意外看看文佳佳，尴尬地自嘲："吃软饭的，Gigo，gigolo（舞男，靠女人吃饭），这称呼还有挺点异域风情，是不是？"

如果一个女人靠一个男人吃饭，那在社会上会被普遍认为是天经地义的行为，因为一个男人是否可以养活得起女人，一向是评判一个男人是否成功的标准之一。要是一个男人可以养活一群女人，这个男人无疑就是成功人士；可要是一个女人靠一群男人吃饭，这个女人多半是有些姿色的，而且很可能是职业小三。

反过来说，如果一个男人靠一个女人吃饭，那社会上的人会称这种人男人为"吃软饭的"，同时还会将那个女人称之为女强人。

但不管是职业小三，还是吃软饭的男人，都同样会被看不起。虽然这也需要一些职业素养和专业技能，可能比自己出去挣钱还要辛苦费力。

听到Frank的自嘲，文佳佳这才意识到自己问了一个挺尴尬问题，她停顿一下，连忙换话题："哎，认识这么长时间，我还不知道你中文名叫什么。"

Frank说："郝志。"

文佳佳愣一下，就叫出了声："郝志？哪个郝志？！你不会告诉我你恰巧原来是阜外医院的吧？"

Frank点点头，有些不明所以："我原来确实在那儿工作！"

文佳佳惊得就要跳起来了："哇塞，不会吧！你就是那心脏科专家郝志？"

连聋子都听得出来，文佳佳的声音充满了不可思议和膜拜。

Frank却一脸莫名："你听过啊？"

文佳佳义愤填膺道："何止听过，我爸当年做手术，我排了三天都没挂上你的号！"

Frank皱皱眉："有那么难吗？想想办法总能挂上的呀？"

他的漫不经心严重刺激了文佳佳："黄牛手里一个号三千块！靠，那时候我认识你就好了！说不定我就不做小三了……"

话才说到一半，文佳佳就自揭了疮疤，连忙改换轨道："哎，那你怎么来美国了？进修？"

Frank："Julie的个性很强。"

文佳佳赶紧插话，像外国人似的："嗯哼，这点我看出来了！"

Frank继续道："她在国内学校总惹麻烦，那些奥数什么的也学不明白。这边基础教育比较轻松，孩子没什么压力，她妈妈就坚决想投资移民

了。总得有一个人管孩子，他妈妈挣钱多，所以我就放弃了。"

文佳佳点点头，再看看Frank，似乎还有些不相信，也有些佩服，佩服他肯放弃国内事业的魄力。

离开手术台，回归家庭，这对一个女人来说尚算容易，可对一个男人来说比登天还难。毕竟在国内有很多因不愿和妻子一起移民而和平离婚的男人，毕竟这个Frank曾站在国内医学界的金字塔尖上，但在国外他什么都不是。

文佳佳首先想到的问题就是："那，你现在这样，后悔吗？"

Frank苦笑了一下，那苦涩绝对是货真价实的："不知道。有时候夜里突然会惊醒想第二天有个手术，结果……"

文佳佳眼巴巴地问："结果怎么样？"

Frank自嘲地说："结果不过是第二天早晨要送客人去机场。"

换作是以前，文佳佳本该笑，但现在，她没有笑出来。

两人又一次陷入沉默，这往往是他们最有默契的时刻。

然后又会是文佳佳先一步打破沉默，一如现在，她说："你是个好人，你太太是不是特爱你？"

Frank愣了一下，似乎在想怎么措辞："她跟你一样，说我太闷，不浪漫，而且……也不大会赚钱。我不能给她买法餐、游艇，只能买得起豆浆油条。"

会不会赚钱，这显然是各个阶层对男人首选的评价标准。

文佳佳不禁低声骂道："钱有时候真他妈不是好东西！"

Frank笑了："这点我没做到与时俱进。我总觉得爱一个人，就该是踏踏实实的柴米油盐，应该是大冬天早上起来她说想吃煎饼果子，我就跑几条街给她买，然后揣到胸前羽绒服里趁热再给她带回来。"

文佳佳表情微妙："煎饼果子。"

对她来说，煎饼果子恰好是又实惠又好吃又能填饱肚子的最佳选择。

Frank却说："我知道你觉得挺可笑的。"

接着他摇摇头，仿佛什么都不想再多说。

文佳佳来回踱步，大声说道："不，我觉得一点儿也不可笑，我觉得特浪漫！法餐、游艇、豆浆、油条我都没有，但我有包！我每个节日都能收到一个包，圣诞节、新年、三八妇女节、儿童节全都是包，TMD全是包！"

除了包，她文佳佳什么都没有！

最起码，Frank所谓的跑几条街卖煎饼果子的举动，就从未有过任何一个男人为她文佳佳实现过。

这个任何人，当然也包括老钟。

【新好男人，新好爸爸】

他是阜外医院的医生。

他做手术一流，做饭也一流。

他也许不会带我去坐游艇，做法餐，但是他可以每天早晨都为我跑几条街，去买我最爱吃的豆浆油条。

他是世界上最好的男人。

他叫Frank，中文名字叫郝志。

文佳佳开始以为，Frank是一根彻头彻尾的木头；进一步相处之后发现他其实很细心也很好心，不过这种细心并不是表现在了解女人上，而是表现在身为医者上；然后，她又发现Frank对待前妻的包容，以及对待女儿无微不至的一面。

这是一个已经濒临绝种的好男人、好爸爸，但是他的前妻还是一脚把

他踹了。

文佳佳打着灯笼都找不到的类型，有个女人却毫不珍惜，弃如敝屣，这个世界真是不可思议。

都说女人是千人千面，这话果真不假。

Frank在厨房收拾残局时，电话响了。Frank擦了擦手，接起厨房的分机电话。

他刚喂了一声，电话那边就传来Julie母亲焦急的声音："Julie的过敏药我没带，她好像发作了！"

Frank当机立断一边拿着电话走出厨房，一边来到药柜前打开门翻看里面的药品，嘴里有些气急败："这你怎么能忘！我马上过去！"

接着Frank扔下电话，就往外跑，文佳佳急忙跟上："哎，我跟你一起去！"

Frank一路飙车向目的地进发，心里别提多后悔了。好好的一个圣诞节，偏偏就因为他的一时心软，放女儿跟她母亲去什么Praty，结果出了事。

文佳佳见Frank神色阴沉，一脸焦急，一路上都不敢说话。

好在，西雅图的圣诞夜就像是北京的大年三十当晚一样，路上人烟稀少，家家户户都关在屋子里忙着团圆。所以他们的车一路上畅通无阻，很快就抵达了一家酒店大门外。

Julie母亲的同事，一个穿着礼服的中年男人正抱着Julie疾步跑出酒店，身着露肩晚礼服的Julie的母亲在一忙慌慌跟着，高跟鞋踩在地上"咔咔咔"的清脆作响，她手里提着Julie不离身的包。

见Frank迎上台阶，Julie母亲立刻解释情况："对不起，我也不知道Julie怎么会这样子……我不知道她接触还是吃了什么……"

但她说话实在语无伦次。

Frank压制着怒火道："是不是你们那有狗？"

Julie母亲连忙回忆，语气奇怪："有狗？哦，有毛绒玩具！我不知道是不是狗毛做的……"

再看Julie，她大睁着眼睛，呼吸急促，说不出话。

Frank从前妻同事手中抱过Julie，对女儿轻声细语道："我带了药，宝贝儿，没事！没事！"

Frank转身抱女儿去车上，回头看时，发现Julie的母亲似乎还在犹豫。

接着就见到她上前几步，解释道："Frank，我这边还没完，几个大老板都在，我可能很晚才能结束……"

Frank早已习惯，此时面无表情："没事，你先忙吧，Julie没事，用了药就好了。"

Frank头也不回地抱着Julie返回车里，文佳佳正睁大了眼看着Julie，不知道说什么才好。

Julie母亲和男同事站在路边担忧地看了看情形，但最终还是返身回到酒店。在Julie的母亲心目中，里面有更重要的事在等着她处理。

Frank顾不得前妻的去留，正焦急地搂着宝贝女儿Julie，一手动作麻利的从兜里掏出哮喘控制药，轻声说："来，宝贝，吸一下……"

文佳佳也是一脸紧张，一直关注着Frank的动作和眼前的小女孩。

Julie急促喘息着，拿过药大大喘了一口气，似乎要吸药，Frank和文佳佳都紧张看着，希望那口药吸进去后，她可以得到缓解。

然而Julie吸完一口气，却没有吸药，反而朝着Frank狡黠地笑了。

Frank顿时明白了Julie的小把戏，一巴就捏住她的鼻子："你个坏丫头！"

紧张的气氛一下子松懈下来，文佳佳也茫然地泄了气。

Julie挣开Frank的手，叫道："小心我跟警察投诉你虐待儿童！"

Frank很无奈，第一句话仍是为他人着想："其实你妈妈很想跟你一起过节的。"

Julie皱皱鼻子，不以为然："我不喜欢她的香水味。我也不喜欢她那些朋友。"说完，她冲着Frank甜蜜地笑了，意思是，还是这里好。

文佳佳看着这对父女，心里涌上一股暖流，也不知是不是即将为人母了，所以对这种亲情上演的戏码才会感到格外感动。

Julie这时注意到了微笑不语的文佳佳，直接问Frank："她是谁？"

Frank这才反应过来："哦，她住黄伯母那里，你应该叫阿姨。"

文佳佳立刻反驳："叫姐姐！"

Julie上下打量着文佳佳，一眼就注意到她的肚子，忽然质问起Frank："你不是说不把工作带回家吗！"

怀孕的女人=工作，这是Julie对Frank现在工作的根本认识。

Frank有些尴尬，他确实答应过，却难以启齿，是文佳佳自己找上门的。

Julie眼睛眨了眨，进而又是语不惊人死不休地说："你们俩是在约会吗？"

要不就是为了工作，要不就是为了约会，这是早熟的Julie对一个男人和一个女人单独相处的最直接的看法。

Frank和文佳佳双双石化。

Frank有些呆若木鸡："不……"

还好文佳佳先一步反应过来："啊嗯，我该回去了，Frank。"

虚惊一场过后，Frank驱车送文佳佳去了另一间豪华酒店，这一回他的车开得四平八稳，车内的气氛也恢复了和谐。

文佳佳对这一晚上的境遇还有些意犹未尽，临到分手了还有些依依不舍。她走进酒店的每一步都觉得沉重，好像有什么东西被关在了酒店的豪华转门之外。

几分钟后文佳佳走进豪华总统套房，触目所及的是一派节日气氛浓郁的摆设，香槟、甜点、冰激凌，摆了一桌，几乎要晃瞎了她的双眼。

当你心情好时，简简单单的煎饼果子都是人间美味；当你心情差时，即便是将满汉全席摆放在你面前，也是食之无味。

法国红酒、松露巧克力、新鲜草莓、香草冰激凌、鱼子酱……毫无疑问，这些都是幸福的味道。但是当你只能独自享用，或许就是另外一回事了。

难怪人们总说，快乐很短，痛苦很长，团聚很短，分别很长。

文佳佳这会儿突然觉得，在Frank家里的温馨时刻，不过是一寸光阴，转瞬即逝，而接下来的漫漫长夜才是永无止境的。

窗外烟火绽放，仿佛是为了奚落文佳佳而存在一般，她走过去趴在窗边看看天，又低头看看地，正看到楼下的Frank父女。

他们没有离去，Frank正抱着女儿一起望着天空。

那如昙花一现的烟火看在文佳佳眼中，显得无比讽刺，但是看在这对父女眼里，却是锦上添花般的绚烂。

文佳佳只顿了一下，转身就跑出房间。

青春易逝，所以老钟会选择在年轻女孩身上寻找青春的影子；同样，快乐易逝，所以此时此刻的文佳佳迫不及待地要把它多捂在手里一会儿。

文佳佳跑到Frank身边后，毫不意外地看到了在Frank父女脸上浮现出诧异，这令她有些结结巴巴地不知所云："啊，我在顶楼，视野很好，啊，……房间里有些巧克力和冰激凌……我一个人吃不完。"

言下之意是，我不介意你们和我分享，也请你们不要介意陪我过圣诞节。

这一次，她用美食换取一夜快乐，不再提钱。

Frank父女俩用同样的表情看着文佳佳，都不说话，那模样像是一个模子里刻出来的。

文佳佳更加尴尬了，倒退着往酒店走，希望挽回自己最后一点颜面："啊，我就这么一说，我……"

烟火在他们头顶继续绽放，显得很有眼力见儿。

Julie和父亲对视，两人一起笑了，然后Julie指着酒店大门大叫着："Go……"

几分钟后，三人的脑袋一同凑在总统套房的玻璃窗前看烟花，五彩绚丽的光一时明一时暗地照在他们的脸上，将他们脸上的笑容映的更加灿烂。

文佳佳已经好久没这样笑过了，当然，这也是她头一次在Frank脸上见到大鸣大放的笑容。

这也是这几年来的头一次，文佳佳在过节时没有想到老钟，也没有郁郁不乐。

看完了烟火，就轮到了吃喝玩乐的时间，电视开着，音乐明快，但那节目谁也没有看进去。

文佳佳正闹着要大开酒戒，Frank眼疾手快地将酒杯拿走，活似个管家婆，但是很快又被文佳佳夺了回来。

文佳佳为了这个，还找了一个冠冕堂皇的借口，指着肚子道："我得让我锚锚学会喝酒！"

Frank好奇地问："爸爸取的名字？"

文佳佳笑了："我取的，抛锚的锚，不是祥林嫂里阿毛的毛，瞧那个鼠霉名字。"

Frank更加好奇了："为什么是这个字。"

文佳佳公布了答案："抛锚西雅图呀！这都不懂！"

Frank笑着摇头："锚锚。"

文佳佳拍拍肚子："锚锚，妈现在教你喝酒。"

接着，她端起酒杯就喝。

Frank没有阻止，只是换了一种方式："你说得没错，儿子可以喝点。问题是如果我是你，我会想万一他喝多了，想吐，他现在住的地方恐怕找不到马桶。"

喝多了，然后吐在妈妈的肚子里吗？

文佳佳一想到那幅画面就露出一脸厌恶的表情，继而和Frank一起哈哈一笑，放下酒杯。

Julie抱着冰激凌使劲吃，见到大人们笑了，自己也跟着笑，更卖力地将冰激凌塞进自己的嘴巴里。

这样的欢乐氛围持续了大半夜，才将小孩子的精力耗完。

Frank为躺在沙发上的Julie掖好被角时，Julie像是想起什么似的拉过手边的包，从里面拿出一个小小的捕梦网。

Frank对她笑笑，帮她系好，再亲亲女儿："Merry Christmas！"

文佳佳站在卧室里，透过门缝看到这一切，也轻声道："Merry Christmas！"

这天晚上，一夜好梦。

这也是几年来的头一次。

Chapter 7
文佳佳眼中的美国社会

【朋友，是令你直接了解异地界的捷径之一】

文佳佳一直搞不懂为什么有那么多华人眼巴巴地要跻身于美国，用尽一切手段，不惜任何代价，都要得到一个美国身份。

难道就因为美国的生活水平更高些吗？有钱人在哪里不都很高吗？

还是因为美国的空气好，食物无毒？那为什么美国人得癌症的几率高于中国人？

尽管文佳佳已经来美国坐月子好几个月了，这个问题她依然搞不懂。她觉得，还是中国好些，自由些，最起码种族之间不像这里一样壁垒分明。

白种人看不起黄种人，也看不起黑种人，白人警察对黑人有一种与生俱来的偏见，倘若遇到有涉案嫌疑的黑人，往往是问也不问上去就是一顿暴揍，因他们从骨子里就相信黑人就是罪犯。

文佳佳对"黑人为何会受到白人歧视"的疑问，很快从一个移民美国十几年的新朋友嘴中，得到了答案。

圣诞结束后，文佳佳经过丽丽的穿针引线，很快在西雅图结识了几个新朋友，他们大多已经移民十几年。其中有一对做餐饮业起家的王姓夫妇，对文佳佳颇为友好。

王太太告诉文佳佳，白人对黑人的歧视，是一种传统的美国价值观，就像是很多人潜意识地会歧视同性恋一样。

很多黑人都说，"我是美国公民，但我不是美国人。"

这种情况在中国是没有的，这么说话本身就是带有歧义的。

文佳佳不能理解，因她亲眼所见很多华人在这里都生活的风生水起，似乎白人惯有的种族歧视在他们身上毫无威慑力。

比如王姓夫妇。

王姓夫妇移民已经十三年了，他们最初来美国，就和那时候大多数的华人一样，是来美国淘金的。

但是十三年后的今天，王先生变得颇为感概。他说，和那时候相比，如今大不一样了，现在移民来美国的人都是已经坐拥了金山银山，而跑来美国消费享受生活的，因为美国公民的福利好，有钱人自然趋之若鹜。

经过十三年的艰苦创业，王姓夫妇也跻身于美国富人之中，但比起蜂拥而来的大批华人富商们，他们实在是小巫见大巫。

当文佳佳问起他们最初创业的经历时，王先生说道："当时我们也在餐厅里打工，端盘子，刷盘子，这样三年，攒下了一笔钱，然后就开了属于自己的中国餐馆。"

很多人中国人在美国都是靠餐饮业起家的，中国菜变化多，好吃，又经济实惠，这些花样是脑筋直来直去的美国人想象不出来的。而中国人又大多有些小聪明，肯吃苦肯耐劳，即便最初到美国时会寄人篱下，但是不出三年，便都会超越老美。

据说，中国人移民美国经历过三次大浪潮。第一次是20世纪80年代的出国留学潮，但它距离文佳佳太过遥远，暂时忽略不计。第二次是20世纪90年代的技术移民潮，大概说的就是王姓夫妇这一波。第三次则是如今正流行的富豪移民浪潮，通过投资的方式将大部分财产转移到美国。

因美国的移民监相对加拿大来说宽松很多，很多富商都选择将家人和财产先一步转移到美国，独留一个空壳公司在国内，得到时机成熟了就

宣布破产，再赶到美国一家人团聚。这类人，在现在被称之为"裸商"。

有报告指出，在中国九十五万名千万富商里，有百分之四十六正在考虑移民，有百分之十四已经移民或者正在办理移民手续，而家资在一亿以上的富人中，有移民意向的人比例更高，高达百分之七十四。

报告里甚至还说，目前这股浪潮正意味着中国经济已经进入最危机的时刻，富人们争先恐后地给欧美送去它们奇缺的现金，却将经济崩溃的风险留给中国。

看完这份报告以后，文佳佳越发搞不懂老钟不肯移民美国的原因。一来，老钟有钱；二来，他原先结交的那批富商朋友也大多移民了美国，并且总三不五时地在他耳边鼓吹"移民风"。但老钟却偏偏不为所动。

从这个角度上说，文佳佳觉得自己还是不够了解老钟的。

不过，可能连老钟自己，也不了解自己。

Frank开车带文佳佳到王姓夫妇的餐馆里用餐时，他们正赶上用餐高峰。餐厅外聚集了很多等位的顾客，但是透过玻璃窗看进去，里面还有两三个空位。

文佳佳抱怨道："里面不是还有位置吗，干吗不放人进去啊！"

Frank解释道："在美国，服务是第一的，要是让你进去坐下但是不能及时为你服务，他们是不会放人进去的。"

文佳佳撇撇嘴："美国人真奇怪。"

等他们终于走进餐厅坐定后，正听到隔壁桌的两个中国学生讨论着一件趣事。其中一个中国学生声称在超市看到两个白人女生在偷东西，四个黑人保镖上前要将她们扣留，但最后却被那两个白人女生打得落荒而逃……

文佳佳小声对Frank道："美国女人这么彪悍啊！"

Frank瞄了她一眼，也将音量放到最低："如果你遇到警察盘问，千万别这么做。在美国要是警察让你停下，你不听的话，他们是有权利开枪的。"

文佳佳倒吸一口气："当美国警察也太威风了吧！可他们为什么要盘查我啊！"

Frank说："他们可以随时随地有理由盘问任何可疑人士。"

文佳佳用手指着自己："我很可疑吗？"

Frank终于无语。

后来，当文佳佳终于亲生经历了一次被盘查的过程时，才由衷的感谢起今日Frank的忠告，不过这都是后话了。

餐厅的老板娘王太太一听文佳佳前来造访，连忙出来相陪。看她对文佳佳的态度，应是和丽丽关系颇为密切。

王太太看看文佳佳的肚子，语重心长地说："哎，其实你应该办个美国身份啦，有美国身份的孕妇在这里过得是很舒服的。这里的法律规定了，孕妇是必须要受到保护的，不管你是排队也好，过马路也好，坐公车也好，都是有优先权的，在超市和银行别人是必须让你先付账的，在公车上也是必须要先让你坐的，如果你摔倒了，这里的人看到了，也是必须要把你送医院的。哎，这在国内是很不可思议的，国内有太多碰瓷的事，还有见死不救的事，现在好像比原来更严重啦。就在前几天啊，我就亲眼见到一个孕妇发生了车祸，当时政府就派直升飞机来了。因为美国人的观念就是，也许你肚子里的孩子将来会是美国总统啦……"

直升飞机救援事件，文佳佳是没体验过的，也不希望会体验到。但在其他事情上，文佳佳是深有体会的。她的孕妇身份的确为她带来过很多特权，尤其是到超市买菜时，别人会自动自发地让开一条道，请她先过。

王太太拍拍文佳佳的手，嘱咐道："你记得要去上一个孕妇的课

程，好像要一个月，就是教你怎么带孩子啊，给孩子换尿布啊，给孩子洗澡啊那些……"

正说到这里，王太太的一个女朋友抱着孩子走进了餐馆，王太太很快起身相迎，并为文佳佳和对方介绍。

那个女人是个单亲妈妈，叫Ada，广东人，她初来美国时既没有钱也没有工作，更加没有美国身份。但她很聪明，来到这里以后就到处找当地的教会寻求帮助，而教会的人也对她帮助很多，帮她做吃的，送她去医院找医生，甚至帮她买保险。

Ada经济能力有限，只能负担得起每个月六百美金的低档保险，但是有了这层保障，Ada后来到医院看病的费用全部都由保险公司支付，自然也包括后来未婚生育的所有医疗费用。

在这一点上，Ada比文佳佳更有优势些，虽然她们一样没有美国身份，文佳佳的保险费用也要比Ada高出很多，但Ada是先办理的保险，后怀的孕，就可以直接享有免费生产。

美国的保险种类很多，有的包含生产费用，有的不包含，等加入保险后也要等上一两个月才能享有保险权利，尤其像是文佳佳这种没有美国身份的人，买保险更比美国公民贵上很多。最可恨的是，文佳佳是先怀了孕后到的美国，拿的还是旅游签证，这在美国保险公司的保单范围里，就属于"pre-existing condition（已存在的医疗状况）"，而通常大多数的美国保险计划都是不包括这一项的。

也就是说，尽管文佳佳买了美国保险，产检和生孩子的费用一样要她自己出，保险公司概不负责。

对此，文佳佳很不满，对Ada抱怨了一番。

Ada听后解释道："这是因为你是先怀了孕才来美国生Baby的，前后总共只交了几个月的保险就要回国了，但是一个剖腹产的费用保险公司就要支付四千美金那么多，这还不包括其他额外的医疗费用。保险公司也不傻，肯定是不受理的。不过你还是很幸运的，拿着旅游签证还能办到保险，已经很不错了，很多保险公司也不受理这个的。"

哦，还有，"Major Medical（重病医疗保险）"也是非美国公民的文佳佳买不到的。

这就意味着，虽然文佳佳以很昂贵的价格买了几个月的美国保险，但是却享受不到以每个月仅仅需要支付六百保险金的Ada拥有的医疗权利。

这个事实，着实令文佳佳郁闷了一会儿，但她转念又一想，老钟有的是钱，就算她一份保险也不买，在美国生下Baby钱对老钟来说也是九牛一毛。

如此一来，文佳佳又顿时恢复了优越感。

Ada没有注意到文佳佳的心境起伏，只顾着说自己来美国之后如何享有特权，如何受到尊重。比如她大着肚子出去找工作时，她的老板和同事是不能给她压力，不能骂她，不能对她呼来喝去的，总需要照顾她的情绪等等。

可这些都不是能打动文佳佳的理由，虽然她自己也搞不清楚那个可以打动自己的理由是什么。

【美国人的简单直接，和中国人的小聪明】

也许会有一些了解美国的朋友告诉你，美国人是如何的实诚、直接和简单的，他们都是一根筋儿，不会耍心眼，没有小聪明，凡事都讲究诚信为先。

那么，你的朋友也许也会告诉你，中国人到了美国凭借小聪明和勤奋赚取第一桶金是很容易的，但是要赚大钱却比美国人要难上许多。

原因很简单，美国的生意人虽然简单，却十分了解中国人的复杂，他们在做生意时往往会更加防范中国人，因为他们觉得中国人太过聪明，认为很多中国人在做生意时很不老实，于是惧怕和中国的生意人打交道。但如果他们和中国生意人打交道几年没有发生什么问题，他们又会放松警惕……

换句话说，一个中国生意人要进入美国生意人的圈子，初期是非常困难的，但是一旦当你进去了，你会发现，跟他们做生意是非常简单快捷的事。

另一方面，他们也会比中国人更关注长远利益的发展。比如说，很多中国人在美国每个月只要赚一万美金，就觉得很足够了，但是美国生意人的思维却是，我要不就不做，要做就要每个月赚个十几万美金。

也不知道这是教育背景的差异，还是因为不同种族的人脑子构造也会不同。

如果按照中国人的老话，说大智是"若愚"，那么小聪明若什么呢，"弱智"吗？

文佳佳自认为自己算是个颇有小聪明的女人，否则老钟也不会被她钓到手。当然，在老钟和她的事情上，女色也占据了一大部分。

由此可见，女人光聪明是远远不够的，还要善于将聪明和女色完美的结合运用。

文佳佳就认识一个女朋友，过分聪明但不漂亮。但她聪明之余又不懂得装糊涂，所以至今仍被聪明所累，未能交到一个男朋友。

文佳佳很担心这个女朋友会孤独终老，但这朋友却反过来担心文佳佳终有一天会葬送在自己的小聪明上。

很显然，大家都有点吃饱了撑的没事干了。

来到美国以后文佳佳才发现，在中国生活，你得用小聪明傍身，那是一种必备的生存技能，一旦缺了，你就傻了。

但是在美国，中国人的小聪明却有另外一种解读方式。

丽丽引荐的朋友王先生，对中国人的小聪明和美国人的讲究诚信一事，就深有体会。

王先生在美国的信用度一向保持良好，以至于他的美国生意伙伴，经常会在一分钱货款都没有拿到的情况下，就将几万美金的货物先发放给王先生。

但是同样的事情若放到华裔合伙人身上，是绝不可能如此放心的。尽管人们在美国行走靠的全是信用，华裔、亚裔们也首先会觉得，人心是叵测的，虚拟的信用是不可靠的。

不过，在王先生为他的华裔生意伙伴们头疼时，也总是免不了为他手下的美国员工感到无奈。

比起中国人，美国人简直懒得出奇！

有一次，王先生的公司到了一批配件，急需几个粗壮的男丁帮忙搬运，于是他就找来了两个黑人，和一个墨西哥裔的老美，并且答应给他们每人四十块美刀。这是非常高的报酬，所以那三人都很快答应。

但令王先生啼笑皆非的是，其中一个老黑只搬了一半就撂摊子不干了，王先生很吃惊，连忙问他原因。

那老黑说："我就搬到这里了，你就给我十块钱，剩下的三十块钱我不要了。"

老黑的思维是，有这十块钱，就足够他一天的吃喝了，余下的三十块钱谁爱赚谁赚去，至于明天的开销，明天再说。

王先生简直气得要命，他不能置信老黑的思维，更不能置信他竟能拿着十块美刀兴高采烈地跑了。这事要是放在有些小聪明的中国人身上，

是绝不可能发生的。

但比起这个老黑，王先生的公司里还有一个更天才的老墨（墨西哥裔）员工。

这位老墨做事勤快迅速，质量很高，人也好相处，王先生派给他的工作，他总能出色地完成。

但王先生却很怕发他工资……

因为这老墨在拿到工资的第二天，一定不会来上班。他每一次拿到工资都会开心地找个酒馆，喝个通宵，第二天也必然会宿醉爬不起来。

王先生曾经好几次找这老墨谈话，但他永远改不了这个毛病，就算王先生用"开除"他作威胁，他也始终死性不改。

老墨的理由很充分："我拿到工资不喝酒不舒服。"

而王先生也总是看在他比别人都优秀的工作能力上，始终包容这一点。

王先生还说，美国人是从不加班的，到点就下班，就算工作没做完也会放在一边，第二天再继续回来做。但奇怪的是，这样总体算下来，美国人的工作效率竟比习惯加班的中国人高出很多。

看来，小聪明最终还是输给了"合理工作化"了。

但文佳佳听到这番说法，给出的反应却是截然不同的。

她瞅着Frank，问道："既然在美国是不加班的，那为什么第一次你开车接我的时候还会迟到？"

Frank简直被文佳佳的记仇彻底打败了，他刚要张嘴解释，又被文佳佳抢白道，"哎，算了算了，我大人不记小人过，看在你后来都表现不错的份儿上，饶了你吧！"

Frank张了张嘴，又再次闭上。

他决定以后要对文佳佳的任何无理言辞，都要做到左耳进右耳出，并要选择性地听。

离开王姓夫妇的餐馆前，文佳佳从兜里翻出一把现金付账，Frank连忙侧过身去挡住几个老美投来的视线。

文佳佳不以为然："没事，没事，光天化日之下，他们还敢明抢啊？"

Frank说："还是小心点好，美国人连买瓶矿泉水都刷卡，不像中国人走到哪里都要带着一把现金，所以在美国，小偷们都喜欢找中国人下手。"

"哦……这么说起来，美国人还是不傻的嘛。"文佳佳左右望望，随即拿起信用卡在Frank身上比划了一下，"……哎，那以后我给你的钱，是不是也可以刷卡？"

Frank："……"

【美国的警察和法律是那样的诙谐】

如果是在中国，两车相撞，很多事主都会达成私下解决的协议，以免叫等警察来处理浪费更多的时间。

但是在美国，两车相撞，事主们绝不会私下解决，一切都等警察来了裁决。

最令文佳佳惊讶的是，一向开车稳健的Frank，竟然也闯过红灯……

而处理那次交通事件的警察的行为，也令文佳佳感到无比诙谐。她想，她是永远也搞不懂美国人的逻辑思维的，就像她搞不懂为什么老美个个都那么头脑简单，美国的经济仍是全球第一一样。

对此，丽丽很有见地的说："这里面估计得有一半的生产总值是移民过去的华人创造的吧？都说中国人精，依我看最二的就属咱们了，挣了半天钱全都是给美国挣的。那些老美也真够坏的，发明那么多好看的奢侈品

包包自己不买，还把它们在中国的售价挑得那么高，不就是为了吸引中国人都去美国买吗，变相地把咱们的钱都留在他们美国！你说，这到底是老美头脑简单，还是中国人太犯二啊！"

文佳佳越发深觉丽丽是个颇有智慧的女人。

在返回月子中心的路上，文佳佳直呼无聊，鼓吹着Frank讲起他在美国遭遇的唯一一次交通事件。这大概是他到美国以后发生过的最好笑的事情了。

但Frank刚一说到"出事那会儿好像是半夜三点多……"时，文佳佳就插嘴道："半夜三点多你还开着车游荡，你还闯红灯，也难怪警察要抓你了！哎，怎么半夜三点警察还不睡觉啊，这要是在国内，早……"

Frank看了文佳佳一眼，令她连忙噤声："哦，你继续，继续！"

Frank继续道："当时是正好在一个下坡处，又正好赶上红灯，刹车没刹住，就滑过了线。"

文佳佳第二次插嘴道："估计那警察已经守了大半夜了都没见着一条活鱼吧，终于把你逮着了！"

Frank不理她，"我当时只好停车，看警察怎么说。"

"还能怎么说，直接开罚单呗！"文佳佳说。

Frank摇头道："不是，是掏出了枪，指着我，叫我下车。"

文佳佳咋呼道："这么点事就掏枪啊！"

Frank耸耸肩："这在美国很正常。他掏出枪，只是为了让我拿出证件，我就拿给他看了。"

"然后呢？"

"然后……"Frank扯扯嘴角，"然后他对着我的证件笑了，说'今天你很幸运，因为我的生日月日和你是同一天，所以我今天就不罚你了。’”

文佳佳又一次插嘴道："天啊，美国警察办事还挺随性的嘛，全凭心情！哎，你继续……"

Frank说："我也不太敢相信就这样被放过。他叫我上车离开后，我还不太肯定，只是慢慢地开，他也在后面跟着我。我只好停车，再次下车问他还有什么事。他说'看我开的那么慢，以为我有事，只好一直跟着看看'。"

文佳佳摇头道："美国警察太天才了，然后呢……"

Frank古怪地看了她一眼："已经讲完了。"

文佳佳顿了一会儿道："你这叫什么故事啊，没头没尾的！讲故事要有起承转合懂吗！快，再讲几个！"

文佳佳意犹未尽地催促着Frank，Frank想了好一会儿，才想起另外一件。那是发生在他朋友身上的事。

朋友开车时压了双黄线，很快接到了法院传来的告票。但由于那朋友正赶着回国办事，也不知道在美国法庭要先认罪，以为只要等着交罚款就万事OK了，所以警察还没到庭时他就先撤诉了。后来，那朋友在国内办完事返回美国后，还打了几个电话前去咨询，但都没有结果。哪里想到过了半年竟然收到一张两千六百多美刀的罚款单，简直把他吓坏了！

那朋友四处一打听，才知道美国的法律是需要车主本人上法庭和警察对证的。朋友连忙赶过去重新上了一次法庭，一到场就先认罪，并且提到曾今打过电话咨询的事。

法官连忙让办事员查电话记录，果然查到两通，最后只罚了他两百八十六美刀的罚款。真是虚惊一场。

也同样是这个朋友，一次在一停车场里打国际长途给中国的亲人，正好赶上保安经过，让他尽快离开。但他在中国的亲人因重病而住院，令

他当时实在有些魂不守舍，离开了一会儿又折了回来继续打电话，也再次被那保安撞见。没想到那保安二话不说就报警抓人，法庭罚了他四百八十美刀的罚款。

文佳佳掐指一算，好家伙，这里外里就罚了七百六十六美刀，合人民币得五千块了，也难怪美国的福利那么好。

好福利都是钱堆出来的。那钱打哪儿来啊？还不是羊毛出在羊身上吗？今天罚点，明天罚点，今天几百，明天几百，四处挤一挤，福利就挤出来了。

文佳佳说："哎，看来要在美国生活，还得先挨几次罚啊，要不就找个像你这样的懂美国行情的司机，接出接进的，也能省了好多事。"

文佳佳念叨着，也不知想起了哪一出，又突然道："哦，对了，等生完了孩子，我还想绕着全美玩一圈呢，听说花不了几个钱，玩个十几天就都能搞定了。到时候你当我的向导吧！也省得我挨罚。"

Frank有些犹豫："嗯……等你生完了，到时候再说。"

他的话刚说完，月子中心就到了，这令文佳佳来不及细究他话里的含义，到底是变相的拒绝还是有在认真地考虑。

当晚，文佳佳躺回月子中心的大床上，还突然萌生了一种不好的预感，好像游遍全美的计划永远不会实现一样。

但是文佳佳左思右想，也想不出有什么理由可以阻止这一切。以至于后来当事情真的发生了，文佳佳才恍然大悟地意识到，生活中的意外往往都是让你想象不到的。

倘若你想到了，那它也就不会发生了。

Chapter 8
小孩这生物

【白发魔女产子记】

小说中的白发魔女霸气凌然，咄咄逼人，虽貌若惊鸿但浑身带刺，没有男人敢近她的身。

但是这样一个女人，却有一个让人柔情寸断的名字：练霓裳。

古有《霓裳羽衣曲》，更有诗词赞颂："华清笙歌霓裳醉，贵妃把酒露浓笑。"

"霓裳"二字，古往今来都是女人丰姿万种的代言，即便是放在白发魔女的身上，也不时露出颇具女人味的一面。

相比之下，那犀利版的白发魔女小周却是个难相处的主儿，最起码就文佳佳而言是这样的。

文佳佳和小周水火不容，谁也没想过会有握手言和的那一天，反正再过不久她们就会各自分道扬镳，也就无所谓能否做朋友了。

只是文佳佳没想到，她有朝一日也能在小周脸上见到笑容，更加没想到会见到她柔情似水的一面。

那股让小周拨开云雾见晴天的力量非常不可思议，它源于一个又软又小的小生命，激发出小周源源不绝的母爱。

母爱是共通的，大腹便便的文佳佳自然懂得。

因为这份懂得，也因为共通，所以她们冰释前嫌。

圣诞节过后，节日的余温犹在。月子中心里的女人们各归各位，该保胎的保胎，该待产的待产。一切都看似相安无事。

在这段时间里，文佳佳一直忙着思考美国人的逻辑思维和中国人的小聪明到底能不能融合的深刻问题，所以也有好几天没有刁难小周，更没有被小周刁难。

文佳佳有时候甚至觉得，要是自己再这么思考下去，终有一天能出书。到时候，她还可以把自己的真实经历写进去充充数，但是后来再一想到从王先生那里听来的故事，就有些犹豫了。

就在前几天，当文佳佳问起王先生，移民来美国的这些中国二奶们的生活状态时，王先生说："她们和别人都不太一样，在这里出入很低调，也不敢四处去和人交际，害怕被人问起她们丈夫是谁。不过看看她们的孩子，再看看她们住的区域，还有平时只有保姆陪着，从没见过有男人跟在身边，我们就会知道，她们是怎么一回事。"

文佳佳反思了一下自己，觉得自己是异类。

不过有一点文佳佳和她们一样，就是打死也不会承认自己未婚先孕，尤其是在那白发魔女小周的面前。

但是不过几天，文佳佳就又一次和小周发生了摩擦。那时，文佳佳正抱着一个大篮子走进客厅，四周很安静，连呼吸声都听得到。

文佳佳下意识问了一句："有人吗？"

无人应答。

文佳佳自顾自去洗手，然后回到客厅开始安置大篮子里的东西，都是昨天没有吃完的酒和巧克力等。

不想这时候，忽然从楼上传来细微的动静，文佳佳竖着耳朵听了听，好似是小周的声音，只是一改她彪悍的作风，有些微弱："黄太，黄太是你吗？"

文佳佳看看楼上，一想到小周拉长脸的模样，就没理会。

小周继续叫道："陈姐，黄太……"

唯独没叫文佳佳。

文佳佳看看楼上，终于得瑟道："没有人在，这里只有我一个人！而我们俩说好不说话的！"

小周那边没动静了，哪知不过片刻工夫，楼上突然传来一个"咣当"声，好似摔倒的声响。

文佳佳愣了一下，心里一咯噔，连忙扔下手里东西就往楼上跑。

小周正面色苍白坐在沙发靠背上，额头上一直盗汗，双手捧着肚子，两只脚踩着沙发垫，气喘吁吁。

文佳佳一时还没能醒过闷儿，笑道："哈哈，你……你尿啦？那这沙发我可不敢坐了。"

小周撑着自己一动不敢动："这不是尿，我……我羊水破了。"

文佳佳立刻被吓着了，冲过去喊："天啊，这就是羊水！"

小周一把抓住文佳佳，脸色已经由白变青："我觉得要生了……"

如果女人说"我觉得我要发财了"，那多半是骗人的。

但是当女人说"我觉得我要恋爱了"或者"我觉得我要生了"时，就必然是真的。

文佳佳大惊失色道："啊！！那那那……那……黄太呢！"

小周说："好像和女儿她们出去了。"

文佳佳又问："那陈悦呢！"

小周说："和她去逛街了。"

文佳佳有些错愕："她？！她是谁？！"

她完全没有意识到，黄太不在，陈悦不在，那也就是说在这间屋子里，唯一可以向白发魔女伸出援手的人，就剩下自己了。

文佳佳还在愣神时，小周已经将她选为候补，忍痛提醒她道："快，快打911！快！"

文佳佳这才反应过来，连声说"好"，然后起身四处找电话，等电话拨通后，听筒里传来一串英语："您好，请问有什么可以帮助你？"

文佳佳结结巴巴的说："啊，啊，Yes，a girl，no，no，a women，she have a baby，now，she，she……哎呀！"

"她快要生了"怎么说？

文佳佳拿着手机凑到小周身边："我不会说，你……"

但是小周只顾着抱着肚子，疼得死去活来，根本说不出话。

文佳佳气得一把挂掉电话："TMD，英语害死人！"

只顿了一下，她又连忙播出另一个号码，对着听筒大喊："Frank！"

好在，好在还有Frank，他会中文，也会英文，更是个医生，再没有比他更适合担任救难人员的角色了。

但是可恨的是，此时此刻的Frank正身处实验室，专心致志地观察小白鼠。他的手机就在旁边震动，但是由于他太过入迷，以至于没有注意到。

文佳佳那边等了将近一分钟的时间，直到听筒里传来答录机的声音："我现在不能接听您的电话，请留下您的姓名，我会尽快回给你。"

文佳佳骂了一声，扔掉电话就往外跑，她得找人帮忙。

但是小周却再次将她抓住，恳求道："别走……"

文佳佳掰开小周的手："不走难道生在家里，我又不会接生。"

说着，文佳佳冲下楼梯，一路冲一路对着楼上喊："你不是男人婆吗！你不是什么都厉害吗！你现在怎么认怂了！你有本事就挺住啊！"

文佳佳是病急了乱投医，这会儿谁能帮她，她就找谁，无所不用其极，完全忘记了自己也是一个孕妇。

房子外，社区里，一片安静祥和，无人可求。

文佳佳只好两手捧着大肚子，往路的尽头飞奔过去。

据说准妈妈要顺产顺利，在产前两个月必须坚持暴走，文佳佳不知道自己这样拼命算不算是暴走的一种，她也不知道自己跑了多久，竟然像交通道冲了过去，并且在冲刺的过程中，文佳佳的脑中还不断闪回直升飞机飞来营救孕妇的一幕……

文佳佳在心里大骂着，我靠，跑了几条街一个大活人都没见到，还直升飞机，直升个屁啊！

交通道上车来车往，文佳佳二话不说就跑到路中央，张开双手挡住了一辆车子。飞驰而来的汽车，带着巨大的刹车声，缓冲了十几米，才戛然停止在文佳佳面前。

那司机惊恐的眼神，直直瞪向大腹便便的文佳佳，好似生怕汽车急刹车造成的气流波动会擦伤了文佳佳，他可不愿后半辈子都在监狱里讨生活。

文佳佳却管不了这么多，她拉住对方就好一阵比手画脚，要求对方跟她去救另一个孕妇。幸好对方也是很善于解读肢体语言的人，又基于美国法律对孕妇的各种保护，便毅然决然的跟着文佳佳去解救了小周。

几十分钟后，小周已经被推进了产房里，助产护士和医生在为她鼓劲："呼——吸——呼——吸。"

小周坐在专门分娩用的大水池里，紧紧抓着两个人的手，一边是那天跟她在大门外道别的白人男人，一边是一位样子温婉的女人。

女人看着小周痛苦的样子，直流眼泪，感同身受。

文佳佳在外坐立不安，直到远远见到从走廊尽头匆匆跑过来的Frank时，才终于破口而出："你们破美国，仗着自己地大，路上连个人影都没

有！害老娘跑三个街区才……结果闹到最后也没见到直升飞机来救啊，老娘这辈子还没见过直升飞机呐，我……"

但是文佳佳还没有骂完，话尾就像是被人拦腰掐断一般，噎在了喉咙深处。

她嘴巴微张，神情呆滞像是木头桩子一样，捧着肚子一动不敢动，吓坏了Frank。

Frank紧张道："怎么了？你别紧张，我去叫医生……"

他作势就要走，却被文佳佳一把拉住："他动了……"

见她一脸又怕又有些异样的神情，Frank指着她的肚子问："宝宝？"

文佳佳语无伦次了："我不知道……他从没动过……"

Frank立刻蹲在文佳佳面前，并且把手放在她的肚子上。

"这儿？"

文佳佳浑身僵硬，只知道点头。

Frank瞬间恢复到专业医生的面目："这么长时间，是躯干运动，他应该在翻身，你摸摸，这里是屁股。"

Frank拉着文佳佳的手放在肚子上，文佳佳睁大眼睛低头看着肚子。

Frank又把手覆在文佳佳手背，带着她在肚子上缓缓移动："跟他说话！"

文佳佳傻乎乎地问："说什么啊？"

Frank说："随便什么都行。"

文佳佳结结巴巴道："哥们儿……你……你怎么样？"

Frank笑出声："宝宝，那个傻乎乎的是妈妈的声音，记住了吗？"

文佳佳连忙补充："对……我是你妈……刚那个可不是你爸啊千万别弄错了，你爸没在这儿。"

Frank笑着把耳朵凑过去听了听，确定没有动静了，站起来帮文佳佳系上外套，扣好扣子。

文佳佳还有些云里雾绕："过去了？"

Frank点头："过去了，以后他动时候多跟他说说话，他都能听见。"

话音方落，Frank这才发现文佳佳还光着两只脚。

"你的鞋呢？"Frank问。

文佳佳愣愣的，"哦，跑出去找救援的时候跑掉了。"

Frank一言不发地扶着文佳佳在长椅上坐下，又低头脱掉自己的鞋，递给文佳佳。文佳佳依旧呆呆地，看着Frank，心中有些异样，有个不知名的地方正在逐渐发酵、变软。

不过还没来得及让文佳佳想清楚那是什么，她就被产房里传来的小周的尖叫声打断了思路。

文佳佳不好意思收回眼神。

当年，她虽然无缘挂上Frank的号，没有机会见识到他的仁心仁术，但是她相信Frank一定是个出色称职并且极有责任心的好医生。

现在改当司机，实在是医学界的一大损失。

而产房里的小周，也不知熬过了多久，拼尽了全力，才终于听见了孩子的啼哭声。

白人男人和医生、护士都笑了，这是历史性的一刻。

那个女人也喜极而泣。

护士笑着拿着剪刀，问他们："你们谁来剪脐带？"

白人男人看看小周，再看看女人。

然后，他对小周道："通常应该爸爸来剪。"

小周笑了，伸手接过护士手里的剪刀。

女人赶紧过去扶起小周，小周和她相视一笑。

这是属于她们的孩子，她们是孩子的爸爸妈妈，并且会一生一世地对他好，虽然他降临人间的过程比较反常规，比较曲折。

【另类的生命延续】

在文佳佳登上"老钟"这艘老船之前，她也和大多数的女孩一样，受过社会上的规范教育，并且有一种很传统的认识：孩子是丈夫和妻子的生命的延续。

不过文佳佳现在怀孕了，孩子是老钟的。她又突然觉得，自己在"生命的延续"这一课题上，走上了另类的道路。

最起码，是不符合大众普遍审美的。

国内的政策很严格，令文佳佳的生育路频繁遭遇焦土，以及各种鄙视的眼光。所以她选择来到美国，来到西雅图。

起初，她在这里也不得安宁，甚至后悔选择这里。

但是现在，她获得了心灵上的安慰——当一个另类妈妈遭遇另外几个另类家庭时，她的自卑得到了治愈。

陈悦，那个好脾气的，喜欢贪小便宜的，持家勤俭的束发孕妇，为了要搏第二胎，不惜远渡重洋。

小周，那个面恶心善的，对人不假辞色的，说话处处刻薄的白发魔女，她的伴侣是一个女人，这样的同性生子案例在国内是不受允许的，不得不来美国。

相比起这两位来说，文佳佳坦然了许多，尤其是当她亲眼见到Julie那个不太称职的母亲之后，她更加有信心教导好自己的孩子。

是成为女强人还是当一位好妈妈？

Julie的母亲是抛弃了婚姻和孩子，选择了事业和第二春。

而她文佳佳，是为了生活而放弃了婚姻以及事业，却永远不会抛弃自己肚子里的这块儿肉。

在这一点上，文佳佳自认比Julie的母亲更传统，有所差别的不过是那个过程而已。

小周的宝贝儿，是一个可爱的混血的小婴儿，此时他正躺在婴儿床里。

文佳佳伏在小床边，正开心地逗他玩，顺便拍下每一个瞬间。她这才明白为什么很多女孩都向往找一个外国男人，那一定不单单只是为了那张绿卡，也因为可以制造出混血小Baby。

面对这样神奇的小生命，没有女人会不喜欢。

小周正式进入月子期，黄太里里外外地忙活着，此时正端着一碗汤走过来，招呼道："周太太，快快趁热喝……这是最好的台湾米酒，喝下去又补又帮助瘦肚子的！"

文佳佳抬头看去，看见那个在产房里陪伴小周的女人，正扶着小周步履蹒跚地走过来看孩子，两人手上都戴着小周买的那副木质手镯。

小周头上裹着帽子，包住了那头扎眼的白发，脚下穿着棉拖鞋，一副标准坐月子的装扮。

女人和黄太一起扶小周坐下，小周一边喝，一边温柔地看着混血小孩儿。

小孩儿很不给面子地尿了，文佳佳让开地方，黄太连忙凑过去要给小孩儿换尿布，女人立刻接过："我来……"

她一边给孩子换尿布，一边时不时抬头，和小周四目相交，目光温柔。

接着，孩子下面放完水，上面又开始了，嚎啕大哭，是饿了。

女人抱起孩子送到小周怀里喂奶，阳光之下，小周这一家三口和乐

融融。

文佳佳在一旁默不作声地看着，心中感动，这才终于搞明白小周周围那些复杂的关系。

原来小周不是代孕妈妈，相反的，那个外国帅哥倒是个……怎么说呢，哦，对，捐精爸爸。

当然，这只是为了将来她们回国时有个说法，让大家以为小周在国外遇人不淑才有了孩子，虽然也会遭受一些异样的眼光，但也总比告诉别人她爱女人要好，更加不会妨碍小周做一个好妈妈。

小周说，女朋友喜欢孩子，但是有先天心脏病，不适合怀孕，所以她决定自己来。

听到小周这样说，文佳佳想起近日才在网上看到一则新闻，"英国女子凯蒂.斯莱德患有罕见的遗传疾病，这意味着她和丈夫戴维也许永远不能怀上宝宝。为了实现自己当妈妈的梦想，凯蒂借用了自己妹妹露西的卵子。与此同时，戴维的姐姐身兼代孕妈妈。"

也就是说，这个英国的小Baby一出生就有三个妈妈，一个供卵的，一个代孕的，和一个养育他的。

可见，即便不是男人和女人通过正常途径一起孕育的孩子，也会拥有幸福。

而小周的孩子，是小周两口子在圣诞节收到的最好的礼物，或许是雷尼尔的雪山太美了，让这个小东西迫不及待的提早十六天来到这个世界，享受他所拥有的幸福。虽然小周诞下小生命的过程有点曲折，但只要她可以从中获得幸福，那一切都是值得的。

小周给他起名Jesus（耶稣），原本是为了纪念他在圣诞节出生而起的，可是这个名字听在文佳佳耳朵里，怎么听都像是"鸡贼"的发音。

但不管怎么说，Jesus都是小周和女友生命的延续，虽然另类，却给她们带来了幸福。

或许，你可以管这个叫爱情，你永远不必在意它在哪发生，和谁发生。当它来时，它会排山倒海，来势汹汹，什么也挡不住，当然你也无须抗拒。

再后来，文佳佳才知道小周是国内一知名企业的大老板，她整天都要被困在办公室里处理那些永远处理不完的文件，也难怪她们最初认识时，小周一张嘴就是"两千万抛售"的字眼。

那时候文佳佳是不相信的，但是现在她全信了。

可是相信之余，也不免称奇，小周都忙成那德性了，居然还有时间认识女朋友，更有时间生孩子。

由此可见，怀一个Baby对于女人来说，是永远不会没有时间的。

比起工作上的女强人小周，陈悦则是生活里的女强人，她能者多劳，还是个热心肠，有时候热心得也不顾自己身子有多重。

就在一大屋子的人为了一个小Baby忙进忙出时，陈悦也搬着好几大包尿不湿和奶粉走了进来，脸上兴奋地泛红："我们运气老好了，圣诞打折，这些全都是四折哦！带回国能用好一阵的。"

黄太吓了一跳，赶紧过去接了过来："哎呦，老天爷，你快放下！小心动了胎气。"

已经生过一胎显得游刃有余的陈悦说："哪有那么娇气，我生老大前半小时还挤公共汽车帮我老公送货呢。"

几个人都被她夸张的语气逗笑了，文佳佳也过去帮忙拿，三个人在墙边摞起好高的一堆纸尿裤和奶粉罐。

黄太和陈悦对着这些奶粉嘀嘀咕咕，什么"这奶粉xxx不会超标吧"，"美国的纸尿裤应该都检查过关了吧"之类的，谁也没料到文佳佳

会在这时语出惊人。

文佳佳突然对黄太道："黄太，那个大房间还是你带Baby住吧，你们西雅图阳光太晒了，我受不了！"

黄太意外看着文佳佳，小周、陈悦也看齐刷刷地看过来，全都是一副受宠若惊的模样。

文佳佳也有些不好意思，为了大家的眼神，也为了自己之前的盛气凌人。

怎么，她就不能大发慈悲地当一回好人吗？

小周的命可是她冲上交通道才救回来的！

直到陈悦诚心诚意地说了一句："谢谢！"

文佳佳这才笑了开来。

女人的友谊真奇怪，有时候可以因为一个眼神，一个轻哼，就弄得剑拔弩张，但更多时候也会因为一个笑容，一句日常用语，而变得亲密无间。文佳佳庆幸自己来美国交到了小周和陈悦这两个好朋友。她们在美国共患难过，即便将来回了国各奔东西，也不会忘记彼此。

哪怕是到那时，男人、爱情和钱都不在了，共患难过的朋友也总不会离你而去的。

文佳佳十分笃定这一点。

而在这个屋子里，三个孕妇，一个生了，还有两个，其中一个来历另类的小生命，正好端端地卧在文佳佳的肚子里。

文佳佳衷心地希望，将来要将这世界上最好的一切都献给这个Baby，也要让他拥有一个这世界上最好的妈妈。也许在这一点上，这世界上的所有妈妈的想法都是共通的。

时间一闪即逝，很快就过了一个月，小周做完月子，搬出了月子中心。她走的时候，整个人都油光水滑的，不似这里的美国人，生完孩子以后都憔悴得不像话。

在美国，除了在中国人开的私营的月子中心里，别处是没有坐月子一说的。美国人也不懂什么叫坐月子，他们从小受到的教育灌输都是，女人在医院生产完之后，最多住院三天就可以出院了，甭管你是顺产还是剖腹产。

文佳佳想起国内一朋友做了一个阑尾手术都要卧床休息一个月的事，又对比了一下美国女人生完孩子不到第三天就迅速展开长跑运动用来恢复身材一事，顿觉中国女人真是太幸福了。

老人们都说，月子病要靠月子治，平时但凡有个偏头疼什么的慢性病痛，也可以借由坐月子一并治好。可要是在坐月子期间沾染点病痛，那就要命了，非得再坐一次月子才有可能治愈。也难怪这些美国女人年老体衰时，她们身上的病痛来的要比中国女人多。刚一生完就出去瞎跑，不生病才怪！

小周走后不久，陈悦也快生了。黄太忙完一个又一个，整天都围着陈悦打转，在小周面前嘱咐的那番话又一字不漏地说给了陈悦听。连文佳佳都会背了。

但和小周相比，陈悦的生产势必会辛苦一些。为了不难产，陈悦每天八个小时几乎有六个小时都在暴走。

她比谁都辛苦，大家都明白，但是为了省钱别无他法。顺产两千美金，剖腹产就得四千多美金，足足多了两千美金。

文佳佳也是到后来才明白，陈悦之所以喜欢贪便宜并非本性使然，而是生活所迫，来美国生孩子的也并非每个都是富翁，更多的是小中产阶级。除非必要，谁会背井离乡地跑到外国来受罪？

还好她还有老钟，不像以前，连张三千块钱的号都挂不上。文佳佳

如是安慰自己。

【"女孩"是女人一生中最难缠的时候】

张爱玲说过："也许每一个男子全都有过这样的两个女人，至少两个。娶了红玫瑰，久而久之，红的变了墙上的一抹蚊子血，白的还是'窗前明月光'；娶了白玫瑰，白的便是衣服上的一粒饭粘子，红的却是心口上的一颗朱砂痣。"

从这个角度来看，要永远成为一个男人的"明月光"或是"朱砂痣"，就不能嫁给他。

但为什么这世界上所有少女怀春的女孩，都会许愿说："希望和他一生一世地在一起。"

由此可见，蚊子血和饭粘子虽然可悲，但还是有存在的价值的。

文佳佳少女怀春时，也曾有过许多梦想。不过那些梦想都没有实现。

当然，梦想如果能实现，那就不能称之为梦想了。

梦想是在梦中实现的想法，而理想是人类对事物的合理想象或希望，通常也是可遇不可求的。

但不管是梦想还是理想，文佳佳从未将"当后妈"列入其中过。

只是在这世上，有很多事是会让人大吃一惊的，即便你将你的生活规划得非常完美，也保不齐扑面而来的意外和例外。

和文佳佳交往过的历届男人都是名利双收型的，Frank算是一个例外。

而Frank的女儿，则算是一个意外。

人们总会陷入这样的境地——多少年后幡然回首，才蓦然醒悟，现在的自己正过着一种被过去的自己所不能理解和认同的生活，然而现在的自己却已经习以为常，并且融入其中。

比如说，文佳佳在多少年前，也不能想象自己将来会成为介入他人婚姻的小三，现在的她，对于过去来说，很是陌生，但是她已经习以为常，并且融入其中。

比如说，当文佳佳为了三千块钱一张的挂号票四处奔波时，她是料想不到将来会有一天在异国他乡，和这个一票难求的医学界才子面对面交锋，彼时她是穷鬼，他是炙手可热的红人；而现在，她是富婆，他已沦为她的司机。

再比如说，初到西雅图时的文佳佳，是不能想象自己会和一个邋遢如丐帮帮主一样的男人相处融洽的，并且还在怀着另一个男人的骨肉的情况下，去接这个男人的女儿，简直比他前妻还尽职尽责。

并且在相处过程中，文佳佳不止一次地感叹过："'女孩'真是女人一生当中，最难缠的时候。"

风水轮流转，这句真理简直是一定的。

每过一段时日，文佳佳就会准时去Doctor唐的诊所报道，认真对待每一次产检。在孩子七个多月大时，文佳佳已经可以通过仪器看到它的影像了，虽然不太清晰。

还好Doctor唐很善于看图说话，会笑着给文佳佳讲解："你看小Baby多强壮！这是手，你看头，你看他在笑……"

任何孕妇在听到Doctor唐的讲解后，都会感到很开心。

文佳佳用手机拍下这一幕，虽然她不太确定现在看到的是不是他，更加惊讶于肚子里小Baby的心跳声居然比成年人的超速许多。

Doctor唐说，七个多月的锚锚在肚子里已经能感觉到光的变化。

文佳佳却在想这大概是因为她比较苗条的关系。

Doctor唐还说，这时候锚锚的听力已经相当成熟，能够辨别身边亲人

的声音。

文佳佳却希望他的听力不要这么敏锐，毕竟他每天只听见一个男性的声音，而那个人却不是他爸爸。

这是唯一美中不足的地方。

就在陈悦即将要生产的前几天，文佳佳见到了近日来神龙见首不见尾的Frank，和他那个明显过分早熟的女儿Julie。

那天上午，陈悦正在院子里练习暴走，而文佳佳则正靠在客厅的沙发里舒舒服服地看着电视剧。

如此岁月静好，阳光暖暖，却被Frank的一声高呼"黄太"，惊得鸟兽四散。

文佳佳吓了一激灵，连忙回头去看，正见到Frank带着Julie拿着大包小包地奔进屋来。黄太迎了出去帮Julie接过包包，Julie就像是回到自家一样，撒了欢地跑上楼去。

Frank每次出去工作，都会将Julie暂时"寄放"在黄太这里，但最近他"寄放"的次数过于频繁，好似正在忙什么国家大事。

只听黄太对Frank告别道："放心！Good luck！"

Frank笑着点头，对Julie喊着："要听话，lady！"

Julie回喊："See you！"

文佳佳觉得Frank一定在暗中进行什么，但Frank走得匆忙，她只来得及狐疑地目送Frank离去，没来得及问，只好笨重地换个姿势重新躺下，但电视剧里的剧情再也看不进去了。

文佳佳想了想，决定从"小"抓起，便起身上了楼。

Julie正趴在小周住过的房间的大床上，戴着耳机边听音乐边看书，但她依旧分心地瞄到在门口鬼鬼祟祟的文佳佳。

Julie问："有事吗？"

文佳佳眨眨眼，走过去："你在看什么？"

Julie看一眼书皮，指给她道："《十一种孤独》。"

文佳佳又问："讲的什么呀？"

Julie头也不抬道："十一种孤独。"

孤独有这么多种吗？

这是文佳佳在脑海中划下的第一个问号。

接着文佳佳主观认为，她不喜欢这本书。

因为她时常陷入这种境地，并且时常觉得空虚。

不过后来，文佳佳还是上网搜索了一下这本书的简介，内容如下："《十一种孤独》以冷峻的笔触描写了美国二战后五六十年代普通纽约人的生活，写了十一种孤独的人生，主人公都是缺乏安全感、生活不太如意的人：曼哈顿办公楼里被炒的白领、有着杰出想象力的出租车司机、屡屡遭挫却一心想成为作家的年轻人、即将结婚十分迷茫的男女、古怪的老教师、新转学的小学生、肺结核病人、老病号的妻子、爵士钢琴手、郁郁不得志的军官、退役军人等。耶茨笔下都是普通人的普通生活，描写的是普通人的孤独、失落与绝望，他自己曾说：'如果我的作品有 什么主题的话，我想只有简单一个：人都是孤独的，没有人逃脱得了，这就是他们的悲剧所在。'"

由此可见，不管是什么身份的人，在孤独面前，都是渺小的。就像文佳佳的空虚症一样，它总是任性地说来就来，说走就走，管你高不高兴，它从不知道体谅。

看来，Julie正处于早熟的叛逆期，才会提前喜欢这样的读物，这通常是心智成熟的女人会喜欢的东西。

当然，一些小女生也会为了盲目追求成熟美，而去刻意追求"孤独"。

但Julie的刻意追求，和对文佳佳的冷淡，令文佳佳很是备感无趣。她摸摸鼻子走开一会儿，片刻后又走了回来，径直进了Julie的房间。

Julie奇怪地看她，对她的去而复返表示不解和好奇。

文佳佳叉着腰道："小丫头，你圣诞节吃了我的，喝了我的，转眼就不认人了，你知道中文这叫什么吗？白眼儿狼，懂不懂！"

Julie愣了半天，突然认真地反问："狼会长白内障吗？"

文佳佳再度无奈摇头离开，简直不是一个脑回路："服了你了！怨不得在国内念不好书。"

叛逆得太早，所以读书不好。从这个角度上来看，读书好的或者说是死读书的孩子，通常心智成熟过晚。

文佳佳开始同情起Frank了。

但是这种同情很快就转嫁到自己身上。

第二天，文佳佳就被迫接下了接Julie下学的工作，谁叫她是个闲人呢。

Julie也吓了一跳。在和几个朋友告别之后，她四处张望，直到对面传来一阵汽车的喇叭声，她才困惑地看向坐在驾驶座上的文佳佳。

"怎么是你来？"

文佳佳笑得灿烂："你妈妈临时有事，黄太太有事，所以我来啦！"

Julie上车以后，文佳佳一边开车一边关注着她的举动。在文佳佳看来，这个年纪的女孩儿早熟，所以也会容易早恋。

就好像是为了验证文佳佳这一看法似的，Julie也正好把头侧向窗外，盯着路边一个独自行走的颇为帅气的小男孩儿，直到车子拐弯失去了他的踪影，她才把头转了回来。

文佳佳毫不掩饰地问："你喜欢他？"

Julie立即情绪激动，恼羞成怒道："What！他智商一百七，谁会喜欢这种怪胎！拜托，你别自以为很了解我！"

文佳佳心知肚明地笑笑，一副过来人样子："女人都是同行——张爱玲说的，你可能不知道她。"

Julie却一针见血地反问："说蚊子血和白饭粒那个张爱玲？"

文佳佳颇感意外，这会儿觉得Julie真是太过早熟了："对……好吧，反正我有办法让他做你男朋友。"

如果是亲妈，这时候八成会说："不许早恋！"

然而过分早熟的女儿，却会多半在此事上表现出超乎寻常的叛逆，偏要早恋给你看看……套一句话说，就是哪里有压迫哪里就有反抗。

Julie被文佳佳的路数引发出好奇心，但她仍是条件反射地否定了文佳佳的价值："不可能。"

文佳佳非常志得意满："这方面我可以写书，信不信随你。"

Julie看了很多书，所以很佩服可以写书的人，她想了很久才半信半疑道："那……该怎么做？"

这会儿，Julie已经不再急着否认她喜欢那个智商有一百七十的怪胎了。

文佳佳迅速调转车头，哈哈大笑："那得先陪我去 Downtown 看电影。"

这是两个女人之间的交换条件。

Julie没有拒绝，但是仍小声提醒："我爸爸说他不在，我不可以跟外人出去。"

文佳佳大包大揽地把责任归到自己身上："我不是外人，我是你爸的朋友。"

一个女人和一个女孩的友谊，就这样奇妙地产生了。

Chapter 9
"爱情"是女人毕生的课题

【一个女人和一个女孩的对话】

女人和女孩最大的区别在哪里?

不是身高,不是思想,不是年纪,更不是视乎皮肤上有无皱纹。

而是对爱情的解读。

"爱情"是女人毕生的课题,不管是十八岁还是八十岁,她们都有一颗为爱而跳动的心,这跟男人习惯性的朝三暮四是一样不变的生物进化现象。

女人会说"我看透了男人",但是内心深处依然期盼"爱情"再度降临。换句话说,她期盼的不是男人本身,而是追随男人而来的"爱情"。那"爱情"可以刺激女人的多巴胺再次分泌,令女人容光焕发,备受爱情滋润,并且让一颗心再度鲜活地跳动。

而女孩会说"我想谈恋爱",这是因为女孩的青春刚刚开始,心智还未开化,所以还没尝到真正的爱情的滋味。换句话说,即便这时候你捧着一份真爱来到她面前,她也未必分辨的出来这份真爱的成分,直到她成为一个过尽千帆皆不是的女人之后,才会茅塞顿开的认识到:"哦,爱情来过了,但它又走了……我TMD算是看透了。"

文佳佳姑且算是一个女人的代表,而Julie更是彻头彻尾的女孩。

她们身处于对"爱情"解毒的两个极端派别里,一个是理智,一个是情感。

但不管是理智派,还是情感派,她们都同样喜欢浪漫爱情电影,比如

《西雅图夜未眠》。

文佳佳看过几十次《西雅图夜未眠》，在次数上肯定胜过Julie，但是在泪腺的自控能力上，Julie更胜一筹。

当然，文佳佳把这归咎于她正在怀孕，所以情绪不稳上。

荧幕上的《西雅图夜未眠》接近尾声，最后一幕众望所归地出现在观众面前。周围的观众很少，大多数消费者是不会将时间花在反复看同一部电影上的。

文佳佳一边泪流满面，一边往嘴里塞爆米花。

Julie忍不住下结论："这是爱情。"

文佳佳边抹眼泪边说："这是幻觉，不是爱情。"

你看，这就是女孩和女人对于"爱情"不同的解读，前者期盼并且敢于表达，后者依旧期盼但是不愿承认。

Julie坚持己见："这就是爱情。"

文佳佳吸吸鼻子，用实践说话："生活里没有这样的故事。"

Julie又说："你又没有听过所有人的故事。"

文佳佳却在想，哪怕就是听遍了全世界最浪漫，最感人肺腑，最令人嫉妒并且向往的爱情故事，只要一个女人自身没有经历过，就会质疑它的存在。

女人渴望爱情，是渴望爱情存在于自己的生命里，而不是旁人的。

在这一点上，女人永远自私。

西雅图的著名标志物星巴克咖啡店里人流熙攘，文佳佳和Julie人手一个大杯子，从店里挤了出来，她们的话题方兴未艾，依旧围绕着"爱情"团团转。

男人是永远不能理解女人们为什么会对一个永远争不出输赢的课题

乐此不疲的,就像男人们凑在一起时也总会喋喋不休地讨论女人,却永远得不出一个满意的结论一样。

文佳佳对Julie说:"没错,但这就像我没去过波音,却并不妨碍我知道那是做飞机的。四美元一杯焦糖玛奇朵,四块五一杯的星冰乐,看得见摸得着,尝得出闻得到,这才叫真实。爱情来无影去无踪,谁见过?告诉你那都是一种叫编剧的人不怀好意瞎编出来骗你们这种无知小少女用的。"

文佳佳没注意到,当她嘲笑无知小少女时,也顺带把自己骂了进去。

比起一头扎进去相信爱情的无知小少女,文佳佳这种在自欺欺人的悬崖边苦苦挣扎的女人,更加可怜。

Julie半晌无话,仿佛在思考:"空气看不见摸不着,尝不出闻不到,可是是存在的。"

文佳佳头痛地扶额,她发现自己竟然辩不倒一个小丫头片子!

Julie继续反问:"难道你没碰到过嘛?那你怎么能有Baby?"

小女孩一向天真无邪,并且一针见血,一句话就把文佳佳问得头破血流。

文佳佳简直没了底气:"这个问题很复杂……哎呀!小孩子家家的,什么爱呀情啊,回头我得跟你爸告状,你也太早熟了!"

文佳佳决定缴械投降了,所以搬出Frank。这会儿,她简直能透过娇小的Julie望见她将来成长为一个女人的画面,这必然是个打遍天下无敌手令天下男人无不头疼的人物。

文佳佳在心里表示对Julie未来丈夫的深切同情,但眼下她更同情Frank。

Julie提醒道:"我爸去纽约了。"

文佳佳吹了声口哨:"天啊,他自己一个人去纽约爽,把你扔家,真够美的啊！"

　　Julie继续露底："我爸是去考Board，不是去玩。"

　　文佳佳问："什么？考什么？"

　　Julie说："Board，就是医生执照。"

　　这一瞬间，文佳佳的表情实在是微妙。

　　直到Julie叫道："快看快看……卖鱼了……"

　　Julie拉着文佳佳挤过人群，只见Pike市场里最有特色的卖鱼表演正在进行，几个人边卖边大声吆喝，鱼被他们扔来扔去。

　　一大一小两个女人边看边笑，很快就把"爱情的存在论"抛诸脑后了。

　　只是这种休战是暂时性的，在Julie在睡前将捕梦网拴在床头后，文佳佳轻轻推开门，也再次打开了傍晚那个戛然而止的话题。

　　文佳佳多此一举地问："还没睡啊？"

　　Julie一下子看穿文佳佳的开场白的背后意思，自顾自地问："你是来告诉我你相信爱情是存在的是吗？"

　　文佳佳被噎了一下，转而又问："你说，你爸现在在纽约是不是？"

　　Julie点点头。

　　文佳佳又问："今天几号？"

　　Julie说："二月十二号。"

　　文佳佳"哦"了一声，又把不服气的话题转了回去："听着，我虽然不相信外星人，不代表我不爱看《星球大战》。你明白吗？就好比我虽然不相信那狗屁的浪漫爱情，但我看《西雅图夜未眠》还是想流眼泪。"

　　Julie慢慢笑起来，真是人小鬼大。

　　文佳佳继续道："而且，我也觉得在帝国大厦顶上过情人节是件挺

酷的事儿。"

文佳佳终于把重点一语道破，Julie一下子兴奋地坐了起来，瞪大了晶亮晶亮的大眼睛："你是说……"

文佳佳对她挤眉弄眼："想不想去纽约接你爸？"

Julie忙不迭点头："超级想……但是……"

文佳佳继续诱拐："如果你陪我去帝国大厦，我会考虑教你我自创的泡男三式。"

Julie"嘁"了一声："才三式？"

文佳佳比划着："见血封侯一招制敌，那才是狠招。"

Julie立刻又说："还要去大都会博物馆。"

文佳佳跟着附和："当然，大都会博物馆。"

Julie终于乐开了花："成交！"

看来，不管是女人还是女孩，都同样不让人省心。哪怕她们在"爱情"的解读上不能达成共识，但在折腾男人一事上，绝对是志同道合的。

【同类过招，两败俱伤】

一个成年女性能折腾死多少男人，要从她成年的历史上客观分析。

文佳佳还是少女时，就是在男人的世界里披荆斩棘，所向披靡，所以才能俘获老钟这样的情场老油条。

但是自从认识了Julie以后，文佳佳有一种觉悟："江山代有才人出，这丫头片子的前途一定不可限量。"

当然，这种遗传基因一定不可能来自Frank。

端看Frank的前妻抛家舍业的将所有重担都扔给Frank，又大刀阔斧地跻身美国商圈来看，并且还获得了前夫任劳任怨的默默支持，就不得不佩服这女人的手段。

有其母必有其女，Julie将来也一定不是省油的灯。

招惹一个不省心的主儿是意外，招惹两个、三个，那就是活该了。比如前妻、女儿，以及文佳佳，Frank每次遭遇的女人都同样的不让人省心，这简直就是他的宿命。

他得认命，不认命也没辙儿。

因为他很快就会发现：当前妻用出国移民来摧毁他在国内如日中天的事业之后，他的女儿和文佳佳又双剑合璧地将他在国外的事业一并推翻。

但是她们都觉得自己很无辜。

文佳佳和Julie都是行动派，第二天一早她们就坐上了西雅图飞往纽约的班机，最好的座位，她们可以半躺在宽大的座位上。

文佳佳敬职敬业地在脸上敷着面膜，并将另一张面膜贴到Julie的脸上，谆谆教导道："女人要对自己好一点！"

两人一起躺好，相视一笑。

但是Julie刚躺好，又兴奋地坐了起来，伸手脱鞋。

文佳佳顺着她的动作看向那双不分性别的运动鞋，说道："没有男孩儿会找穿这种球鞋的女孩儿！"

Julie不满地回头："我喜欢这双鞋。"

文佳佳摇摇手指头："无论你想吸引什么人的目光，哪怕是路边的乞丐，漂亮也是前提。读书多的女人常会陷入一个误区，以为男人会更在意女性的内在美。相信我，宝贝儿，即使你能倒背《离骚》，还是打不赢一条低胸蕾丝吊带裙。"

胸部是女人的第二张脸，发育得好等于给女人脸上增光。

Julie听了不禁低头看看自己前胸，那儿还没怎么发育。

文佳佳扑哧笑了,也坐起来:"好吧,看在你陪我去纽约的份儿上,收你为徒。"

接下来那段时间,文佳佳讲课,Julie听课,并且认真地在小本子上做记录,两个女人都很入戏。

吸引男人的第一步:"指东打西"。

他不看你的时候,你要看他,还要让他感觉到这注视的温度,但是当他看你的时候,你一定不要看他,让他饱尝被忽视的错觉。

比如那会儿,在《美味》杂志慈善之夜的晚会上,借由人群里遮掩的文佳佳就站在老钟的侧后方,各种暗送秋波。然而当老钟转身,文佳佳又立即热情端着酒杯跟另一个男人闲聊。

老钟起初好奇张望,但最终会看向众星捧月的文佳佳。

第二步:"欲擒故纵"。

限量产品往往热销,排不到队的美食却更馋人。适时推辞他的邀约,让他有小小的失落感。

比如舞曲响起时,老钟伸手邀请文佳佳,文佳佳冲他灿烂的笑着,并在老钟心花怒放的时候,将手搭在另一个男人的手心,并摇曳着腰肢和那人一起走进舞池。

老钟当场有黯然神伤。

第三步:"雪中送炭"。

逆子偶尔的孝顺是老人一生的谈资,女人少有的温柔才能让男人加倍珍惜。

比如当晚会最热闹无比的时候,老钟因酒兴上头而喝多,正拿着一杯红酒坐在角落沙发上揉着眉头。

没有人会注意到他,但文佳佳却会在此时坐到他身旁,拿走他手里的酒杯,换上一杯白水。

老钟仰头喝水，水从嘴角淌出来。

文佳佳又自然地拿出纸巾去擦。

最后，老钟一把抓住她的手。

Happy End！

手到擒来！

女人和女孩难得不再争执，和平共处了一路，只因为她们面临了共同的课题：男人。

但是这种好景总是不长，她们走出机场后就开始喋喋不休地争吵，引来很多人的注目。

文佳佳强势道："我给你出的机票，当然要听我的！"

Julie自然不甘被以大欺小："大都会博物馆关门早，帝国大厦晚上也可以去！"

Julie这会儿才发觉，自己是被文佳佳利用"纽约大都会博物馆"给骗来的。姜到底是老的辣，比起女孩，还是女人的心机更多一些。

文佳佳拧起眉头："晚上去，黑漆麻花有什么好看！"

Julie也很生气："你不讲信用！说好了的。"

文佳佳没皮没脸道："唯女子与小人难养也，谁说女人要讲信用。"

Julie更胜一筹："我是小人。"

文佳佳气结："你是小孩，不是小人！中国话真是白学了。孔子学院开得还是不够多……Taxi！"

文佳佳叫停出租车，拉着Julie上了车，先声夺人地对司机道："Empire State Building.（帝国大厦）"

Julie立刻喊："The metropolitan museum ,please！（纽约大都会博物馆）"

一下子坐上来两位姑奶奶，司机很无奈。

文佳佳笑了："嘿嘿嘿，别欺负我不懂英语啊！"接着又对司机重复道，"Empire State Buildin，I'm boss."

文佳佳手里拿着钱，就等于拿着一副王牌。

Money就是一切，国内通行人民币，美国通行美元。

这是世界公认的真理。

Julie对文佳佳喘着粗气，输得心不甘情不愿。

文佳佳洋洋得意道："经济基础决定上层建筑，谁出钱谁老大，接受的那个就得认命，不能想法太多！你这点简直跟你老爸一样糊涂！考什么Bird，真是考个鸟啊！你们家你老妈挣钱，吃喝不愁不挺好，不服气瞎折腾，你老爸这点就是不认命，看不开！你现在这样也是，不知眉高眼低。"

Julie听她说道Frank，对文佳佳更是吹胡子瞪眼。文佳佳却兀自沉浸在胜利的喜悦中，完全没觉得自己同一个小孩子置气，显得多么幼稚。

"唯女人和小人难养也"，文佳佳很快就会尝到个中滋味。

现世报来得是那样的快，就在两人下车之后。

那时候，文佳佳距离帝国大厦只有一步之遥，但门口已经拉出一条很长的队伍，将她隔绝在外。

文佳佳很兴奋，拉着Julie寻找队尾："快，我们去排队。"

Julie满脸不快，根本来不及思考后果，就在经过门口那个胖胖的黑人女警察时，一把伸出手给那人看。

黑人警察的脸上原本还挂着笑容，但很快就僵在了那里，变脸之快，如同练就了中国国粹。

Julie手上写的赫然是"Help！！"

文佳佳还在兴高采烈去找队尾，不防被黑人保安一把将她按在墙上，眼前一阵头晕目眩。

文佳佳吓得立刻尖叫："啊，救命啊！"

这一瞬间，她想到是王先生和Frank都提到过的"美国警察没事就喜欢掏枪"的故事，所以她除了大声呼救以外也不敢做实质性的挣扎，但同时心里也在咒骂：难道你没看到我大着肚子吗，我是孕妇，你们美国的法律不是保护孕妇的吗！！！

【英雄又一次救美】

如果有这样一个人，可以在你每次遭遇危急时，都能将你解救出来。那么这个人一定是上辈子欠了你的，所以这辈子拼了命地还债。

后来很多年过去了，文佳佳幡然回首想起当时在纽约警察局的情形，还不免擦了一把冷汗。她相信，当年如果没有Frank，那她也不会顺利生下一个美利坚合众国的公民。

而且，打从她认识Frank开始，他就一直担当着守护者的角色，还做得很好，令她养成了一种"只要出事就找Frank"的条件反射。这就跟她的空虚症一样，是个瘾，戒不掉。

要赖，就赖Frank太好心，全都是他惯的，要不然就赖前世因果，一定是他上辈子欠了她太多，这辈子是好做牛做马的还债了。

每当这样想时，文佳佳心里就会很踏实，再也不会因为麻烦Frank太多而感到不好意思了。

在头一次尝到被人压在墙上动弹不得的经验之后，文佳佳如Julie所愿地被警察带去了纽约警察局问话，这个时候的Julie还表现得很无辜，但是心里正在暗爽。

文佳佳急得四脖子汗流，正在和一个警察解释："我确实不是她妈，我是她朋友，我是带她来纽约旅游，连带找他爸，他爸在考你们那个什么Bird。对了，empire state buiding，那个电影，Sleepless in Seattle，you kown？"

文佳佳估计，这个警官一定是以为她在拐卖小孩。

但是很显然，这个警官听不懂她在说什么，也没什么耐心去听懂。

文佳佳只好转向Julie，说："你赶快翻给他听，宝贝儿，这人简直是脑残啊！"

Julie很镇静地直接翻译道："她说你很笨，你的大脑有病。"

警官的脸色顿时变得很难看。

Julie继续道："她说她不是我的监护人，也知道带未成年人在没有得到监护人同意的情况下私自离开家是违法的。但是她不在乎你们的法律。"

Julie对自己最后的注解非常满意，而那警也官边点头，边意味深长地看文佳佳。这令Julie觉得，这回文佳佳一定会吃不了兜着走，这简直就是文佳佳说话不算话的现世报。

文佳佳不知Julie说的什么，但她觉得Julie一定是站在自己一边的，所以还火上浇油似的一个劲儿地点头。

警官忍着火，但文佳佳没顾得上看。

Julie则继续火上浇油："她说《西雅图夜未眠》那个电影里有帝国大厦。"

文佳佳好不容易听懂几个词，"西雅图夜未眠"和"帝国大厦"，连忙冲警官使劲殷切地点头。

警官不解地问："那是什么意思？"

Julie天真道："我也不知道。大概就是说帝国大厦和世贸中心一样吧。"

警官顿时脸色凝重,从桌上拿起文佳佳的护照风一样地走了出去。

文佳佳看着警官离去,便问Julie:"你看他那一副死样子,什么大事啊!看来这英语还是得从小学起,宝贝儿你才来两年,怎么说得那么好啊!"

Julie冲着文佳佳笑笑,心说,看你还能美多久。

数分钟后,文佳佳被当做了机密要犯,和Julie这个关键证人一起,被关进了问询室里。但因为Julie还是个小孩,正处于喜欢恶作剧的年龄段,所以她话里的真实性还有待商榷。于是,警官决定将Julie的监护人Frank请来当面对质。

就在Frank赶来之前,文佳佳还坐在问询室里透过单反射玻璃,想往外看,但是什么都看不见。

她不知所以地和Julie说话,但是Julie却有些正襟危坐,也不搭腔,好似已经认识到问题的严重性。

Frank匆忙地从外面跑进来时,正看到这一幕,原本正在电脑前查资料的警官从椅子上站起来,向Frank走去:"你是Frank 先生吗?"

Frank连忙着急地和警官解释:"对,我是Frank,是这个孩子的父亲,这完全是个误会……"

而问询室里的文佳佳还有些搞不清楚状况,她来到镜子面前,回头冲Julie说:"哎,你说这是不是就电影里演的那种镜子?那边是玻璃的?"

Julie心不在焉道:"不知道。"

文佳佳无趣地皱皱鼻子,对着镜子使劲儿看。

外面的Frank一边和警官费力解释,一边看到里面文佳佳对着镜子做各种古怪鬼脸,额头直冒汗。

那警官也是一边听一边对文佳佳的不礼貌表示无语，眉头拧成一团。

这样一来一往交涉许久，问询室的门才再度开启，Frank走了进来。

文佳佳和Julie两人同时站起身，双双看到希望的曙光。

"Frank。"

"爸爸。"

Frank毫不掩饰他对Julie的愤怒："回头我再跟你算账！"

Julie低下头，终于面临了她最害怕的下场。

但Frank此时还没空搭理她，他对着文佳佳的语气也有些气急败坏："你怎么可以带Julie来纽约呢！"

文佳佳的表情简直和Julie如出一辙，低声回话："我就是想带她来玩玩……"

Frank长叹了一口气："事情有点复杂，他们正在查你的签证，旅游签证原则上是不可以在这边生孩子的。"

文佳佳立刻叫道："啊？！那怎么办？！会被驱逐出境吗？"

Julie听到这里，也紧张地望向文佳佳，心里拔凉，这才觉得自己玩大了。

文佳佳连声音都颤抖了："那，那赶快给你的律师打电话吧！"

Frank说："我哪有律师？！"

文佳佳瞪大眼惊呼："电影里不都是这么演的？！"

Frank有些啼笑皆非，但还是安慰文佳佳道："你别慌，我说你是我女朋友。在国内认识的。我半年多前有回国记录。"

这样就可以向警官证明，文佳佳的孩子是他的。

文佳佳赶紧点头。

他们话才说完，那警官就走了进来，身后还跟着另一位华裔女警官。

警官对Frank说："对不起，请您和女儿跟我来。"

Frank带Julie随后走了出去，还不忘回头冲文佳佳点头。文佳佳紧张地搓搓手，心里没了底。

文佳佳有了觉悟，接下来将是华人女警官和她一对一的谈话，倘若她在回答时露出丝毫的破绽，都有可能会被这个女警官咬住不放，并且判定她属于非法入境生子，接下来就是遣送，再没有回来的希望。

Frank刚才说要他们冒充情侣，但是文佳佳很害怕。她觉得自己对Frank了解并不如老钟来得深刻，更加不知道这个女警官会抛出什么棘手问题，这样的审问仿佛早已注定了她的命运。

文佳佳又一次想起王先生曾给她讲过的一个故事——一个美国黑人和一个中国女孩真心相爱以后，但是办理合法的结婚手续却办了十年的故事。

在中国，每年靠和美国人假结婚，而得到美国身份的中国人有的是。很多中国女人都是如此，花个几万美金找个美国人做一场假结婚的秀，等手续办起了再离婚。这些中国女人很多都很有钱，但是苦于拿不到美国身份，也有很多是很没钱，指望着来美国翻身。

尤其是这些年，当涉外婚姻成为一种流行时，这些靠假结婚而改变国籍的案例也变得越来越多，随之而来的是美国移民监和法院的严格监察。

在王先生讲的这个故事里，这个中国女孩和那个美国黑人是因真情而结合，中国女孩满怀希望的追随她的爱人来到美国，仅仅是因为一个"爱"字。

但是他们都没有想到，光是向法院提交这场涉外婚姻的证明文件，他们就陆续提交了十年之久。

为什么要十年？这是文佳佳的第一个问题。

王先生说："因为法官有理由怀疑这是一场假结婚，他怀疑那个中国女孩只是为了要一个美国身份才来的。"

文佳佳不可思议道："他们是出于真心的，法官怎么能怀疑！"

王先生耸肩道："这世界上很多事，就是这样荒谬。"

"可是，要提交什么文件啊，竟然要十年？"文佳佳问。

王先生一边回忆一边说："很多啊，还有很多稀奇古怪的问题……"

比如，法官会问，你们第一次见面时，对方穿着颜色的衣服，什么款式的鞋子，或者戴了什么质地的首饰等等。

天知道，这些细节连当事人自己都未必记得住，他们又怎么回答得出来？

结果是，中国女孩和黑人男人的哑口无言，令法官更加有理由认为他的怀疑是对的。

于是就这样，一次又一次的，他们为了真真正正地结合在一起，和美国的法官搏斗了十年，而法官的问题也一次比一次犀利，一次比一次要命。

那法官甚至会问，你们上一次做爱的姿势是什么样的。

一旦这两人的答案不能吻合，便会面临又一次的现实打击。

但比这更可怜的是，在这十年间中国女孩不敢回中国，若她回去了，便再也来不了美国，这就意味着她要和她心爱的男人分道扬镳，而拆散他们的竟然不是金钱、世俗、权利那些东西，只是因为一个多疑较真儿的狗屁法官。

听到这里，文佳佳开始为他们的爱情担心起来："这样折磨十年，难道他们的爱情就不会被磨光吗？"

"有情饮水饱"只是神话传说，结婚需要吃饭，结婚不是空口大话，在这一点上文佳佳认为自己最有发言权。

王先生说，"哎，你问到了终点了，最经典的就在后面……"

中国女孩和美国黑人的爱情，正如文佳佳所担心的那样，在这十年间饱受了现实的消磨，就像是一块儿水晶肥皂，越变越小，终于融化在水中，溶解为白色的泡沫。

就在中国女孩成功拿到美国身份的第一年，也就是她跟随那个美国黑人的第十一年，他们离婚了。

一场出于真心的爱情，终于在现实面前弯下了高贵而挺直的腰杆。

文佳佳为他们两人唏嘘，甚至有些大骂脏话抨击那个法官的冲动，但她最终说道："为什么他们不花点钱去贿赂那个法官呢？"

王先生摇摇头："这是行不通的。"

文佳佳皱起眉："为什么？"

王先生说："你想，在美国的法官，一个月的薪水有一万多美刀，一年下来就是十几万美刀，那你要拿多少钱去贿赂他呢？拿他一年的薪水去贿赂他吗？你觉得值得吗？打个比方，你想在美国考一个工作执照，只要花十几美刀，可以考三次。那么你会不会花个三万多美刀去买这个执照呢？好，就算你愿意花三万多美刀去买执照，但是对于美国的公务员来说，这三万多算很多吗？他们几个月就赚到了，何必要被你贿赂呢，根本不值得去贪嘛。这是美国人的观念。"

文佳佳仔细一想，也确实是这么回事。普通老美一个月能赚三四千美金，就算需要供车，美国的一桶汽油也只要五十块美金，就算老美这个月整日地吃喝玩乐享受，也不至于下个月就会饿死。

自然，以上这些都是题外话。

当文佳佳在华人女警官面前坐定后，她首先想到的就是这些题外话。

第一次见Frank时他穿什么衣服，文佳佳是记得的，就是那种脏兮兮的经常会在手术里看到的蓝色长袍，上面还沾着小白鼠的血渍，那身装束还令文佳佳一度想到了变态杀人犯。

但若是这个华人警官突发奇想地问起文佳佳，他们做爱的姿势的话，文佳佳是固然编的出来的，但她很害怕太过老实木讷Frank会漏陷。

幸好，这两位警官都没有问过男人女人在床上的私密问题。

在华人女警官的问询之下，文佳佳很快逐一讲述她对Frank的认识，简直是在如数家珍，有些超常发挥。在此之前，她也曾有几次类似超常发挥的经验，比如高考时，比如钓老钟上钩时，但这些都是直接改变她人生的历史性事件。

文佳佳没想到，她认为像是木头一样的男人，在经过她的表述之后，会变得那样鲜活具体。

文佳佳对华人女警官道："他原来是阜外医院的医生，那是中国最好的心脏专科医院。"

所谓最好，就是最贵最难挂号，三千块一张黄牛票，当年的文佳佳没挂上。

文佳佳掰着手指头说："他做手术一流，做饭也一流，我们俩志同道合的地方就是都爱吃。"

文佳佳想起她和Frank在厨房里配合默契的那一幕，觉得窝心，觉得温暖，眼神也温柔几分。

然后，她继续道："为一个你爱的人生一个孩子，那是多么幸福的事情！"

说到这里，文佳佳有些心酸，她为老钟而生这个孩子，但是老钟却从未来看过她。相反，那个和她毫不相干的男人，倒是随传随到。

文佳佳越说越煽情，简直要把自己说哭了："他是世界上最好的男人，他可能不送花不送巧克力，但是我早晨起来说想吃煎饼果子，他就会大冬天地跑好几条街买来，然后揣在羽绒服里热着给我带回来。"

相比之下，老钟送花，送巧克力，送爱马仕，送卡地亚，但他就是从来不会把自己送给她。

人的记忆真的是很奇妙，有时候你拼命想要记住一件事，但不过五分钟就会忘掉，有时候你很不想记住一些事，但它们总会时不时跑到你脑海里骚扰你。

这会儿，文佳佳的大脑就像是启动了马达，还是全速运转的，她的口条也从来没有这么流利过，更加把人夸得简直到了"此人只应天上有"的境界。

说到这里，文佳佳想到了陷害她到此一游的罪魁祸首，又说道："我知道他已经有了一个女儿，但是这并不妨碍我和我的孩子一起爱他们。我知道当后妈很难，我希望来这里和他们有更多的时间相处，互相接受。我从小美国电影看多了，我希望的家庭图景就是爸爸妈妈，两个可爱的Baby，还有一条大狗。只是可惜Julie对狗毛过敏，不能养。"

连Julie的亲生母亲对此事都知道不多，文佳佳顿时觉得自己更像是一个妈妈，最起码Julie的母亲是没有时间带她来纽约的。

华人女警官突然道："狗不是问题，奥巴马的女儿也对狗毛也过敏，但是他养了一条'葡萄牙水犬'就没有关系。"

女警官泪眼涟涟，看得出来她很感动。也许是因为文佳佳的事，令女警官感同身受了，也许是同为女人，更容易感受到对方母性的磁场。

总之，女警官对文佳佳的话，尽信不疑。

文佳佳却有些呆愣："什么？哦，哦，谢谢你，谢谢你！"

她竟然顺利过关了，连她自己都不敢置信。

与此同时，Frank也正在用流利的英文和那男警官对话。

他想起文佳佳对他抱怨过的"一票难求"的经历，说道："我是在北京认识她的。她带他父亲去医院看病。"

一个是医生，一个是病人家属，这简直就像是经典爱情电影的开场戏。

Frank看上去有些情难自禁："虽然我知道这有点不对，但是我们还是相爱了，而且有了孩子。"

如果警官问起文佳佳的怀孕经过和身体检查结果，文佳佳不会比Frank知道得更清楚，更何况是老钟，他肯定会一问三不知，他连孩子的胎动都没有感受过。

然后，Frank想起文佳佳大手大脚挥金如土的那一面，继续道："她原来爱喝酒，爱穿高跟鞋，不化妆不出门，可是有了孩子她一切都变了。"

以上这些都是事实，不仅如此她还捧着大肚子冲到交通道上去拦过车，那是为了救另一个女人肚子里的孩子。

男警官插嘴道："资料上显示您是已婚。"

Frank沉吟了一下，说道："我一年前离婚了，但是没有告诉女儿。"

这也是事实，Julie也的确不知道。如果知道，她可能会受不了刺激，也可能会变得更加叛逆。当然，这是Frank的想法。

Julie听到这里，果然很吃惊，她猛地抬头看向Frank，Frank抬手示意她不要说话。

最后，Frank对男警官说："我知道这让我女儿很难接受，所以她会古灵精怪搞出这样的后果，但是我还是想试着努力，不愿意放弃。因为我也没有想自己到还会碰到这样一段爱情……我喜欢孩子，一个很好，两个也不嫌多。"

一个孩子未免孤单，两个孩子刚好就伴，如果是一男一女，那就更完美了，刚巧成就一个"好"字。

Chapter 10

当你一无所有时，谁会向你伸出援手

【男人可以给你钱，也可以随时收回】

"当你变得一无所有的时候，就是开始得到的时候。"文佳佳以前体会不到这句话的真谛，因为她没感同身受过，所以也不认为自己有一天会变成这样。

那时候她认为，她拥有很多东西，多得不怕失去。这些东西都是用钱换来，当然也可以再拿出去变成钱。而那些钱，是她用更多无价的东西换来的。

以前没钱时，文佳佳为生活发愁，为看病发愁，为买房发愁，更为攒钱发愁。

可现在有钱了，难道她就不愁了吗？

好像依然很愁，并且这些事是靠钱解决不了的。

生活好像是一个小顽童，永远不会看人脸色，随性地设置一些门槛儿给人们。钱可以帮忙让一些门槛儿降低些，所以人们拼命赚钱。但有时候，钱会让这些门槛儿升高，你的钱越多，你越过不去。

如果快乐有价，那么一百块钱和一万块钱可以买到的快乐，也许相差无几。但即便如此，大多数的人也宁可牺牲快乐，去换钱。

至于换多少，那得另说。

两间问询室的门被同时打开，文佳佳和Frank分别从两扇门里走了出来，那一男一女警官在一旁望着他们。

面对这种阵仗，文佳佳十分忐忑，她不知道该怎么办。

幸好，Frank知道。

Frank张开手臂，声音温柔道："没事了，亲爱的。"

文佳佳只犹豫一下，就反应过来，立刻扑向Frank的怀里："Frank……"

她声音颤抖，就像是遇到了久别重逢的恋人。

女警官说："祝你们情人节快乐！"

Frank和文佳佳一同漾出幸福地笑容，异口同声道："谢谢。"

但是Julie却神色不悦。

直到Frank一边拥着文佳佳，另一只手使劲儿的拉过Julie，将她们带出警局。

文佳佳可能是入戏太深了，直到离开警局，还陶醉在方才的情景里。她没有摆脱Frank的怀抱，对Frank笑笑，忽然觉得在这样寒冷的季节，能和另一个人靠着取暖是不错的事。

再说，今天是情人节，这个男人更不招人讨厌。

但当他们走过一个转角后，放在文佳佳肩头的那只手却先撤了回去，原本拉着Julie的那只手也收了起来。

接着便是震耳欲聋的Frank式的吼叫："你吃错药了吗！你怎么敢未经我允许把Julie带到纽约来！出了事怎么办！丢了怎么办！你付得起这个责任吗！"

温文儒雅的医学界大国手居然也会歇斯底里，文佳佳一下子就被骂蒙了。

但她反应过来以后，便立刻反击："你横什么！Julie不是好好在这站着呢吗！我花钱带她来纽约，你闺女把我弄进警察局，差点被遣返，我没找你算账就是好的，你还有理了！"

Julie胆怯地看着二人，她谁也惹不起。

Frank降低了一些音量："你不要以为你有钱就干什么都理所当然！你这样做是非常不负责任啊我告诉你文佳佳，你……"

文佳佳反驳道："你别给我上课，我有钱怎么了，我有钱也不是罪过！谁不爱钱，人家都叫你Gigolos，就是吃软饭的，难道你敢说你不爱钱！你别以为我不会英文，你这个Deadbeat！"

揭人不揭短，这样的针锋相对，恐怕没有休战的一天。

幸好Julie突然大叫一声："都住嘴！"

Frank和文佳佳果然都住了嘴。

通常在父母吵架时，小孩子的一声吼，比一百个人劝架都管用。

Julie凑过去一把抱住Frank的腿，很是委屈地把头埋在Frank腿间。

文佳佳看着Julie半响，也轻声说道："对不起……我……我胡说八道。"

话一说完，文佳佳就手足无措地转身离去，将那父女俩留在纽约的街头，尽管她一转身就后悔了，但是膝盖下的那双脚却停不住的将她带离了现场。

文佳佳呼吸着美国的冷空气，紧抱双臂，感到无比的后悔。她不是不懂得"有理不在声高"的道理，但是人在冲动时往往是难以遏制过分激动的情绪。

这时若是碰见一个情商高的人，对方一定会教育文佳佳，要数落他人之前要先谈谈自己的错误，尤其是对待男人，批评和赞美总需要交替进行，才不会伤及感情。因有些话一旦说出口，便会造成一些永难磨灭的伤痕，那是任何后悔药都救不回来的。

所以，文佳佳的那句"Deadbeat"，以及Frank当时震惊而受伤的眼神，都令她感觉到，这可能会是一场尴尬万分的离别，也可能他们永远也

不会和好了。

十几分钟后，文佳佳就像是遭人遗弃的可怜虫，一个人落寞的来到纽约瑞吉酒店（St. Regis Hotel）的大堂。这是一家有着19世纪建筑风格的酒店，大堂里灯光很明亮，将她脸上的苦涩照得很清晰。

也许大家都在猜测她是不是失恋了。

但文佳佳发现自己并不太在乎，因为这还不是最糟糕的。比起接下来就被困在大堂的接待处进退不得的窘境，旁人怜悯的目光根本算不了什么。

酒店服务生拿着文佳佳的信用卡，礼貌地告知她："对不起，您的信用卡被冻结了。"

那是一连串"叽里呱啦"的英文，文佳佳有听没懂："什么？"

服务生耐心的跟她解释……

但是文佳佳打断了他："I don't understand，please try again，ok？"

服务生无奈地摇头，试图再一次解释。

但是文佳佳还是不懂，她需要一个帮手。

她想起在美国华人聚集的城市里，政府总会在银行、超市、酒店这些公共设施里安排一些会说普通话的华人服务员，但是这会儿竟然一个都见不到。

"他说你的信用卡被冻结了。"熟悉的男人声音从文佳佳右侧传来。

文佳佳震惊地回头看过去，是十几分钟前才被她刺伤的Frank，他又赶来救她了！当然，还有站在他旁边的Julie。

Frank一副仿佛没和文佳佳吵过架的模样，对她重复道："我说，他说你的信用卡被冻结了。"

文佳佳这才醒过神儿，顿觉晴天霹雳："不可能！这不可能！"

这比有人告诉她Julie是个男孩儿还令她不可置信。

服务生这时抬起头歉意地说："对不起，或者您换一张卡吧。"

Frank在一旁翻译："他问你还有没有别的卡。"

文佳佳摇摇头："没有，我这张是无限额度的，我就带了这一个。"

然后她想了一下，拿出手机拨号，但那头很快传来一个冰冷的声音："您好，您拨叫的用户暂时无法接通。"

文佳佳低声骂了一句，然后向Frank求助："要不你先帮我刷一下？明天我还你？"

Frank摇头。

文佳佳开始故技重施："百分之二十的利息！"

Frank转身要走："去住别的地方吧，今晚我请你。"

文佳佳瞪大了眼："你开什么玩笑，我房间都订了，现在走，你不嫌丢人啊！"

文佳佳回头看看，在后面排队的人已经开始不耐烦了，投过来的眼神也充满了嫌弃。

但Frank显然不嫌丢人，他转身离开柜台，并示意后面的人先办理，顺便对文佳佳道："资本主义社会的原则，谁有钱听谁的！"

文佳佳只得吹胡子瞪眼地跟上，这大概就是她之前对Julie实行"Boss论"的现世报吧。

Frank所说的请文佳佳过夜的地方，是一间装潢简单的Motel，经济实惠，但是有四面墙也有屋顶，遮风挡雨御寒取暖是绝对不成问题的。

这里灯光昏暗，照不清文佳佳脸上的愁苦，但她立在柜台前的那副嘴脸，实在是很明显。

服务员看看三人，问道："情人节快乐，一间房？"

这句文佳佳能听懂。

他们三人异口同声道："两间！"

服务员一脸莫名其妙。

几分钟后，文佳佳生气地坐在双人小床上，重复地拨打老钟的电话，电话那头也重复地出现无法接通的提示。

文佳佳泄气地扔掉手机，不一会儿又将它捡起，安静下来想了片刻，连忙将电话拨到了中国银行信用卡服务中心处，并手忙脚乱地按照提示音输入卡号和身份证号码。

但信用卡服务中心传来的，依旧是坏消息。

文佳佳不死心，很快又拨打了司机小王的电话，接着是负责打扫的李妈的电话，以及老钟最铁的牌友赵总的电话，还有他常去的那家KTV的客户经理阿芸的电话。

但是这些人就像是事先说好一样，口径一致地告诉文佳佳，最近都没有见过老钟。

最后，文佳佳又试着拨了一次老钟的电话，这是她最后的希望。

可电话那头的提示音依然是："您拨叫的用户暂时无法接通。"

这无疑是世界上最残酷的一句话，关机还能表明机主的态度。暂时无法接通却如同一句冷冰冰的外交辞令，会让你在没找没落中生出无数可怕的遐想。

人在最危难时，会先想到谁？至亲？爱人？还是挚友？

如果是小周，她想到的会是她的爱人和朋友，但是真正将她解救出来的却是一直针锋相对的文佳佳。

如果是陈悦，她想到的会是丈夫和女儿，但是每天六个小时的暴走和在美国医院产房里痛得死去活来时，她只能一个人独立面对。因她丈夫的签证还没办过来。

如果是黄太，她想到的大概只会是女儿了吧，但是她女儿还要整天围着三个黑人小男孩团团转，如今肚子里又怀了一个，早已自顾不暇。

　　那么，如果是文佳佳呢？

　　文佳佳的反应是，立刻冲出了房间，来到隔壁间房门前拼命拍打那扇木板门，这是Frank父女的房间。

　　说实话，若是老钟真的出事了，文佳佳也不知道无权无势的Frank能帮上什么忙，但她的条件反射来得太过迅猛，令她只能想到Frank。

　　而在文佳佳跑来之前，Frank父女刚进行了一番恳谈。

　　那时，Frank正为Julie掖好了被角，蹲在床边，对在警察发生的那一切撒了个善意的谎言："其实，爸爸刚才那些话都是骗警察的！如果不那么说，你知道……其实我和妈妈并没有离婚……"

　　Frank知道自己现在看上去很蠢，骗不了人。

　　Julie突然坐起身，抱住Frank的头，声音哽咽："别说了爸爸！其实跟妈妈住的时候我看见了你们俩的离婚协议书……我有你就够了，爸爸。"

　　Frank反手搂住了Julie，父女俩一言不发，此时再说什么都是多余的。

　　直到门口传来"咚咚咚"的敲门声，将这哀伤的一刻打断。

　　Frank打开房门，毫不意外会看到文佳佳。他想，如果文佳佳有一天能不出状况，他才会感到很意外。

　　但这一次，文佳佳的惊慌失措表现得有些不同，她像是经历了生死劫难一样的绝望。

　　文佳佳大叫着，"Frank，我老公出事了！"

　　Frank还没说话，文佳佳已经泪流满面，越说越害怕："他一定是出事了！就算是因为其他女人，他不可能连亲生儿子也不顾。他从不关手机，他有接不完的电话……我给所有认识他的人打电话都说没见着他！

Frank，怎么办，他一定是死了！要不就是被绑架了！我做过好多次噩梦，每次都梦见他死于非命！"

文佳佳极度没有安全感，再加上怀孕受到激素的影响，更显得有些神经质。

Frank安慰道："不可能，你想多了。"

文佳佳哭道："怎么会想多。一定是他死了，他老婆注销了他的信用卡！他是主卡，我是副卡。否则不可能他把信用卡停掉！怎么办，Frank！"

Frank想了一下说："等一下。"

他返回房里，片刻后走出来带上房门，揽过文佳佳边走边说："走，去你房间。"

文佳佳是个富婆，还是个有些姿色的富婆，花钱是她最擅长的技能。但是自从来到美国，她频频遭遇劫难，而她的技能却被干晾在一边无用武之地。

幸好，还有Frank，他曾经是位医生，还是位出色的医生，对付她这种神经质的孕妇，尤其游刃有余。也幸好他是医生，要是换做其他人，可能会被她洗脑，并顺着她的思路一起胡思乱想。

总的来说，Frank是个有办法的穷人，所以总能解决钱解决不了的问题。

这是文佳佳在事情过后对Frank的认识。

【文佳佳的乌鸦嘴】

任何人，都有可能充当别人生命里的乌鸦嘴，但这些任何人，一定会希望别人多盼自己点好。

"好的不灵坏的灵"，老话总是对的。

老钟像是石沉大海一样联系不上，文佳佳从来没像现在这样心慌过。

上一次心慌是因为她爸得了急病，急到越快做手术越好的地步，但她挂不上号，正常排号要排到四个月以后。

从那以后，文佳佳就对自己说，如果不能做自己命运的主宰，那么也要将伤害降到最低，而最直接有效的办法就是钱。

"破财消灾"，前人都是有大智慧的。

人们都说钱像水，比喻花钱就像流水，但"水能载舟亦能覆舟"，因钱而遭的灾，只会发生在有钱人身上，但是无论你多有钱也摆平不了。

而穷人呢，他们终其一生也不会面临这种厄运，因为这种灾难的境界太高了，穷人够不着。

比如这一次，老钟出的事。

当文佳佳还是个学生时，他们学校里也曾一时流行过"笔仙"、"碟仙"等怪力乱神的玩意儿。人类的智商告诉他们，那些都是假的，但是每个人都玩得乐此不疲。

有时即便文佳佳眼尖的发现同学作弊的小动作，也不会拆穿，反而选择相信，因这种游戏本就重在乐趣，结果是否准确反而并不重要了。

但是文佳佳从未想过，她有一天竟也会对这种把戏产生依赖……

Frank揽着跟着文佳佳走回她的房间后，回身关好了门，又径直走到窗边拉上窗帘，最后关上所有的灯，这间房俨然成了一间密室。

文佳佳面临这样的密闭空间，立刻有点紧张地看向Frank，不过看不太清。

Frank走到文佳佳身边，也直勾勾地回望着她。

文佳佳简直如临大敌："你，你要干什么……"

Frank伸手来到文佳佳头发边，拔下她盘头发的发簪，她的头发很快

披散下来。

文佳佳一下子抱紧衣服，扭过脸抖着声叫道："我怀孕了！"

Frank不理她，拿着发簪走到桌边，拿出一张纸，低头在上面写着什么。

文佳佳小心翼翼地凑过去，好奇地伸头去看，正看到Frank写在纸上写下"生"、"死"两个字。

很显然，Frank不是对孕妇有兴趣，虽然他的行为太古怪。

文佳佳问："你要干吗？"

Frank也不说话，把纸放平，拿过火柴盒立着放在纸的中间，然后把文佳佳的簪子小心翼翼地架上去，找到平衡后，簪子就如同一个指南针，一左一右两边是生和死字。

Frank拉过文佳佳坐在自己对面："来，坐下。"

文佳佳有些不确定地捧着肚子坐下。

然后，Frank抓住文佳佳的手，放到簪子上方，并严肃地看着文佳佳："这是印第安的一个很古老的占卜方法，你心里想着要问的问题，然后它就会给出答案。"

文佳佳措辞道："这叫迷信……"

Frank却说："你这个簪子是一直带着吧？"

文佳佳点头："是！"

Frank神情认真地看着她："那就没问题了，这个簪子已经和你有心电感应了。来，现在你心里想着他，集中精神，不要想别的，要心诚。"

文佳佳终于也受到Frank的感染，认真地抓住他的手，同样严肃。

而Frank似乎为了更正式一点，还拉着文佳佳的手伸展一下双臂。这个动作令Frank的袖子掉下来，露出了手腕，以及手腕上那个很普通的金属健身环。

最后，Frank拉着文佳佳的手靠近半空中的簪子，簪子也仿佛受到了感应，竟然动了，往"生"的那边微微转去。

文佳佳吓得大叫一声。

Frank笑着松开她的手："放心，你男朋友没死。"

文佳佳还处于震惊状态，瞪着纸上的字："这是怎么回事？"

Frank却卖起了关子，没有揭穿谜底的意思，他站起身，拿起捕梦网递给文佳佳："好好睡一觉，明天早晨电话就接通了，信用卡也恢复了，好吗？把这个挂在床头，就不会做噩梦。"

文佳佳接过Frank递过来的捕梦网，依旧有些云里雾绕。

Frank补充道："印第安人的捕梦网，很灵的。"

文佳佳笑了："谢谢。"

Frank转身就要出门，文佳佳却先一步叫住他："Frank！"

见他站住脚，文佳佳却支支吾吾："那些话，对不起！"

Frank只是摇摇头，表示无所谓。

文佳佳又继续问："那能再问问到底是出了什么事了吗？"

Frank说："只能问一次，这是规矩。"

说着，他便走了出去并关上门，留下文佳佳一个人愣愣地看看手中的捕梦网，以及桌上的"占卜工具"。

实际上，Frank走后，文佳佳还是很忐忑，但最起码没那么焦虑了。

她得承认，不管Frank的法子是否真的有用，还是为了让她获得心灵上的安慰，现在的她的确没有刚才那么歇斯底里了。

但愿，但愿一切都只是虚惊一场，老钟即便有事也能逢凶化吉。

第二天一早，文佳佳就恢复了正常。她从床上爬起来，觉得一切都恍如隔世，好似她昨晚的情绪不曾大起大落过，所有的事都只是幻觉。

文佳佳心平气和地回到月子中心时，和面容扭曲龇牙咧嘴的陈悦迎

了个对脸。陈悦痛苦的呻吟声从她的牙缝里流出，但她依然坚持着往外走，没有靠任何工具代步。

黄太一手拿着小箱子，一手搀扶着陈悦，看那打扮是要赶去医院。

文佳佳惊讶地问："这就生了？"

黄太说："不好意思，午饭你得自己做了。"

说着就匆忙地扶陈悦出门，两人一前一后地上了停在路边的一辆出租车。

陈悦还不忘回头道："对了，有个电话找你，号码贴在冰箱上。"

有谁会打电话来西雅图找她？文佳佳在心底划下一个问号。

然后，她带着大问号从冰箱上拿下那张纸条，那上面写着一串号码，应该是来自国内的，却不是老钟的号码。

文佳佳将电话回了过去，小心翼翼地问："喂，请问是哪位找我？"

电话那头出现一个平板的声音："你好，文佳佳吧，我是钟太太。"

钟太太？钟太太！

在文佳佳的世界里，只有一个女人会这样自居，那就是老钟的太太！

过去几年，文佳佳也曾梦到过被老钟太太找上门的瞬间。老钟太太在上流社会也算是有头有脸的人物，大概是不会玩带一批人上门打她一顿的戏码，最多只是走高雅路线，将文佳佳约到高级会所里，两人一边喝咖啡一边谈遣散费的价码。

做贼难免心虚，尽管文佳佳对以上桥段设想过无数次，却从未希望它会到来。

不过后来，文佳佳打消了这些天真的想法，因为她逐渐明白老钟和老钟太太的相处模式。老钟流连花丛，但他永远都会给老钟太太留下一席之地，而一年中的大部分夜晚也都会回家就寝。老钟太太大概是明白屁股下的位置有多安稳，所以从不和老钟哭闹这些事，她永远平静冷淡，面不改色。

文佳佳自问自己达不到这个境界，所以她胜任不了老钟太太这一角色。

那绝对是个境界，她这种凡人永远望尘莫及。

只是现在，这个度量之大简直可以拿世界大奖的老钟太太，竟然会纡尊降贵地给文佳佳打来越洋电话，这就更是世界奇闻了。

这只有一种可能……

文佳佳想到了这种可能，顿时绝望地跌坐在沙发上，声线颤抖："他……他死了是不是？老钟死了是不是？"

文佳佳的脑海内应景的浮现那张写着"生"和"死"的纸，四肢也变得冰凉，就像是当年听到爸爸突发重病的那一瞬间，仿佛人生被蒙上了一层阴霾。

文佳佳的啜泣，也令老钟太太那边陷入了沉默。

这更加坐实了文佳佳的猜测，她知道，她的乌鸦嘴一向是很灵验的，简直例无虚发，但她从没想过诅咒老钟去死。

文佳佳越想越害怕，心里拔凉，觉得未来一片灰暗，她哭出了声："我就知道他一定是死了！他是被绑架还是出了车祸？"

像是老钟这么有钱的人，突然死亡于疾病的可能性不大，只有可能是死于意外。

哪知，老钟太太那边却扬高了声音，歇斯底里道："谁说他死了，老钟还没死！"

文佳佳顿时收住了哭势，吸吸鼻子："啊？！他没死？你是说他还活着？"

老钟太太的语气不再平和，可能是被文佳佳没头没脑那一句话打乱

了章法，语气很是气急败坏："当然活着，不过现在他生不如死！"

文佳佳皱起眉，很奇怪老钟太太这种咬牙切齿、幸灾乐祸的口吻。

老钟太太继续爆料："他被抓了，因为诈骗。"

文佳佳蹭地一下子站了起来，怒其不争地一口气说到底："哎呀，我就说他早晚得有这一天！跟他说要小心要低调，他总是不听！你看看，现在怎么样？！现在行贿受贿一样的罪！十万就得坐牢！老钟行贿怎么可能只有这个数！我跟你说……"

文佳佳说得眉飞色舞，好像她亲眼目睹了一样。

老钟太太那边也再度被文佳佳的马后炮逼得忍无可忍，大叫着打断她："好啦！"

文佳佳一下子闭了嘴，活似古代社会的小媳妇遭遇了大老婆。

老钟太太深吸一口气，终于逮到了发挥正室风范的机会，便说道："其实我早就知道你！我打电话就是告诉你，他的财产都被封了。现在公安局也在找你，所以为了你的安全，你最好以后不要再和老钟联系，也不要再给他打电话，明白吗！我是看在你肚里孩子的面子上才来告诉你的！原来我也总警告他，像是你们这种专花男人钱的妖精，哪个男人不被你们花进大牢啊，但他就是不听，看看，现在出事了吧……哎，你要是还讲个情分，就赶快想想你有什么门路能捞他出来吧。"

老钟太太巡视完毕，就"咔嚓"一声挂断了电话，文佳佳如同泄了气的皮球，颓坐到沙发上，两眼无神，耳朵里嗡嗡作响。

老钟没死，但现在的处境，比死好不了多少。

【从天上跌落人间】

古人向往升天成仙，因为他们认为仙人过的生活一定非人类可及，那必然是逍遥快活的最佳写照，否则也不会有"我欲乘风归去"这样的词句了。

换个角度说，有这种幻想的人，现实生活大多是有些无奈无趣无聊的吧。倘若现实生活是衣食无忧，心想事成，事事顺心的话，有谁还会幻想去天上逍遥快活呢？

文佳佳也一直在为生活发愁，尤其是那会儿为了帮急病的父亲四处筹医药费时。后来老钟出现了，她的生活得到了解救，压力也有了发泄的渠道，一切都变得宛如神仙。

但是"成仙"之后，文佳佳也时常产生错觉，时不时怀念过去的苦日子，时不时怨恨自暴自弃的现状，以及时不时唾弃她和老钟的所作所为。她觉得她在助涨婚外恋的歪风，也是在另一个女人的辛勤耕耘的基础上，恶意地分享胜利果实。

但是她能怎么办呢？怨挂号费和手术费太高，怨人口太多而病床太少，怨物价太高而人民币永远不够花，还是怨社会怨国家？这么怨恨下去，她只会变成一个彻头彻尾的愤青，但经济问题却得不到丝毫解决。

若说文佳佳觉得最愧对的是谁，那一定是老钟太太。但幸好这种愧疚还有好几个女人和她一起背负，这令她在精神上轻松不少，但在道德上，她依然负罪并且追悔莫及。

人们遭遇困难时，会希望从天而降有权有势的人将他们带离苦海，因为钱能通权。但是人们很少会想到，当有钱有势的人遇到困难时，那可能就是钱和权都救不了的大事。

比如老钟这一次的"诈骗"行为。

虽然文佳佳怎么都想不通老钟怎么会想不开去诈骗。

诈骗？他能骗谁？他还想骗谁？他的钱多得下辈子都花不完了，还

需要骗吗？

他最多也就行个贿吧？

以上，只是文佳佳的主观想象。

而从客观来说，在老钟身上发生的不幸，和旁人没有半点干系，地球也依然转动。

银行不会因为失去老钟这一个客户而望钱兴叹的，老钟的牌搭子也不会因为少了他一个而永不再找别人替补的，老钟家里的司机和女佣也可以再找别的工作，毕竟这世界上的有钱人都需要司机和女佣。

差别最大的，恐怕也只有老钟太太和文佳佳了。

老钟太太受到多大影响没人知道，但文佳佳却因此波动很大。她不仅在一夜之间摆脱了"少奶奶"的处事原则，还突然化身为任劳任怨的劳动模范，将月子中心里的所有家务活都大包大揽过去。

在此期间，黄太时常震惊于文佳佳的手脚麻利，就像她当初震惊于文佳佳的公主病一样。

在月子中心的小院子里，也时常能见到摇曳在挂衣绳上许许多多的大人和小Baby的衣服，这些都是文佳佳的杰作，令它们在微风和阳光下显得白而耀眼。这里空气好，衣服洗干净也不用担心会突然扬起一阵沙尘将它们再度污染。不像在国内，广大的城市家庭妇女，会时不时面临晾干的衣服需要二次洗涤的命运。

这天上午，文佳佳一如既往的到院子里晾衣服。

等她将最后一件湿衣服在挂绳上固定好，又一手抱着空盆一手扶着大肚子进了屋，转身走进了浴室，顺手拿起一边的洁厕灵和刷子，正准备卖力的刷马桶。

黄太端着碗打从浴室门口经过，声音飘了进来："陈悦啊，来，喝米酒了，又瘦肚子又催奶的！那，我给你放门口了哦……"

黄太从陈悦屋里走出来时，文佳佳已经刷完了马桶，冲了水，马桶壁变得又白又光滑。

文佳佳呼了口气，直起腰洗手，黄太也走了进来戴上手套，抢先刷起了文佳佳的下一个目标——浴缸。

黄太边刷边说道："马桶以后你不要刷了，再累出个好歹，我赔不起的！"

文佳佳笑笑："你要是心疼我就多付我工钱好了。"

黄太也笑，边笑边摇头。

如今，不辞辛劳地干家务活已经成为了文佳佳坐月子期间的主要经济来源。她的保险不包括产检和生产费，而且每个月还要支出给月子中心的几千美金的服务费。她花不起，也输不起，更不能不为肚子里还未出生的小Baby多考虑一些。甚至于，文佳佳有时候还恨自己不能有先见之明，赶在怀孕之前先把美国这边的各种健康医疗保险都买一遍，那她现在就是整日睡饱了吃、吃饱了睡，也无须担心医药费的问题了。

钱！文佳佳现在很缺钱！

仅仅是一夜之间，文佳佳就恢复到认识老钟之前的状态了。而她唯一能为自己和孩子做的，就是和黄太调换奴隶和奴隶主的身份——为黄太打工，赚取奶粉钱。

几分钟后，文佳佳又走进了洗衣房，从烘干机里取出床单、被罩、衣服，手里一边折一边走进陈悦房间，看见门口的米酒还没有拿进去，就蹲身将它端起，敲门进去。

屋里的陈悦正抱着孩子流眼泪，看见文佳佳进来赶紧擦了把脸，有些欲盖弥彰："哦，放那儿吧，谢谢。"

文佳佳转身刚要出门，想了想又站住脚，回头轻声问道："想不想

和女儿视频聊天？"

陈悦抬起头，神色犹豫。这样的表情等于直接说出了答案。

文佳佳问："她还不知道她有了妹妹吧？"

陈悦听到这话低下头："还以为是个儿子，做B超的时候我一直没敢问医生。"

陈悦一直想给老公生个儿子，冒着风险远渡重洋来到美国博了第二胎，没想到婴儿落地的那一刹那，医生宣布是个女儿。陈悦只觉得晴天霹雳，真是宁可立刻昏过去，实在没脸面见老公。

陈悦不像小周一样是大企业的老板，也不像是文佳佳一样身后傍着个大款。陈悦的老公只是做小商品生意的小商人，他们两口子攒点钱不容易，更何况还要养一个半大不点的女儿。

陈悦冒着风险跑到美国来博第二胎，为的就是花个十几万买个希望。赴美生子的套餐有很多种，贵的几十万，便宜的十几万，前者需要找月子中心和中介公司协助办理各项事宜，而后者则需要自己DIY，陈悦自然会选择后者。

精打细算的陈悦甚至算过一笔账：签证加Baby的出生办证需要一千多美刀，每个月林林总总的购物费需要三四千美刀，大人机票三千多美刀，Baby机票一百多美刀，黄太的月子房租三千美刀，额外的吃饭需要五六百美刀，坐月子费用四千多美刀，还有各项杂费比如机场接送、产检接送、月子陪护等，又需要几百甚至上千美刀。由于陈悦的老公不能来美国陪护，这便可以省下一个成年人的机票钱和陪护费。但是紧接着，还有在医院顺产的费用和各项杂费，又是几千美刀……

这样几千几千地加上去，无论陈悦怎么省，都免不了花进去十几万。

但这十几万，花得到底值不值，陈悦自己也说不清楚。

其实在孩子出生之前，陈悦就有些预感——这一胎很有可能是女儿。女人怀儿子和怀女儿的表现形态是大相径庭的。怀女儿，雌性激素分泌更多，孕妇的皮肤也会变得更细腻，而怀儿子则加重了雄性激素的分泌，孕妇很容易长斑和起痘痘。

陈悦怀的这一胎就和怀上一胎时一样，整个人都显得容光焕发。每次她对着镜子审视越发光泽的皮肤时，心里都越发没底。

女人的直觉已经将事实告诉了陈悦，这钱白花了，但她仍怀揣着侥幸心理想赌一把，便连照B超的时候都拒绝去听医生的宣判。这种心情就如同一个死刑犯希望临刑的前一夜能再长一点儿一样。

文佳佳安慰道："儿子闺女都一样，你老公肯定都会喜欢。"

陈悦欲言又止，家家有本难念的经，她正泥足深陷于死胡同里，难以自拔。

文佳佳又说："你等着，我去给你拿电脑……"

文佳佳带着笔记本来美国，却一次都没用上，主要是远在国内的老钟不玩这一套。这等于直接剥夺了文佳佳缓解思念的权利。从这一点上来说，文佳佳还是有些羡慕陈悦，虽然文佳佳在前一天还觉得有钱真好，最起码不用像陈悦一样精打细算，成天盯着打折品瞧并且在脑子里快速计算什么东西买回去更划算。

但是现在，她们一样了。

不，文佳佳甚至还不如陈悦。

陈悦是在绞尽脑汁的省钱，为她的合法老公省钱。而她文佳佳，除了要省钱还要赚钱，为自己赚钱，为Baby赚钱。

笔记本电脑很快联上网，一个男人出现在电脑屏幕里，他对陈悦深情呼唤道："悦啊，悦！"

在他身后，是一个小商品批发市场的摊位，周围环境很吵。

文佳佳把电脑转向陈悦的面前，陈悦的表情还有些挣扎，她怀里抱

着孩子，对着老公叹了一口气。

陈悦的老公见到这一幕，立刻叫道："都生了！你咋没告我呢！我这些天急都急死了！"

陈悦的预产期到了，但是却一连好几天没和家里联系，陈悦的老公生怕是出了什么意外，而他远水救不了近火。

陈悦简直是难以启齿："生了个丫头。"

说这话时，她好似又快哭了。

陈悦的老公顿了一下，连忙说："丫头好啊！咱老大在学校门门一百，咱老二是个美国公民，将来说不定能钓一洋女婿回来呢！我跟他一块说不定把生意就开美国去了呢！"

陈悦的老公实在乐观，也不愧和陈悦是一家人，话里话外都离不开算计。

陈悦扑哧笑了："你也不会说英语，跟人家聊什么！"

陈悦的老公迫不及待说："哎呀，我可以学，快让我看看老二！"

"可惜是女儿"的话题被成功转移，陈悦赶紧将女儿凑到镜头前，女儿正闭着眼睡得香甜。

文佳佳看着这一家三口，心里也跟着松了口气，轻轻关上门走了出去。

在一整天的劳作结束后，文佳佳身心俱疲，但这天晚上她却睡得很晚，这主要是因为她心事重重，难以坦然入睡。

自从小周离开月子中心，文佳佳也没有搬进大屋里住，当时是怕这样搬来搬去太过麻烦，现在是经济条件不允许。

国内那边再没传来过老钟的消息，老钟太太也不会再找文佳佳。文佳佳帮不上忙，只能心里干着急，而且在经济上也已经捉襟见肘。眼瞅着孩子就要生了，但她没钱。信用卡被冻结以后，她也像是被与世隔绝了一样，处处碰壁。

到头来，她又像是当年挂不上黄牛票时一样，一无所有。只除了她的随身行李，和一些限量版的爱马仕包包，以及挂在窗前随风轻轻摆动的捕梦网。

一想到这样的处境，文佳佳的心里就被萌上了一层伤感，忽然有些自我怀疑，也不知道这过去几年她到底是为了什么折腾。

那时，她大手大脚，对钱满不在乎，对生活无所畏惧，因为她觉得钱是最忠诚的仆人，而生活是会向钱臣服的。而现在，她的仆人长脚跑了，生活也露出了小人得志的嘴脸，像是一座巨大的山将她压得喘不过气。

这样说来，生活和她算是扯平了。

Chapter 11
当你寻找贵人时，你也正在被人寻找

【没有穷困潦倒，就体会不到雪中送炭】

文佳佳拿钱砸人的时候，Frank对她英雄救美。但文佳佳心里清楚，那绝对不是因为钱，而是因为他人好，有责任心，有爱心，还懂得发挥人道主义救援精神。

现在文佳佳没钱了，正巴不得别人多施舍她一些，而Frank却依然对她屡伸援手，这简直感动坏了文佳佳。她越发觉得这是一个好男人，关键时刻见了真章。

文佳佳这才有些明白，人非得穷困潦倒，走入绝境，才能体会到雪中送炭的温暖。

当你有钱时，你会交往许多酒肉朋友，那是一种锦上添花；但是等你没钱了，这些酒肉朋友也作鸟兽四散，那则是一种人情冷暖。

值得庆幸的是，文佳佳这几天倒没尝过别人的白眼，因为月子中心里的人都是好人。她虽然无奈现在的境遇，却对周围人们对她的关怀额外珍惜。以往她只看到了钱的好处，却没看到钱的坏处，现在没了钱，反而体会了一把没钱的好处，当然没钱的坏处她过去早已体会过了。

老钟出事的细节，Frank从未问过文佳佳。在这一点上，男人远远没有女人来得八卦，Frank一如既往的包容体贴。这令文佳佳很感动，因她不知道若是Frank真的问起，她该如何自圆其说，又如何能忍住多日来累积的心酸，令它们不要化作眼泪。

除了陪文佳佳到河边细读刻在每一座长椅上的英文句子以外，Frank
也一次不漏地陪文佳佳去做产检。时日久了，那些不知情的人还以为他们
才是两口子。

这次产检结束后，Doctor唐送文佳佳到门口，Frank起身迎了过去，
听到Doctor唐嘱咐道："要注意营养，多休息，你最近看着精神不太好
哦。"

相由心生，文佳佳心事重重，吃不好睡不好，自然直接表现在脸
上。早上她照镜子时，见到自己的脸色有些灰白，也吓了一跳。

但这会儿她却嘴硬道："怎么会，我觉得自己好得很！"

文佳佳的粉饰太平，连小孩子都骗不过。

但Frank却没有拆穿她。或许是文佳佳死要面子的性格已经深入人
心，也或许是Frank为人太过厚道，不忍在此时对她一针见血。

两人走在回去的路上，正逢上坡，文佳佳大腹便便很是吃力，换做
是以前，文佳佳一定会要求Frank开车接送她，但今时不同往日了。

文佳佳停下歇了几步，气喘吁吁，Frank说道："我还是你觉得应该
坐车。"

文佳佳擦擦汗说："为什么，不都说产前多运动好吗！自然生比剖
腹便宜两千多美金呢！这种大便宜我怎么可能不占！"

看来文佳佳已经决定自然产了，但那前提是要每天暴走六个小时。

Frank犹豫了一下，从兜里拿出一张手机Sim卡递给文佳佳："以后
用这个打电话吧，比你一直用国内的电话要便宜很多。"

文佳佳迟疑一下接了过去，自嘲地笑笑："谢谢……其实以后我也
没什么电话可打了。对了，这个多少钱？"

Frank摇摇头："先欠着好了。"

文佳佳坚持道："那我给你写借条。"

Frank很随和："好。"

说完，两人继续向前走。在那之后的十几分钟里，Frank还给文佳佳讲了一个在美国看到的故事。

故事的主人公是一个华裔的三口之家，父亲、母亲，和在美国出生和长大的女儿。这对夫妻移民美国已经四十年，以至于如今中国是什么样他们都没有概念了，只有一些久远的残存的记忆，依稀偶尔地闪过。

虽然他们尚存传统中国人的思维和教育方式，但是他们的女儿却已经被美国人的生存观念所洗脑。女儿成年以后找了一份薪水颇丰的工作，这全都有赖于她比纯种美国人更加勤奋学习的功劳。但是与此同时，她也需要付出更多的时间。

这一家三口同住一个屋檐下的楼上楼下，但是他们一两个月都见不上一面。每天早上父母起床时，女儿已经去上班了，每天晚上父母准备休息时，女儿还未回家。就连每个月女儿交的三百美刀房租，也是通过银行划账的方式。

那父亲曾不止一次地对女儿说，不需要给房租。而女儿也不止一次地告诉父亲，这个钱必须要给。

也许，美国人的观念就是，不管他们是否是父女关系，只要成年了住在一起，就需要分担这间房子的费用。

自然，美国人也是没有女儿为父母养老的观念的。

文佳佳很入迷地听完了整个故事，又想到那些尚未成年就开着跑车出入学校不知人间疾苦的富二代们，深刻觉得"穷什么都不能穷教育"的真正意义。

这个穷，指的自然不是贫穷富贵的穷，而是指"贫瘠"。

文佳佳说："我以后也会教会我的孩子，要做一个有用的人，不能好吃懒做，坐吃山空，也不能饱汉子不知饿汉子饥，不能……像他妈妈一样。"

Frank听到这话，站住了脚，有些沉吟。

文佳佳走了几步见人没跟上，便停下回头看他。

只听Frank轻声问："这种问题我其实不该问，但是，你以后怎么打算？"

文佳佳故作轻松道："没打算啊，生下来，养活大……"

很显然文佳佳是在痴人说梦。独自带大孩子，这是一条艰辛路，没有几个女人有勇气挺得过来。

Frank没说话，神情认真地望着他。

文佳佳也只好认真下来，片刻后说："哎，你帮我再问一次吧？"

Frank愣了一下："问什么？"

文佳佳低下头："上次在纽约，问出来老钟没死那事。"

其实那次占卜还是灵验的，老钟虽然出事了，但确实没死。

Frank恍然道："哦，那个……没问题。"

说着，他伸手拔下文佳佳头上的簪子："对不起……"

然而那簪子却在靠向Frank的手链时，顿时贴到了一起。

文佳佳有些恍然："这手链是磁铁？！"

她生气地打了Frank一下，"你们男人没一个好东西，都是骗子！"顿了顿，声音渐低，有些哽咽，"除了老钟……"

一时之间，Frank不知说什么是好。

文佳佳却红了眼圈，提起了往事："那会儿我爸生病需要钱，是我主动钓的他。他跟我在一块儿，一开始就说了不会离婚。所以我才想生个孩子，那这辈子就有保障了，可你看……"

文佳佳说不下去了。

Frank轻声道："其实我担心你会想把孩子做掉。"

文佳佳笑笑，低头摸摸肚子："我要生下这孩子，我想让他知道，老娘不是那种眼里只认钱的人！他行贿多了，要是枪毙就算给他留个后，要是关个十几年，儿子在外头是他个念想，能让他想着活着出来。"

Frank看着文佳佳，不说话。

这种时候，任何言语都是多余的。

人生就像是此起彼伏的抛物线，有高潮就有低谷。文佳佳从不盼望着它永远居高不下，那简直是一种奢求。她从来都是一个拿得起放得下的女人，经得起高潮的波澜壮阔，也要挨得起低谷的沉闷坎坷。

所以，她总对自己说，一切都会过去的。不管是好事，还是坏事，都有熬到头的那一天。

岁月如水，时光如梭。一个月的时间转瞬即逝，陈悦终于从月子房里解脱出来。为了庆祝小Baby的满月日，黄太应景地播放起生日歌，屋里还挂着好几个大气球，以及墙上贴着写有"30days"字样的蛋糕图片。整个月子中心一片喜气。

陈悦的行李实在太多，别看她是最精打细算的一位，行李却也是最多的，谁叫打折品太多呢。要不是行李托运有重量限制，陈悦大概会将整个超市的尿不湿和奶粉都搬回国吧。

文佳佳忙里忙外地帮陈悦整理行李，到最后还坐在一个大箱子上，让陈悦方便使劲地拉上箱子拉链，两人都是一头的汗。而那箱子鼓鼓囊囊的，好似就快撑爆了。

再放眼一望，屋里还有大大小小各种编织袋和纸箱，全都装满了。

文佳佳吁了口气："天啊，你可真能买！"

连她这个购物狂都甘拜下风了。

黄太抱着婴儿边喂奶边嘱咐："宝宝，吃完在飞机上要乖乖睡，不要哭哦。回去要记得婆婆，以后长大来看我，记得吗？"

陈悦拉着文佳佳费力的站起身："来……"

文佳佳一头雾水地被陈悦拉到自己住的那件屋子，屋里墙角还摞着一堆婴儿尿裤和奶粉。

陈悦说："这些都是我这几个月趁打折时候买的，带不走那么多，留给你了！以后都用得着！"

文佳佳连忙摆手："别，我不要……"

她文佳佳穷过，文佳佳富过，文佳佳小气过也挥霍过，但就是没人便宜过。

陈悦笑道："超重啊，我可不想交罚款！"

那巨额的罚款金简直能要了陈悦的命。

文佳佳皱皱眉："公务舱允许四十公斤呢。"

陈悦笑眯了眼："我没舍得订。我们家那口子怎么也没舍得来趟美国，说省下钱让我们娘俩坐公务舱回去。我们娘俩哪儿至于那么金贵啊。"

文佳佳看着陈悦，半响不语，心中感动，却不知该说些什么，直到脑中突然灵光一闪，说道："你等等……"

文佳佳很快回屋拿了一个包和一件皮衣，走回来塞给陈悦："这个包送给你了，你……你那个是假的。"

陈悦笑道："哎，我知道！我就是觉得花好几万买个包纯属有病！"

文佳佳点点头："对，说得没错，是病得不轻！"接着文佳佳又要将手里的皮衣继往陈悦怀里塞，"这也送你，我现在也穿不了了！"

陈悦连忙说："穿不了可以卖啊！傻妹子，以后你用钱的地方多

了！"

文佳佳意外地看着陈悦。

陈悦支支吾吾地说："我接过他太太找你的电话……"

文佳佳不语，气氛一下子有些尴尬。

陈悦又说："不管怎么说，当妈都是件特幸福的事儿，什么都没有了，还有儿子会爱你是不是？"

文佳佳被陈悦说得眼眶泛红。

陈悦犹豫一下，试着去拥抱文佳佳，文佳佳含着泪说："讨厌，你把我眼线都搞花了……"

陈悦拍拍她的肩："好好的，回国了去找姐玩。"

文佳佳点头，猛吸鼻子。

陈悦松开文佳佳："找老公最重要的是他要疼你，在意你！知道吗！"

文佳佳继续点头。

陈悦最后道："下回姐给你介绍个好的！"

文佳佳这才破涕为笑："好！"

陈悦走后，整个月子中心显得冷冷清清，文佳佳有时候经过陈悦和小周的房门口时，好似还能听到回声。在这段时间里，她很少独自待在楼上，接踵而至的变故，和人终曲散的凄凉，令她产生巨大的孤独感，只有肚子的小Baby能令她聊以安慰。

大多时候，文佳佳会一个人坐在院子里的秋千上，寂寞地轻轻荡着，呼吸着户外的空气，最起码不似在屋子里那般憋闷。

但她有时候会忘了穿外套，这种时候，黄太就会出现，将一件衣服披在她身上，提醒她，她是孕妇，最需要在意的就是自己的身子。

文佳佳拉了拉外套，对黄太道："哦，谢谢。"

黄太犹豫一下，在文佳佳的身边坐下，似乎有些欲言又止。

文佳佳直接问道："怎么了，黄太。"

黄太面色为难："我知道现在说这事特别不合适，但是……文小姐，我可能不能帮你坐月子了。"

文佳佳一愣："是吗？"

黄太宣布道："我女儿下周结婚！"

文佳佳笑了开来："恭喜啊，黄太！"

黄太叹了口气："她怀孕四个月了，那天你也看到她身边三个孩子，一个人实在照顾不过来。"

文佳佳没说话，她想，这大概就是屋漏偏逢连夜雨的境地吧。

黄太继续道："我女儿喜欢孩子，可一直怀不上。我老怀疑她找Mike是冲着他那三个小妖精去的。哎，我做了快八年月子中心，照顾了几十回月子，终于也轮到我亲手伺候女儿一次了。"

文佳佳看着黄太头上隐隐可见的白发在微风中晃动，忽然萌生一种同为人母的亲切感，搂了搂黄太的肩膀说："恭喜你要做外婆了。"

黄太却有些踯躅："谢谢。我知道我这样做很不专业……我会把剩下的钱退给你，还会再补偿你一半。后面这一个多月你不用担心，我跟Frank说了，他答应会替我照顾你直到你回国。大房间给你收拾出来了，走，看看去。"

文佳佳不知说什么才好，只是说道："谢谢。"

黄太扶她站起来，两人像母女一样手挽着手回了屋。

文佳佳想："这大概就是为人母吧，不管孩子做的事有多错，她还是会原谅你，包容你，爱你。哪怕全世界都冷眼旁观黄太的女儿。黄太也会永远站在女儿身边。我也曾有一个这样的妈妈，只是她早已不在这个世

界了。"

【同一屋檐下】

有人说，结婚的好处就是，你永远有个去处，甭管你多不济。但坏处就是，你也只有这个去处，甭管你多风光。

但文佳佳却觉得，这话是相对的，而非绝对的。

比如老钟，他倒霉时，除了家还有一个去处：监狱。他风光时，除了家还有许多去处：温柔乡。

相对老钟而言，文佳佳没有结婚，所以没有去处。这一点倒是绝对的。

对文佳佳来说，月子中心是暂时寄居的，回国了那套小公寓也不知道还能不能保得住，那毕竟是老钟名下的财产，他受贿被抓，他名下财产多半也难以保全。

这么一想，文佳佳大概很快又要恢复租房的生活了，而且要回去做她的美食编辑，却远远比不上以前的自由了，因为她还要带孩子。

那美食编辑的工作虽然月薪颇丰，但是要在一个大城市养活自己和一个孩子，却是微薄的。

文佳佳这会儿突然觉得，"前途"这玩意儿真是不要没事就去琢磨，你越琢磨心里越烦，因为它是无望的。

当你不琢磨时，还会觉得有些希望，因为你还没有将它的窗户纸琢磨透。直到当你逐渐老去，你才会在某一天突然醒悟，自己在"希望"中摸爬打滚这么多年，一转眼已经老态龙钟，连"希望"的权利都被剥夺了。

Frank应了黄太的托付，前来照顾文佳佳。这对黄太和文佳佳来说，或许就应了那句话："上帝关上你的门，但它还会给你留一扇窗。"

倘若Frank没有当过医生的经验，倘若Frank不是像现在这样有责任心，倘若Frank没照顾过孕妇甚至没有带过孩子，也许黄太都不会找上Frank，即便找上也会忧心忡忡，生怕他将事情搞砸。

但是现在，黄太和文佳佳对Frank都很放心。这年头要找一个让人放心的男人，是很不容易的。

Frank搬来月子中心的这天，拖了两个大箱子，面貌又恢复成初见文佳佳时那副邋邋遢遢的丐帮帮主似的模样。

这时候，文佳佳正在厨房里忙碌，她由衷地庆幸自己尚有一技之长，起码不会饿着自己和孩子，也不会亏待自己的胃和食欲。

别看厨艺好很难赚到大钱，但这种基本技能却是生活的必需，你每天都得用到它，更离不得它。

文佳佳听到门口的动静，放下锅铲探出头来一看，不禁对Frank的形象皱起了眉："Julie几点放学？我做了好菜给她吃。"

Frank支支吾吾道："她不过来住。"

文佳佳疑惑地问："那你把她一个人留在家里？"

她的脑海里，立刻浮现出一个捧着《十一种孤独》的小女孩独自在家的画面。难怪社会上的人对单亲家庭的小孩的普遍认识，都离不开"孤僻"二字。

Frank说："是她妈妈过来了。"

文佳佳愣了一下，没说话，转身把菜丢进锅里。但她的潜意识却认为，像是Julie的母亲那样的女强人，多半是不知如何照顾好小孩的。

饭后，Frank一言不发地走回房间，这顿饭他鲜有的沉默寡言，比平时更甚。

文佳佳想了想，还是倒了一杯温水来到他房门前，见他只是默默地收拾书籍、CD、照片等等，屋里只有物品碰撞发出来的声音。

在拿起一张Julie的照片时，Frank停下了动作，看着它出了神。

文佳佳直觉这里面一定有事发生，因为这屋里的东西，不像是只住一个月需要的换洗衣物，还带着过去许多年的回忆。

但最终文佳佳什么也没说，只是将水杯轻轻地放在门边的小桌子上，又轻轻地掩上了门。

她知道，这会儿的Frank一定不想多谈，即便想也肯定不知道从何谈起，因他自己的思绪还未整理清楚，还需要时间沉淀。

而和别人分享心事的过程，就是一个发酵的过程，而在一个人的情绪完全沉淀以前，是很难发酵的。

只是文佳佳没有想到，Frank沉淀的过程需要这么久，久到她快跟着一起发疯了。

她是孕妇，情绪波动起伏本来就难以预计，这会儿更需要一些欢乐的氛围，而不是安静的仿佛这屋子里只有她一个生物存在的环境。但是Frank却像是一抹幽灵，让文佳佳时常感受不到他的存在感，只是偶尔能嗅到盘旋在这个屋子上空的哀伤气息，简直要把人惹出抑郁症。

都说少女怀春总是诗，怎么当一个男人思念起女儿来，居然也能拉出一首长恨歌？

文佳佳觉得自己就要爆炸了，实在忍无可忍。

于是，就在她在爆炸边缘徘徊时，她选择了一个比较直接并且聪明的办法——解铃还须系铃人。

这天下午，Frank正准备出门，死气沉沉地坐在车里等待电动车库的门慢慢打开，然而当门升起时，出现在眼前的不是宽敞的下坡路，而是一个怒气冲冲的挺着大肚子的女人。

文佳佳叉着腰的姿态，像极了老茶壶。

Frank吓了一跳，从车窗里探出头："你干吗！"

文佳佳比他的火药味儿更重："我快让你逼疯了！你来这么多天像个倒霉的幽灵一句话也不说！走，我跟你去Julie学校，既然你想她去接她就好了！"

为了Frank好，也为了自己好，文佳佳决定亲手料理这个无药可救的男人的相思病，否则他们会一起走进精神病院。

Frank下了车，语气不耐："拜托，小姐，你好好地休息，别管我的事好吗？"

休息，休息！他这副死德性，叫别人怎么踏踏实实地休息？！他一个成熟男人，怎么能将大姑娘、小媳妇的那套忸怩作风演绎得惟妙惟肖？！

文佳佳二话不说坐上车："我是不想管，但我这比预产期晚了一个星期还没动静，我就快急死了！你还跟着添乱！"

现在的文佳佳，烦躁得仿佛像是经期之前荷尔蒙紊乱时一样，看到谁都不顺眼，很想骂人，但可气的是这个Frank行尸走肉般的言行令她找不到发泄的出口。

Frank很明白文佳佳的感受，说道："对不起。"

文佳佳依旧不爽："对不起就行啦！你这天天演苦情，苦着一张脸，让我支使你都不好意思！说，到底你跟Julie，还有她妈妈，怎么回事儿！"

Frank终于喃喃道："其实是好事，她妈妈要结婚了。"

于Julie的母亲是好事，于Frank和Julie却不是。

文佳佳大惊，方才的怒火瞬间烟消云散了。

在面对一个人最伤心失意的时刻，任何人的任何负面情绪都会不由自主地被放下来。换句话说，治愈痛苦的最好方法，就是找一个比自己还要痛苦一万倍的人，那效果简直立竿见影。

文佳佳轻声问："你们离婚了？"

Frank叹道："一年前就离了，因为不想Julie担心，所以没说。"

看来Frank痛苦的来源不是失婚。

文佳佳继续猜道："那是她现在把你赶出来了？"

如果是真的，那Julie的母亲真不愧是女强人，处处显现强人本色，不仅离婚还把前夫扫地出门，难怪Frank恢复到本色装束。

Frank说："我自己搬出来的，她被调回美国总部工作。在一起不方便……好了，你先下车，我真的有事。"

文佳佳却打定了主意，一定要治好Frank的别扭症："你干吗？反正我跟着，你办完事，我们去接Julie。你不想她，我还想呢！"

Frank摇头说："Julie让她妈妈送去夏令营了，再说我答应她妈妈这段日子让她们多相处。"

这么看来，多半是为了孩子抚养权的问题。

文佳佳抿抿嘴道："那我也跟着，看你这么愁眉苦脸心不在焉的，出了车祸谁照顾我做月子？！"

Frank只得妥协，因为除了妥协之外，他是毫无办法将一个随时随地都有可能产子的孕妇搬下车的。

【如何治愈一个失意的男人】

都说"男人不坏女人不爱"，文佳佳想，这大概是因为坏男人难以驾驭，像是一团谜，而好男人太温吞可靠，缺少变数，很难让女人产生成就感。

这样说起来，从严格意义上说，老钟大概就是坏男人中的翘楚，而Frank绝对是新好男人。

所以在"女人"这一课题上，老钟无往而不利，游走于女人堆中，事业爱情两得意；而Frank则会在辛勤耕耘之后，拱手将胜利果实让给女人，并连同孩子和房子一起，甚至于，他还失去了来美国的真正意义——放弃国内如日中天的事业，只是为了成全一个女人的野心？！

但是不管是好男人还是坏男人，都会有女人欣赏。对坏男人，是又爱又恨；对好男人，则是因怜生爱。前者是两种极端，后者是母爱发挥。

由此可见，女人在"爱"的能力上，是非常有可塑性的。

难怪都说女人以爱为职业。这难道是因为女人在爱情上极有天分，再加上后天的实践学习、技能强化，才会得道成仙吗？

那像是Frank前妻这样的女人，算是哪一路大仙呢，竟然可以将一个男人折腾得人不像人鬼不像鬼？

文佳佳觉得，自己在对付男人的能力上，远远不如这个Julie的母亲。这倒不是因为Julie的母亲技高一筹，而是如果换作是文佳佳，她一定会觉得自己遇到Frank是天赐良缘，必然会备感珍惜，才不会舍得下毒手。

但命运只安排文佳佳在父亲性命攸关时遇到了老钟，所以注定了她要做一回单亲未婚妈妈。

文佳佳在拦住Frank的车之前，从没预设过他的目的地是哪里，最多只是认为他也被自己制造出来的阴郁气氛憋坏了，于是便开车出去兜兜风散散心。

所以文佳佳没能想到，Frank竟然可以烂好人到如此程度，被前妻抛弃不说，还被对方物尽其用地使唤到底！

真真是可忍孰不可忍！

车子停在一家婚纱店前，Frank拉下手刹说："你等我一会儿……"

文佳佳拦住他："等等，你来这干吗！"

她不能相信一个男人会一边失意，一边替下一个女人选婚纱，除非他人格分裂。

果然，Frank解释道："帮她妈妈取改好的婚纱，她这两天出差。"

这简直骇人听闻，这个男人好得没有下限！

文佳佳瞪大眼睛惊呼："哇塞，你让我说你什么好，你简直成天使了！！等等，我也去，我倒要看看她穿什么！"

Frank的尽善尽责，和Julie母亲的作恶多端，令文佳佳对这个女人的审美产生了强烈的好奇心。

Frank自然不知道文佳佳在打什么算盘，他走进店里时，正和殷勤迎上来的店员寒暄。

那店员是个较为中性化的男人，耳朵上的耳环为他的多添了几分柔和："Hi，有什么能帮您？"

接着，那店员就注意到挺着大肚子的文佳佳，语气夸张道："Wo，con……gratulations，我们有适合您的衣服……我们还可以为您量身订做！"

店员的专业令他很快保持了镇定，并且迅速在脑海中搜寻可以让文佳佳穿得下的婚纱。

文佳佳礼貌道："谢谢，我可以试试吗？"

店员连忙要领两人进试衣区，在一旁的Frank却先皱起眉，对文佳佳的行为表示不解。

文佳佳扬扬下巴："怎么了，我陪你跑这么远，耽误你几分钟不行啊？再说了，来都来了，陪我试一下婚纱也没什么啊！"

她哪里是跑，分明是她坐车，他开车。

Frank扯扯嘴角，但笑不语。

店员将他们带到一个巨大的金属门前，扭开了上面的转轮，回头问道："你们准备好了吗？"

厚重的金属门被缓慢地拉开了，首当其冲映入眼帘的是一件闪亮的足以闪瞎所有狗眼的极品婚纱，那上面缀满了钻石。

文佳佳被迷得晕头转向，但她知道自己和它无缘，便念念叨叨着，"钻石……钻石……谁会把钻石穿在身上啊！"

店员很快告诉文佳佳，这件婚纱已经有人预定了，然后又极有效率地带他们走进金属门，为文佳佳介绍了两件她能穿得下的礼服。

"我为您挑了两件，非常完美！这件婚礼穿，这件可以宴会Party穿。"

店员边说边示意Frank陪文佳佳去试衣间。

Frank有些迟疑，文佳佳却落落大方，对他道："你能给你前妻取衣服，装一会儿我老公会死啊！"

Frank的"服务到家"竟然因人而异，这令文佳佳极其不爽。

Frank也被文佳佳堵的哑口无言，只得无奈地陪她进去，自己坐在试衣间走廊的椅子上，等文佳佳试出个结果。

而在试衣间里，文佳佳正在左右为难，这两件礼服她都很喜欢。一件长款，一件短款，她光是用眼睛看就能知道，它们穿在自己身上只会给自己加分。但是当她低头看向肚子时，还是决定先拿起那件长款的。

文佳佳走出来前，还特意把头发盘好，化了点口红，又深吸了一口气，才敢走出去，正撞见Frank有些惊讶的表情。

文佳佳有些不自信了，自觉将Frank的表情理解为"被吓着了"，问道："特丑是吧！"

Frank赶紧摇头，但他不善言辞。

店员在一旁夸张地抢白道："哦，太美了，完美！您真应该感谢上帝，给您这样一位美丽的妻子！哦，等等等等……"

店员说着就跑开一会儿，很快拿回一个拍立得相机："我们店的传统，每一对光临这里的夫妇都要留下一张照片。来，靠近一点……"

是不是真有这样的传统，Frank和文佳佳不得而知。但文佳佳潜意识认为，能遇到一个像她这样的大肚新娘，必然是少见的，很值得一拍。

Frank却止步不前："或许我妻子单独照好一点。"

店员停下动作，皱眉看着他，嘟嘟嘴表示不满。

除了在医学专业领域上，是不能指望Frank能表现出什么个人魄力的，这种时候唯有靠旁人。

于是，文佳佳暗叹了一声，走过去挽起Frank的手，冲店员微微一笑，一副随时可以入境的姿态，接着对Frank说："笑一个吧，可能我这辈子也没机会穿婚纱了。"

她的怀柔政策和自艾自抑，果然令Frank收起了所有的拒绝辞令，他不再多言，活似真的一样伸手搂过文佳佳，对着镜头露出微笑。

这一幕的默契，绝对没有人会质疑它的真实性。

那店员一边甩着从拍立得里滑出来的照片，一边重复说道："完美！太完美了！"好似在他的职业生涯里，只有"一般完美"和"非常完美"之分。

最后Frank道明来意："我来取Linda女士的婚纱。"

店员把照片递给文佳佳："Ok，Ok，请稍等，让我查一下。哦……Linda……Linda？哦，天啊，刚才那件钻石婚纱就是Linda女士预定的！"

文佳佳决定，从今天起开始彻底讨厌"Linda"这个名字。

当晚，文佳佳心情出奇地好，这还是近日来的头一次。她靠在床头摆弄着手里那张和Frank一起拍的婚纱照，怎么看怎么觉得完美。

自从跟了老钟，文佳佳就清楚地知道自己等于放弃了合法拍婚纱照的权利，即便自欺欺人地拉着老钟去拍了，也没有实质意义。

当然，她也多次幻想过能和自己心爱的男人一起拍婚纱照的那一幕，她会像这世界上的每一个准新娘一样，对自己的身材斤斤计较，哪怕有一丝不完美也不行。按照那店员所说，准新娘就是要将自己最完美的一面展示出来，这"完美"当然包括完美的妆容、完美的身材、完美的婚纱，以及完美的老公。

只是文佳佳的遭遇有些另类。

一来，她的妆容并不完美，而是在急中生智的赶工之下的结果。

二来，她的身材已经可以称得上为"最完美的孕妇"了，那即将临盆的大肚子更显得她本来就清瘦的身材更有些单薄。

三来，这世上再完美的婚纱也绝对不会出现在孕妇的身上，它的先决条件必然是穿在凹凸有致的模特身材上。这个凸自然说的是臀部，而不是腹部，否则女人们也不会为了展现完美的体态而拼命收小腹了。

至于第四，自然就是完美的老公了。这个男人是很完美，简直完美得无可挑剔，让文佳佳时常对他的好人品有些恨铁不成钢。就像大多数女人的想法一样，她们希望自己的男人会永远对自己好，好得没有下限，但这个个体仅限于自己。所以文佳佳恨的是，这个完美的老公不是自己的。

而有一个女人先一步得到了其他女人们梦寐以求的"完美"之后，却选择了抛弃。在这一点上，文佳佳只觉得那个Linda是在"爱情"的道路上进化过头了，她早晚有一天会后悔的。

文佳佳对着独此一份的婚纱照天马行空着，也不知过了多久，被一阵敲门声打断。

门口传来Frank的声音："休息了吗？"

文佳佳赶紧把照片收了起来："没有，进来。"

Frank推门进来，手里端着一碗汤，胳膊上还挂着两件礼服。

在文佳佳询问的眼神下，Frank先把汤递了过去："冬瓜排骨汤，能缓解你的水肿。"

文佳佳起身要接，Frank连忙制止她，并把一个枕头帮她垫在脚下，这样也可以缓解水肿。而缓解水肿是每一个孕妇都需要的。

文佳佳的脑中立刻浮现一对公式：好男人+好医生=Frank，坏女人+钱=抛夫的Linda。所以在和Linda的对决中，Frank必然失败。这大概就是有钱的坏处吧，它令一段婚姻和一个女人变了质。

Frank见文佳佳喝着汤，却没有离开，反而有点为难地杵在原地。如果不是早已熟知他内秀的秉性，文佳佳会以为自己即将要被告白了。

文佳佳疑惑地问："你怎么了？你胳膊上是什么？"

Frank不好意思道："明天是Julie妈妈的婚礼……这两件哪件好点？"

他的不好意思，竟然来自于当前妻再婚时，他应当穿什么好才不会丢了前妻的面子上？

文佳佳一口汤差点喷出来："天，Frank，你可真贱！！"

Frank却说："明天能见到Julie，我不想让她看到我精神不好。"

原来他不是因为前妻的风光无限，而是因为女儿的太过敏感。

文佳佳不说话了，看了他片刻，才说："你打开让我看看。"

Frank把两件衣服展开。

文佳佳上下打量着，好似在分析两件艺术品谁真谁假一样，最后还起身下床，扯过其中一件径直到熨衣板面前。

Frank连忙要去帮手："我来。"

文佳佳也立刻摆出"茶壶"的标准姿态："你给我坐下！你知道你有什么问题吗？你就是太好了！太好了！你懂不懂男人不坏女人不爱！大

多数女人也都跟你一样贱，分不清好歹，你不知道吗！"

文佳佳这话不知道是在说Linda，还是在说自己，总之是在指桑骂槐。

Frank当场就被骂傻了，不敢说话。

一个人吵，另一个人不配合，这种架注定吵不起来。

文佳佳眼圈红了，她吸吸鼻子，掩饰地回过身去开始熟练熨衣服，屋里的气氛沉默到底。

直到文佳佳稍稍平复了些情绪之后，才操心道："我走以后，你怎么办？你也不能老赖在这儿。"

当一个女人开始为一个男人的前景担忧时，必然是注射了感情成分的。

Frank说："美国房子多，我租一个就是了。"

然后他沉吟了一下，反问："你呢，你生完孩子怎么办？"

当一个男人开始为一个女人的未来考虑时，也必然是添加了某些心意的。

文佳佳也说："大不了回去重新上班。"

然后她拍拍肚子："我们俩这么并肩战斗，我横不能饿死他。"

换句话说，这是两个已经跌落生活谷底和困境的倒霉蛋的对话。

Frank无奈笑笑："你的脾气全长在嘴上了。"

文佳佳不再嘴硬："对，煮熟的鸭子。这点跟Julie挺像。"

Frank点点头："没错，她跟你一样嘴硬。但是她没你那么开朗，她太犟，这点像她妈妈，我担心她们在一起会吵架……"

文佳佳转回身，直接问道："你要放弃监护权，是吗？"

Frank的语气好似受到了律师洗脑一样："她妈妈能给她的更多一点。"

文佳佳叫道："亏你当了这么多年爹，你以为小孩需要的是什么？！"

"太多的钱"和"太少的爱"吗？文佳佳简直不能想象Julie未来的成长路将会如何扭曲。最起码以前Julie还有一个好爸爸，而现在连这个都将被生活剥夺。Julie可能会变得更加孤僻，更加自闭，更加愤世嫉俗，然后一直延续并且影响到成年之后。

Frank叹道："她会长大，会想穿新衣服，买名牌包，化妆品。即使什么也不想要，她也会想妈妈。我跟她生活了这么长时间，她妈妈一直很忙，我从小婴儿把她带大，应该知足了。"

他给不了Julie富足的物质生活，这是Frank最无奈之处，他的决定等于弥补了这一点，却同时扼杀了Julie的精神生活。

文佳佳语气不善道："我告诉你，这事我最有发言权，你说的什么衣服、名牌包那些东西都是狗屁！你至少应该问问Julie选谁。"

这一瞬间，文佳佳仿佛能在Julie未来看到另一个自己，被空虚症折磨得要发疯的自己。

Frank说："我怕Julie一开口我就走不动了……"

说着话，他的眼圈也红了。

文佳佳简直无言以对，不知道在此时说什么话是最恰当的，更不忍再在他的伤口上撒盐，只得转身过去。

过了一会儿，文佳佳把熨好的衣服递给Frank，强作笑脸道："喏，刮个胡子，明天给Julie一个帅老爸。"

Linda衣着光鲜，那是为了她的第二任丈夫，而Frank力求输人不输阵，却是为了女儿的面子。

虽然很无奈，但这大概是他唯一能为Julie做的了。

这一晚，Frank和文佳佳都难以入眠，他们在各自房间里望着窗外的夜景，思绪繁杂。

Frank情绪有些紧绷，但这绝对不是因为前妻Linda再婚而得来的失落，更多的因素是源于明天应如何将一个父亲和一个朋友的角色扮演好。

自他和Linda感情渐淡后，他们都已经有了分道扬镳重新寻找幸福的觉悟。不过在这一点上，Linda显然八面玲珑，目的明确的永远知道自己要什么，要得了什么，以及要什么才能提升自己的地位。

而Frank，则随和的像是适合任何容器的白开水。

只是这杯白开水并不知道，纵使他索然无味，也会有人为他牵挂。比如文佳佳。

文佳佳睡不着，恰恰也是因为翌日的婚礼，不过她的亢奋和Frank的彷徨紧张是有本质区别的。

文佳佳习惯了主动出击，甚至不惜花样百出，她的生活从来精彩十足，不需要任何添加剂就色香味足够俱全了。所以她的生活就像是常年泡在外卖里的味蕾，时常会出现因口味多变而味觉失调的情况，也总是欠缺一杯白开水滋润喉咙。

Frank就是这杯水，只可惜现在这杯水正自顾不暇，发出了微微的苦味，令文佳佳很想帮助这杯水重拾清澈。

这样的主意一定，文佳佳便再也躺不住了。她笨拙地从床上爬起来，找出纸和笔，就像是当年制定勾搭老钟的计划书一样的认真仔细，在纸上巨细无遗地画下了人物关系图，以及性格分析。接下来，便是针对对方的弱点，寻求击败对方的突破口。

文佳佳自认为她的计划是完美无瑕的。

Chapter 12
男人和女人能否同甘苦共患难?

【文佳佳的仗义出手】

都说"夫妻本是同林鸟,大难临头各自飞",但是Linda和Frank的劳燕分飞却是因为他们可以共患难,却不能共富贵。难怪人们总说,女人变坏了才有钱。

文佳佳难以想象在国内的老钟太太,正在为老钟如何奔波着。但她直觉地认为老钟太太是不会和老钟各自飞的。这种直觉是毫无根据的,唯一的立足点只是文佳佳对神圣婚姻的美好期望。

尤其是在见过陈悦夫妻的相互体谅和相互扶持以后,文佳佳更加坚定地认为婚姻是体现一个人的本质的最佳方式。

如果有机会,文佳佳真想亲自采访一下Linda,问题如下:

一、"你觉得现在比以前更加快乐吗?"

如果Linda说是,那多半是在赶鸭子嘴硬,文佳佳不信她没有空虚症。

二、"你觉得你现在的男人比Frank要好吗?在危急时刻,他会像Frank一样为你付出吗?"

前者Linda必然会说是,她必然会觉得现在这个男人更能与她旗鼓相当,就像人们总会和自己的同类交往,而很少去屈就不如自己的人一样。但后者,答案未知。总之文佳佳认为,大多数有钱的男人一旦遇到危机,只会先一步撒腿就跑,所以Linda最好期盼那个男人一辈子都不要遭遇这种危机。

三、"你希望将来Julie长大以后，成为第二个你，还是成为第二个Frank？"

Linda多半会说，成为第二个她。但更加人性化的选择，绝对不仅于此。

就在Linda婚礼当天，Frank依旧对文佳佳负责到底，他先一步开车送文佳佳向Doctor唐的诊所赶去。

在路上，文佳佳很是喋喋不休，但这主要是为了安慰Frank，"最美的婚纱，最大的钻石，最漂亮的新娘，最有钱的新郎，最庞大的婚礼……这些你前妻今天都得到了！但是我告诉你，她的'最'都是外在形式，婚姻真正需要的不是这些，而是看谁'最幸福'！"

Frank不接茬儿，因他还没能搞清楚文佳佳话里的动机。但就以往经验来说，文佳佳最损最毒的话，一定会埋藏在最后面。

果然，文佳佳看了Frank一眼，不怀好意地笑了，"就你前妻那德性，就算嫁进皇室也没用，幸福离她还有十万八千里呢！"

Frank终于开口了："你对她很有意见。"

文佳佳翻了个白眼："废话，我这还不是都为了你吗！我是你的朋友，你被人欺负了，我能坐视不理吗！不过你也是，一个大老爷们儿竟然能被一个女人差点憋屈死，要不你前妻干吗老欺负利用你啊！因为你好使唤，没原则！"

Frank慢条斯理道："注意胎教。"

文佳佳一愣，说："我这就是在胎教啊，我得从现在就让他明白，做男人要够爷们儿，绝不能被女人挤兑！"

接着，文佳佳在心里补充道，就算被女人挤兑，也只能被自己的老婆。前妻、前妻，就是曾经的妻，自然也必须踢出局。

十几分钟后，Frank的灰色休旅车在Doctor唐诊所外的停车场听稳，然后他一路小心翼翼地扶着文佳佳缓步走进诊所，坐下。

文佳佳临盆在即，每次检查前Frank显得比她还焦虑，显然是职业病作祟。

Frank嘱咐道："检查完了别乱跑，在这等我，我完事过来接你。"

文佳佳仰头望着他身上那身没有一丝褶皱的黑色礼服，对自己的手笔十分满意，最起码这身衣服可以将他笔挺的身材衬托得更为突出。果然是人要衣装。

文佳佳点头说道："好，你别赶，我不着急。"

Frank这才笑了：你跟Doctor唐建议做个心电图和眼底检查。

文佳佳继续点头："行。"

Frank有些无措："那我走了……"

文佳佳却叫住他："嗯……唉，等等……"

说着，文佳佳从包里拿出原本要买给老钟的领结，递给Frank："戴上吧，这样会更帅！"

"戴上？"

Frank拿着领结在自己身上比划了一下，终于明白为何他总觉得身上少些什么了。而文佳佳的举动就像是给他吃了一剂定心丸，他的紧张感顿时平复了许多。

但在这一天真正应该紧张的人，其实应当属Linda和她的新任丈夫。毕竟，人家才是婚礼的主角，其他人都只是看客。

当Linda和新郎官一同站在台上面对牧师时，牧师正祥和平静地主持着他们的宣誓仪式。

新郎官是个白人，五十多岁的年纪，虽然保养得宜，却依然比Linda

年长许多。这样的老夫少妻组合，通常是很容易成为别人的话题的。但在场宾客都看得出来，Linda非常志得意满，而她的丈夫则是一脸的春光满面。

再放眼一望四周，这显然是一场奢华的西式婚礼。庞大的场地，清一色的身着礼服的上流宾客，以及各式暖色调的甜点、香槟、红酒，搭配着白色的大背景，白色的奶油蛋糕，白色的桌布和帘幕等等，这简直就是才子佳人浪漫情缘的最佳布局。

Frank默默地站在人群中，手脚找不到支点，一时之间不知如何摆放，而本该一同观礼的Julie则不见踪影。

但现场众人并不会在意新娘的前夫和女儿如何，他们正全神贯注地分享这神圣的一刻，以及牧师对新娘说的每一个字，"你是否愿意嫁给Richard作为他的妻子，无论顺境或逆境，富裕或贫穷，健康或疾病，快乐或忧愁，你都将毫无保留地爱他，敬他，对他忠诚直到永远？"

又是陈腔滥调，但是每个女人都渴望听到。

Linda微笑道："我愿意。"

Frank乍听此语，有些感伤，他低下头去不知在想些什么，思绪一片混乱。

但这时，却有一只指节纤细的手，连招呼也不打地插进他臂弯里，那堂而皇之的姿态，仿佛这里理所应当是它的领地。

Frank顺着手看向它的主人，居然是文佳佳！

她甚至还穿着那件在婚纱店里试穿过的白纱裙礼服！

Frank除了震惊还是震惊，他再好的修养也教不会他在面对文佳佳的突发奇想时如何保持冷静，只能将内秀的本想一并抛诸脑后，"你怎么来了？！"

文佳佳哼了一声："我怎么不能来？"

Frank一阵头痛，他真不该小瞧这个女人，合着先前她的合作都只是缓兵之计？

相对于Frank的瞠目结舌，文佳佳对自己的出场很是得意。这一回，她的妆容完美，礼服完美，手里挽着的男人完美，身材……更是完美！

因文佳佳的肚子十分抢镜，周围宾客们无不纷纷侧目，她毫不费吹灰之力就夺走了新娘子的部分风采。更何况，在众人眼里，她肚子里的孩子也一定是属于陪在她身边的男人的。前妻结婚了，可前夫的女友却怀孕了，事实胜于雄辩，能在这种场合为Frank在他前妻面前扳回一点面子，这样的身材才是最完美的。

文佳佳笑得也同样完美："哎，我说……回头你得还我钱啊，买这衣服花了我两百美刀呢！真够贵的！"

文佳佳现在每花一分钱都等同割肉，更何况是这种虚有其表的花销，没有一分是花在刀刃儿上，简直让她血流如注。

牧师在此时宣布："好了，你现在可以吻新娘了。"

新郎、新娘如蒙主恩宠一般，在众目睽睽之下甜蜜拥吻。掌声响起，如潮水般涌向每一个角落。Frank和文佳佳也跟着鼓掌，文佳佳拍得尤其响亮，连手掌心都跟着发麻。

掌声逐渐趋于尾声时，文佳佳才向四周看了看，"Julie呢？"

Frank扯扯嘴角："她妈妈说她在夏令营很开心，不想回来。"

文佳佳翻了个白眼："嘁，真扯！明明是不想回来参加这婚礼，怎么倒成挺开心了。她妈解读人心可真有自己的见解！"

能将孩子的别扭和气愤解读为喜悦，这个Linda真是天才。

Frank说："Julie需要一个过程，不来我觉得也好。"

最起码他也不用在孩子面前强颜欢笑。

文佳佳却气不打一处来："住嘴吧你，再替你前妻开脱我又得骂你贱了！"说完还不忘在他手臂上掐了一把。

两人只顾着说话，径自沉浸在这一方狭小的世界里，根本没注意到台上仪式已经结束，人群也自动散开让出一条道。而新娘和新浪正手挽着手顺着这条道向他们走来。不用说，接下来就该是前夫献上真心祝福，以及前妻嚣张示威的经典桥段了。

老套的是，Linda的得意表现的路人皆知，"Hi，Frank谢谢你能来！"

前妻再次获得幸福，并且得到了前夫的真心祝福。这是多么美好又心酸的一幕啊！但见Linda身着纯白色的婚纱，文佳佳真想恶意地提醒她，二婚应当穿粉色的。

然而最终，文佳佳用手牢牢地勾住Frank并将身体向他亲密地靠去，用行动说明他们的亲密无间。

文佳佳相信，在解读肢体语言上，女人永远更胜一筹，哪怕Linda是个瞎子。

果然，Linda的眼神胶着在他们相交的手臂上好一会儿，才疑惑地问，"这位是……"

文佳佳大方地伸出一只手："你好，我是Frank的女朋友，Annie。"

她借用了《西雅图夜未眠》的女主角的名字，尽管这是一场虚假的作秀，但起码圆了她一回梦。

Linda顿时换成英语交谈："哦，你好，很高兴见到你。"

文佳佳不落人后，同样流利道："也很高兴见到你，你不想向我们介绍一下新郎吗？"

文佳佳这才有暇正视新郎的面目，赫然发现对方竟然就是上次Julie假装过敏症大发作时，陪同Linda站在酒店外不知所措的那个老男人。难怪她当时就觉得他们之间有猫腻。

Linda介绍道："Richad，我丈夫。这位是Frank，我前夫，这是他女朋友……哦，Richad在投资公司做执行董事。"

以上介绍，尽显了一个女强人的成就和挑衅。

这像极了《公主日记II》里的某一幕——安妮海瑟薇饰演的公主和未婚夫，在宴会上和片中的男主角以及他的女伴狭路相逢。

当时双方的气氛很不友好，就像现在一样。而男主角也在频频对公主称赞他女伴的最新成就，比如荣获某某奖学金等。公主也不输人前，很快提起未婚夫的牛津博士的学历，瞬间点燃了男主角的斗心。于是接下来，就是一番旁人插不进话的唇枪舌战。

直到男主角的女伴对公主的未婚夫道："你要喝点什么吗？我感觉他们开始比谁的马大了。"

才将这一切打断。

类似上述情况的一幕，文佳佳正在身临其境，但她相信自己会赢。因为在任何一部电影，或是小说里，像是Linda和她丈夫这样的角色嘴脸和性格设定，都绝对是令观众讨厌到底的无敌大配角。这样的配角，永远嚣张、自我、爱显摆，以及难以得到旁人真正的尊重。所以势必不会有好下场。

而比起女人之间的剑拔弩张，男人们之间就要温和许多。Frank和新郎官礼貌地握手礼貌地问候着，恰如其分地缓和了气氛。

新郎颇有风度道："恭喜你，要做爸爸了。"

那语气好像Frank才是新郎。

但Frank还没来得及说话，文佳佳已经先一步搂紧Frank的手臂，做出特幸福陶醉的样子，"他是天下最棒的父亲，最棒的男人……"

不顾在场另外三人古怪而微妙的表情，文佳佳刻意微微倾身并将声音压低，活似在对新郎诚恳地面授机宜一样，还有点坏坏地说，"我跟你们说，Frank很厉害的！尤其是在床上的功夫，非常的棒！简直是世界一流！哦，你们可要努力哦……"

这语气像是诚心要将一对新人活活气死，而且成效不错。除了她以外，大家都很尴尬，Frank更是大气都不敢喘一口，耳朵嗡嗡的还不能相信自己听到了什么。

文佳佳一脸洋洋得意，哪还管得了Frank，径自瞅着拼命忍着火深呼吸的Linda，心里说道，"气死你，气死你，我气死你！"

幸好新郎还能保持理智，"嗯，这……是个很重要的问题……"

Linda立刻将他打断，有些气急败坏，"我发现，像你们这样的女孩都特开放，喜欢……未婚先孕是吧？"

接着，Linda掉开视线，对Frank保持礼仪地笑笑，但话里一股子醋味儿："你女朋友不错啊，怎么没早介绍我们认识！"

最后又对新郎官道："Richad，Maurice在那边叫我们呢。"

Linda快捷迅速地结束了这场会晤，令Frank一时之间还找不到合理解释的机会，只能尴尬地立在原地。他这才明白，原来在Linda的世界里，他们谁先找到新的另一半，谁就赢了。

直到Linda拉着新郎向其他宾客走去，文佳佳才轻慢地扭头"喊"了一声。

Frank原本有些不能苟同，但最终也抑制不住地笑了起来。平心而论，他也被文佳佳感染了。

音乐响起，宾客们纷纷走下舞池，Frank也向文佳佳伸出手，"没想到你英语进步挺大。"

文佳佳"嘿嘿"一笑："再多说两句就露陷了，都是我昨晚恶补的。"

接着，她轻轻地把头贴在了Frank肩上，闭上眼睛，一脸陶醉。

如何唯美地落幕，彻底将Linda脸上无懈可击的笑容击垮，是文佳佳需要思考的下一步。但眼下，她允许自己稍有片刻的松懈，安静地享受这一刻的气氛。

然而下一秒，巨大的晕眩感却席卷而来，令她如堕梦境。

只听Frank轻声地评论道："哪有你这么跳舞的，像吊个秤砣一样……"

换做以往，文佳佳一定出言反击，但是这会儿却沉默不语。

Frank正在奇怪时，文佳佳已经从他肩膀上缓缓滑落，Frank这才醒过闷儿来，大叫出声，"佳佳，佳佳！！"

文佳佳滑到地上，Frank紧张蹲在旁边，先摸脉搏又翻起她的眼皮检查。随即翻开文佳佳的包，从里面拿出检查报告快速扫了一遍，脸色煞白。

这场意外引起了宾客之间的骚动，众人纷纷凑上前想看个究竟。

Frank很快确认出原因，再不敢耽搁，一把抱起文佳佳就往外跑，"让一下，对不起，让一下……"

文佳佳还半梦半醒着，在他怀里迷糊地问，"咱们是在跳舞吗？"

这一对的离场，迅雷不及掩耳地夺走了所有看客们注意力。他们就像是一对真的夫妻，妻子临盆在即，而丈夫火烧眉毛，没有人会怀疑这里面的真实性。

相信在这场婚宴过后，人们对新娘子的美丽以及那镶满钻石的礼服并不会讨论太多，反而会将话题的重点落在Frank和文佳佳的"患难见真情"上。也无怪乎女人总爱问男人同一个问题："若是我和你妈同时掉进水里，你会先救谁。"

自然，也没有人注意到在身后目送他们离去的Linda，神情复杂。她的主角风采才被另一个更加年轻貌美的女人掠夺殆尽，还有她的前夫，地点居然还是在她的婚宴上。但她却不能表现出丝毫不悦，只能保持微笑。

由此可见，就算男人和女人在离婚之后还能继续做朋友，但在面对对方新伴侣这一课题上，依然做不到云淡风轻。

故作大方只是表面现象。

【抛锚西雅图】

文佳佳曾有个心愿，那就是将在美国这几个月的怀孕经历写成一本配有照片的日记小说，不是为了与人分享，也不是为了当知名作家，只是想为肚子里的锚锚留个念想。

等将来许多年过去了，锚锚会成为这本书的第一个读者，也会了解到他降落到这个世上的完整过程。

那么，她就会趁机对锚锚说，以后要做一个好丈夫、好爸爸，不要找小三，也不要在女人为他怀孕生子时，对她不管不顾。这才是一个好男人应尽的责任。

这个心愿，原本只是在脑海中一闪而过，就如同划破大气层坠入地面的天外飞石。但是地球却会因飞石的造访而留下难以填补的坑洞，有的是飞石碎片造成的，有的则是气流造成的。而这心愿也在心底越扩越大，仿佛飞石砸出的坑洞，逐渐形成一定要将它完成的决心。

这本日记的封面是老钟，因为是他赋予了这个小生命一颗种子。

但在内容里，出场最多的男主人公，将是Frank。没有Frank，就没有锚锚的顺利生产。他是文佳佳和锚锚的贵人。

自然，这里面还会有一些配角人物，比如喜欢贪小便宜但家庭幸福美满的陈悦，比如个性要强的女同性恋者小周，比如做了一辈子月子中心的单亲妈妈黄太，再比如会对每一个准妈妈说她肚子里怀的是男孩的Doctor唐，等等。

而日记的题目就叫做《抛锚西雅图》。

文佳佳从未想过，她为Frank打抱不平地跑来大闹婚礼现场的行为，竟是以自己的晕倒为终结。如果她能早知道，大概……也会做此选择吧。

此时此刻，Frank正载着昏迷不醒的文佳佳在公路上飞速行驶。他车开得极快，这极不符合他一向温吞的性格，不过文佳佳是没机会看到了。

Frank无暇顾及是不是超速，早已急得满头大汗，边打电话边抽出一只手去拍文佳佳的脸，"佳佳，别睡，佳佳，醒醒，坚持住！"

文佳佳没反应，但Frank仍希望她能听到。在医院见多了生死一线的患者，Frank深刻知道朋友亲人对于徘徊在死亡边缘的人们的呼唤，是多么重要。有时候可能就因为这样一句话，而为患者多添一分留下的勇气。

手机打通了，那边传来Doctor唐轻松地声音："Hello。"

Frank大声喊道："你没注意文佳佳的尿液比重大于1.02，尿蛋白有两个加号吗？"

Doctor唐依旧有些漫不经心："我看过那么多病人，高一点点不会有事的。"

很多医生都会有这样的职业病，因为看到某些指数不正常的情况太过司空见惯，以至于即便多看到一个也不会觉得有太大问题，所以总会对患者说："没事。"

但患者对"没事"的理解则与医生大相径庭。

Frank继续道："静息时心率大于每分钟１１０次、呼吸大于２４次；心尖部可闻舒张期奔马率；肺底有湿罗音，你必须考虑妊高症的可能。"

也就是说，文佳佳的指数，足以酿成"没事"以外的后果。

Doctor唐仿佛也被Frank感染了情绪，有点紧张道："这种情况通常只会发生在大龄产妇身上……"

这仿佛是一句自我安慰，仿佛只要不是大龄孕妇就不会发生危险。

Frank陈述道："年轻初产妇，同样也是高发人群。"

Doctor唐十分不快他的专业领域受到了严重挑衅："你先搞清楚谁是拿执照的医生好不好？"

Frank粗暴地回他："我告诉你，我原来一天看的病人数比你一个月都多！如果你不想出事，我建议你立刻赶到医院！"

十几分钟后，呈半昏迷状态的文佳佳已经被安置在担架床上，Frank正和一个护士以及一个年轻医生急促地推着她穿过走廊，就像是电视里常演的那样。走廊两边没什么人，即便有也有默契的靠墙站立，为救死扶伤的人让出一条康庄大道。

Frank用英语跟那年轻医生交代着病情，他庆幸自己深谙医理，否则多耽误一分钟文佳佳就会多一分危险，更没有时间等医生重新看过检验报告。

"过期妊娠10天，心率大于１００次、肺内罗音、颈静脉怒张，我怀疑左心室心衰……"

那年轻医生也很紧张："你是医生？"

Frank点头道："是。"

这时，文佳佳微微转醒，好似迷迷糊糊地看到眼前Frank的影子，他的衣服扣子开了两颗，袖子也被卷到肘部。

文佳佳不知自己正身处险境，还在忙着犯花痴："Frank，你可真好看……"

Frank连忙低头跟她说话，努力让她不要再陷入昏迷："你今天也特别漂亮，非常美！"

文佳佳没有沾沾自喜，还忙着攀比："比起你前妻呢？"

Frank郑重点头："比她美。"

文佳佳努力笑着："这我就放心了。"

然后，她抓住Frank的手，似乎明白了自己的状况："告诉他们一定要保住孩子！"

Frank说："放心，一切都没问题。"

这话不知是在对文佳佳说，还是在对自己说。

文佳佳继续嘱咐："还有……我必须自己生，我没有钱做手术，都买了那条裙子了。"

Frank被她说得心里一揪："放心，一切有我。"

文佳佳却仿佛交代完了后世，眼看着又要陷入昏迷。

Frank急忙拍她："佳佳，佳佳……"

文佳佳努力地睁开眼，却还是关心外貌问题："Frank，再去考那个鸟试吧，你当医生太他妈帅了！"

然后，便是永无止境的黑暗，一股脑地向文佳佳涌来。她自己控制不了，那样的黑暗很快聚拢在一起，形成一个巨大的空洞，强大的吸力将她拽了下去，她根本无能为力。

文佳佳在黑洞中飞旋了很久，像是睡了一个无梦的觉，也有点像是鬼压床，头晕脑胀地产生一些幻觉，很想极力醒来，但是做不到。只是隐约地还能听到在周围走来走去的人，以及低低地说话声，都是英文。

文佳佳还以为，自己只昏迷了一会儿，但是当她醒来时，发现自己人已经躺在病床里，而不是电视剧里演的那种手术室，身边也没有穿着手术服和带着大口罩的医生和护士。

在她旁边，还有各种叫不出名字的监护仪器，正发出微弱的声音。其中只有一个她大概知道是监护心电图和脉搏的，当初父亲住院时也有这个标准配备。

眼睛渐渐向下看去，没有高挺的肚子，而她的手上正插着点滴，冰凉的液体正一点一点灌入血管。

而坐在文佳佳手边的Frank，几乎是在她清醒的第一刻，就上前立即握住她的手。

文佳佳有些后知后觉地望着他，想张口说话，声线却像是被动手术一起拿掉一般，发不出声。

于是，她只好抬起打着点滴的那只手，指指肚子，眼里写满了紧张。

Frank意会道："锚锚没事，七斤三两，是个大胖小子。"

文佳佳的眼神这才平和下来，闭上眼睛，再次陷入睡眠。

都说人的自我修复的最好方式，就是睡觉。文佳佳也是一样。

文佳佳虽然没有清醒地参与到生产的全过程，却依旧耗费了她的大部分精力。也是到了后来几天她才知道，这场生产几乎要了她和锚锚的小命，多亏了Frank在，才将伤害降到最低。

锚锚因为病理性黄疸要留在医院保育箱里观察，而文佳佳则因为妊高症而昏迷了整整一周。护士感叹道从没见过这么好的丈夫，七天七夜他几乎不吃不睡地陪在她床边。难怪文佳佳初醒时见到的Frank，又恢复成了那副邋遢模样。

于Frank来说，那是七天七夜，于文佳佳来说，那只是做了一场梦的工夫。

在这之后，文佳佳又留院观察了几天，当她的各项指数恢复正常，自我修复的过程也告一段落时，才走出了医院，呼吸到第一口外面的新鲜空气。

Frank将车开得很稳，花了比赶去医院多一倍的时间回到月子中心。

文佳佳懒懒地坐在车里，欣赏沿路的风景，对于肚子的突然消失的

奇妙感觉，还有些不能适应。

当然，不适应感除了身体上的，还是视觉上的。当车子开到月子中心前，文佳佳还有些恍如隔世，仿佛上一次从这里离开是很多年以前的事。

Frank扶着文佳佳下车，走进屋里，将她安置在床上，不会儿又从厨房里端出一碗粥，还是温热的。

文佳佳一勺接一勺地喝着Frank送到嘴边的粥，眼泪就像是脱线的珠子突然掉了下来，止也止不住。

她这才开始觉得后怕，当她接触到柔软的床铺，呼吸到这间屋子里熟悉的气味，以及终于吃到医院以外的味道时，感情一股脑宣泄而出。

Frank拿起纸巾帮文佳佳擦去眼泪："锚锚没事，新生儿黄疸很常见，照几天荧光就好了。Julie小时候也这样。"

但Frank的安慰没起到止水作用，反而助涨了发展趋势，令文佳佳的眼泪却越掉越凶。

Frank继续道："做月子不能哭，对眼睛不好，你要养好身体，过两天接锚锚回家你还得喂奶呢。"

文佳佳却来了劲儿，忽然搂住Frank，"哇哇"的放声大哭起来。

Frank这才闭了嘴，默默放下粥，回搂住文佳佳。

【现实就是，生活还在继续】

一个刚出生的小Baby，一个月要喝掉价值多少人民币的奶粉？文佳佳有一朋友的孩子，每个月喝掉好几千。但有出就有进，进去好几千，出来的时候一样要花一大笔用于尿不湿。

文佳佳怀孕期间，吃的最多的时候，一个月也吃不完好几千的食物。当然，出去吃饭除外。所以文佳佳真是搞不懂，为什么锚锚在肚子里的时候还知道省吃俭用，吃妈妈剩下的，可是一生出来，一个月就要吃掉一个普通上班族的月工资那么多？

但是再仔细一想，不是Baby食量大，而是现在奶粉和尿不湿太贵，消耗太快。累积下来，才会价格可观。

这可能就是"屋漏偏逢连夜雨"吧，锚锚要出生了，老钟先出事。文佳佳的经济命脉被拦腰掐断，很快就混到山穷水尽、捉襟见肘的境地，这时才不得不反思一番，并且感叹一句："吃不穷穿不穷，算计不到就受穷。"

倘若当初她多屯一些现今存款，哪怕是容易变现的黄金制品，现在也不会沦落到连一勺奶粉都要算计的地步了。

只可惜，这些幡然醒悟都来得太晚了，人好似非得吃一堑才能长一智，但有的人吃多少堑都不长智。文佳佳真庆幸自己还懂得自我反省，起码还能从现在改起。

文佳佳的月子生活，还算滋润。她不需要做任何事，只要注意保暖，注意食补，平时晒晒太阳，多睡几觉足以，活似在养老。

这样的生活，谁能不爱呢？只是这种享受并没有维持太久，文佳佳很快就被拉回现实，令她突然顿悟，现实就是：生活还在继续。

事情发生的那天，阳光晴好，空气清新，这是在北京很少极难遇到的。

文佳佳正带着帽子，穿着厚厚的衣服和棉拖鞋坐在院子里的秋千上来回荡着，眯着眼睛的样子好像快要睡过去了。

Frank从屋里走出来，将一条毛毯盖在文佳佳身上，又把手机递给她："我把我电话给你存上了，我去给锚锚办出生证，有事就给我打电话。"

文佳佳点点头道："谢谢，哦……我的护照你带了吧？"

Frank打开信封，边说"带了"边将护照拿出来，顺便看了一眼，却当即愣住。

文佳佳连忙问："怎么了？"

Frank轻声道："你签证后天到期。"

文佳佳也愣住了。

现实的问题是，申请签证的延期已经来不及了，但因无故滞留会留下不良记录，所以文佳佳必须先飞回国办理重新入境的手续，再飞回西雅图。

这一来一回的，又是一笔不小的开支，虽然是经济舱。

当文佳佳在经济舱里安顿下来了，还有些魂不附体，飞机上的电视里依旧播放着《西雅图夜未眠》，但文佳佳只顾着发呆，回不了神。

生活的门槛儿似乎正排着队向她走来，一个接一个连喘气的时间都不留，有时候还有那么一两个插队的，让人应接不暇。

不过幸好西雅图还有Frank，他会将锚锚照顾得无微不至。

但Frank在她临行前说的那句话，却戳中了文佳佳的痛楚："你安安心心地回家休息，锚锚有我呢。"

可是，家在哪里呢？

耳机里传来动人的音乐，文佳佳却流下了眼泪。

在她左右手两边，都坐着正在沉睡中的体型巨大的胖子，这令她寸步难行，连哭都不敢制造出动静，只能倔强的擦一把脸，扭头去看窗外黑漆漆的夜空，以及在心里对自己说，"这不算什么，前面还有的是难关在等着自己，而眼泪永远是多余的。"

文佳佳在下飞机后遇到的第一个难关，是心理上的。

当她不顾形象地穿着一身宽大的运动服，拖着一个巨大的箱子，从机场打车来到华贸中心的米兰站后，她简直心如刀绞。

这就像是一个集邮多年的发烧友，突然一把火将它们烧光一样。那是他耗费了多年的心血而累积出的劳动成果，却在一夕之间付诸东流。

以前的文佳佳，光是想到这一幕就觉得心酸、心疼、心揪。

而如今，她却要直接面对。

在米兰站的服务员兴奋的神情下，文佳佳木着脸将箱子打开，从里面依次掏出各种限量版的名牌包、鞋和那件她刚买不久还没来得及穿过的小皮衣。

服务员在一旁发出惊呼，她觉得自己今天真是大收获，但文佳佳却被洗劫一空。

"这款你都有啊，全球一共才发售二十只……这个是订做的吧，听说要等三年……你在哪儿找到的呀……"

服务员喋喋不休，如数家珍地细说每一件宝贝的历史，每说一个字都等同在文佳佳的伤口上撒盐。

文佳佳面无表情地把随身背的爱马仕包也倒了过来，东西哗啦啦一下子清空，然后在服务员震惊的眼神下，文佳佳将它也递了过去。

"一共多少钱？"

服务员动作麻利地按着计算器，脑子里盘算着能从这里面压榨多少剩余价值。

而文佳佳却无暇监视对方的小动作，有一种人在屋檐下不得不低头的觉悟，因她脑中一直在想Frank。

她没想到她的手术费和锚锚的治疗费是那样可观，更没想到Frank居然付得起那笔钱。之前她打破沙锅问到底才得知，那些钱是Linda这些年寄给他的Julie的抚养费，他一分没动，所以今天才能用得及时。

想想几个月前，文佳佳在和Ada聊到美国保险时，还曾有过一度认为就算自己不够条件买美国保险，并且享有免费生产和重大疾病的医疗服务，她也生得起这个孩子。那时候的她，是全然没想过老钟会在这个节骨

眼儿出事的。如今却反而凸显了Ada那六百美金低额保险的客观价值。

哎，还有Frank在这关键时刻展现的气节，更加枉费了他被人称作Gigo一场。吃软饭的要是都这么有节操，那这世界上的大款都能松口气了。

但Frank越是这样默默付出，文佳佳心里越难过。只要一想到Linda那副嚣张跋扈的嘴脸，文佳佳就越发坚定要将钱还给Frank的决心，她不能让他将在这段婚姻里坚持的最后一点尊严，也因她而土崩瓦解。

这简直成了文佳佳一块儿心病，以至于一下飞机就迫不及待地跑来米兰站切除毒瘤，但前提是，她得先牺牲这些年的心头好，并且做好永远不再拾起的准备。

钱！又是钱！文佳佳相信，以后的自己只会比原来更爱钱，差别只在于取财之道。

爱钱，但不是爱花钱，这两者还是有云泥之别的。

她的爱，将从花钱上，一路转移到如何将钱牢牢地攥在手里而不花出去，以备不时之需。就像Frank一样。

把它换成了钱，文佳佳就返回了西雅图。

文佳佳两天没沾床，在飞机上打盹也只限于合眼，意识却很清醒，整个心都挂在了西雅图的锚锚身上。

她利用这段时间仔细思考了自己和锚锚的未来，并在脑海中做了一番简单的规划。恢复工作，重拾正常人的生活，这条路一定会艰难无比，但有些事纵使是你不乐意去承受也不得不面对的。

走出机场时，文佳佳的脚下还有些虚浮，整个人身形涣散，显得邋里邋遢，随着人群涌出关口时好像魂不附体，和第一次来西雅图时的精神抖擞简直判若两人。

但就在这时，接机口的几个身影夺去了文佳佳的注意力。

她顿时愣住，好似看到正抱着锚锚的Frank和Julie站在那里，而Frank

还正对着文佳佳摇着锚锚的手。

文佳佳连忙走过去，感动得一塌糊涂，疲惫感一下子烟消云散。

只听Frank柔声道："锚锚，这个是妈妈，看到了吗？"

文佳佳也玩笑道："锚锚，那个可不是爸爸哦！"

说着，眼泪已经流了出来，但她将这归咎于坐飞机太久眼睛干涩所致。

Frank笑着把Julie搂在怀里，说："我怎么不是爸爸？"

接着和文佳佳相视大笑。

在回程的路上，文佳佳睡得很香，临到了目的地被Frank叫醒时，还有些不知身在何处。她低头看看怀里同样睡得一塌糊涂的锚锚，这会儿才觉得，无论前面的路有多难走，她都已经将幸福抓在了手里，有足够的勇气披荆斩棘，面对一切难关。

自这天开始，文佳佳又恢复到和前几个月一样的生活方式，好像将来如何都暂时不重要，眼下最关键的只是调养好自己的身体，以及锚锚的。

为了尽早迎接生活中的各种难关，文佳佳必须尽快让体力恢复到从前，甚至比从前更好的状态。她每顿饭都要比别人多喝一碗鸽子汤或者猪蹄汤，身上总带着股奶分分的味道，锚锚很喜欢。

Frank帮她办理的锚锚的出生证上，只填了文佳佳的名字，但文佳佳却并不担心锚锚的将来，她是他唯一的亲人，就像Frank对Julie，她会对锚锚付出双倍的爱，并不亚于任何一对父母，这就够了……

文佳佳已经渐渐体会到"随遇而安"四个字的价值，以前她会管这个叫"随波逐流"，但现在却泰然处之。她也渐渐懂得关心自己和家人以外的旁人，整个人看上去比以前更柔和，更稳重，并且不再尖锐，也不知是不是当了妈妈的缘故。

尤其是在对Julie时，文佳佳比Linda更像是一位母亲，更乐于主动地

去了解Julie的一切好恶。但与此同时，又好似有什么东西在不知不觉中产生了微妙的变化，这种变化是和Frank之间的。

毕竟，一对毫无关系的男女同住在一个屋檐下本就有很多不方便，何况他们还共过患难。

比如那日，文佳佳正在自己房里给锚锚喂奶，旁边是一脸好奇的Julie。

文佳佳问她："你搬过来，你妈妈会不会伤心？"

Julie对Linda的感官并不太在意："可能有一点吧。不过还好啦，她有工作，还有Richard。可我老爸除了我就什么也没有了。"

文佳佳点点头："不错，还算有良心。"

Julie反问："不是白眼狼吧。"

文佳佳笑道："哈，你上回是装傻啊！"

正在两人说笑时，Frank小心翼翼地端着汤推门进来，边走边报菜名："当归红枣炖乳鸽……"

然而Frank再一抬头，这才注意到文佳佳正在喂奶，两人一同陷入尴尬，气氛僵了有一两秒钟的时间，Frank才反应过来，赶紧背过身去。

"对不起……"

文佳佳也赶紧把衣服放下，声音很干："西雅图还能买到鸽子？"

Frank把汤递给她，眼睛望向别处："我在广场上抓的。"

文佳佳笑了："我才不信！"

再比如那日，Frank身兼母职的抱着锚锚摇晃，锚锚睡得很沉，好似靠在Frank一个大男人的胸前，就和靠在母亲胸前一样密实，充满了安全感，

文佳佳和Julie一起挤在电脑前轻声说话，叽叽咕咕谈论的都是文佳佳用手机拍下的锚锚的照片，和她那拥有几万粉丝的微博。

微博在中国是网民皆知的产物，但在外国却鲜为人知。

Julie好奇地问："这是什么？"

文佳佳解释道："微博啊，就是简易的博客。你们玩Facebook，Twitter，我们玩微博。"

Julie很感兴趣："怎么玩？"

文佳佳边操作边说："注册个账号，然后咱俩互相关注，就Ok了。"

Julie兴奋地点头，不住地忙活，时不时发问。

Frank在一旁笑而不语，晃动锚锚的姿态活似受过专业训练，简直比黄太更像个月嫂。

还有那日，Frank教文佳佳给锚锚洗澡。

狭小的卫生间里蒸汽弥漫，两个人不得不挤在一起。但文佳佳是新手，而锚锚又软又小，若是旁边没人带着，文佳佳真怕自己会溺着锚锚。

Frank极有耐心，一手托着锚锚的头演示着："一定要托着Baby的头，因为他脖子还太软，很容易受伤。"

文佳佳谨慎地看着："我试试。"

她试图挤到Frank身前去接锚锚，身体几乎要陷入Frank怀里，两个人一时之间像是有了心电感应，看向对方。

那一瞬间，就如同磁铁的两头，受不住吸力要贴在一起，两只手在水中交握在一起。还有嘴唇，也渐渐向彼此靠近。

直到备受忽略的锚锚突然哭了出来，才将他们惊醒，纷纷低着头不好意思地分开。

当文佳佳终于抽出空来一个人静静地想事情时，也不由得对她和Frank现如今的关系啧啧称奇。

她永远记得几个月前的那场初相见，她防贼一样的防着Frank，天马行空地将他设想成杀人犯、侩子手、心理变态，就是从未想过，他居然是

她曾梦寐以求挂上号的医学界大国手。

　　她时常被他的烂好心打败，直觉认为这种人走在社会上必然吃亏，但放在某些专业领域里，却是一种福音，比如老师，比如医生，比如律师。

　　Frank的责任心总是在他前妻Linda的身上达到最极致的体现，文佳佳也是从那时候开始有些怨恨Linda，一想起就气不打一处来。因文佳佳不能理解为什么一个女人要这样物尽其用的利用曾经为自己牺牲过一切的男人，刺激了对方还不自知。这令文佳佳将Linda想象成某种冷血动物。

　　但直到这会儿，当Frank又一次烂好心发作，并将她和锚锚从鬼门关拉回来以后，她才猛然发觉，自己和Frank对彼此的关心，似乎早已超过了普通朋友的界限。

　　而如今阻隔在他们中间的，只剩下一张窗户纸了。

Chapter 13
生活的十字路口

【有些转机，未必讨人喜欢】

有时候，我们盼望摆脱困境。只要能摆脱，方式不是重点。

但有时候，我们盼望不要太快摆脱，因为不满意摆脱的方式。

举个例子来说，当一个女人在错误的时间遇到了一个正确的男人，并且爱上那个男人，那么他们的爱情算是正确的吗？如果是正确的，那为什么当时间变得正确时，爱情却消失了呢？是这个正确的男人变得错误了，还是错的是女人？

人们说，一段感情给你带来多大的痛苦，就曾经给你带来过多大的快乐。

对于这句话，文佳佳深感认同，因为她正陷入痛苦中无法自拔。别人也不能帮她拔出来，因为当初享受快乐时，别人也没有参与。

在文佳佳的认识里，她爱上老钟，就是在错误的时间遇到了正确的人。

错的是，文佳佳出现得太晚了，老钟当时已经结婚。

对的是，他们之间一拍即合，摩擦出爱情时双方都不勉强。

这段爱情，文佳佳一直认为是正确的，所以当快乐一闪而逝以后，她也心甘情愿地承受痛苦。

只是文佳佳从没想过，当时间正确时，人却不对了，这直接影响了爱情的结果。

由此可见，没有什么是一成不变的。

爱情尤其是善变。

一个人对另外一个人百般关心，并将对方的事时时刻刻放在自己心上，这就是对对方上了心的表现。而暧昧，永远是一对男人女人展开新恋情的最先决条件，也是爱情的前身和种子。

在文佳佳坐月子期间，她和Frank之间的暧昧，也令他们的关系逐渐升温，持续加热，一路发展到自然而然地挑明了彼此的关系，有时候就像早已约定好了一套交往模式，无须对方说话，也能懂得。

这是原来在老钟身上所找不到感觉，也令文佳佳不得不反思，她和老钟之间是不是搞错了什么。是否只有用最真实的自己，才能遇到那个最正确的人？

一想到老钟，文佳佳就不得不想到如何抚养锚锚的问题。Frank自然希望她能留在西雅图，毕竟在这里有他，也有Julie。

但在中国，文佳佳已经几乎一无所有了。

去留问题一定，文佳佳再无后顾之忧，但她依然不忘时不时鼓励Frank继续申考医生执照。两人也不止一次地谈起将来，谈到规划，美好的蓝图被他们勾勒得五光十色。

文佳佳感到前所未有的踏实，这是初来西雅图时的她所不能比拟的。而如今的变化，连她自己也意想不到。

在经过一段时间的细心调理后，Frank又陪文佳佳做了一次身体检查，验收成果。

医生笑着告诉他们，文佳佳的身体恢复得非常好，也包括锚锚的，"这是你丈夫的功劳，做得不错，哥们儿。"

Frank没有反驳，笑得尤其灿烂。

人逢喜事精神爽，爱情的力量永远是伟大的。

一转眼，就到了锚锚的满月日，文佳佳本来打算先去超市采购，然后去接Julie放学，晚上再做一顿丰富的晚宴为锚锚庆祝。这样的行程安排，令他们俨然像是一家人。

但Frank临踏出医院大门前说："我在医院里还有点事，要不你先开车回去？"

文佳佳十分好奇地问："什么事？我等你。"

Frank想了想："可能一时半会儿完不了。"

文佳佳说："那我也等。"

Frank只好摊摊手，领着文佳佳母子。

文佳佳怎么也想不到，Frank要办的事，就是在医院的实验室化验室里做实验。那里的空气里弥漫着化学药剂的味道，安静得慎人，连说话音量都会跟着不由自主地降低。

文佳佳抱着孩子疑惑地跟着Frank，轻声问："这是什么地方。"

Frank说："华盛顿大学医学院的实验室。"

问题来了，文佳佳更好奇了，"你来这儿干吗？"

Frank打开一扇门进去，里面是狭小的一个办公室，连着里间的实验室，那里面养着几箱实验用的小老鼠，但整体环境很干净整齐，两间屋子中间有大玻璃隔着。

Frank随手拿起大褂套上，就是文佳佳第一次见他时候穿的那件，然后又见他穿上一件一次性的大褂。

文佳佳连忙问："你干吗？"

这一幕令她联想起第一次将他幻想成心理变态的时候。

Frank系好衣服，转身进入里间，熟练地拿出保温箱中的一些载玻片放到显微镜下观察边回答："刚来的时候，申请了博士后，但是收入不高，养活Julie加上还贷款压力太大，所以也得打别的工。"

文佳佳说："当司机？"

"是啊。但是压力太大了……本来已经想放弃了，但是你说我当医生很帅……"

一句话就改变了一个人的命运，这令文佳佳极有成就感，这说明她被这个男人所重视。

"所以你决定继续扛下去了？"

Frank点点头："算是吧。"

文佳佳笑了，Frank似乎也意识到不好意思，两人隔着玻璃对视着。恐怕任谁都想不到，几个月前剑拔弩张的相处模式，会演变成眼下这般的温馨。

改变巨大的除了他们的关系，还有Julie。

名师出高徒，Julie宛如文佳佳的接班人，很快拿下了那个智商过高的"怪胎"，Darwin。

当文佳佳和Frank开车来接Julie放学时，Julie正和Darwin走在一起，两人有说有笑。

等Julie终于挥别了Darwin，上车来逗弄在摇篮里睁着大眼望着她的锚锚时，文佳佳再难掩饰她的八卦心理。

"这么快就搞定了？我的那三式很厉害吧？"

Julie却大翻白眼道："My god，别提你的三式了。"

Julie一想起早先在美术课上触球的一幕，就想找个地缝钻进去。

那时候大家都在认真画画，Julie秉承文佳佳的真传，拿出了第一式，一直盯着Darwin的侧面猛看，终于将Darwin盯得回过了头。

但Darwin只是为了改草稿而回头找橡皮擦，哪知Julie却一下子把头转了过去，装作没看到。

Darwin只好向别人借，但连续借了几个也没借到，只好回过头来望着Julie，没想到Julie却故意要跟他唱反调似的，当着Darwin的面将橡皮擦借给了别人。这便是文佳佳的第二式，Julie运用起来得心应手。

当Darwin完成作品后在同学们面前展示时，他解释道："我画的是一个质子当中的三个夸克，它们分别是两个上夸克和一个下夸克……"

望着画纸上那大大小小的几个圆圈，所有人都一脸茫然，而Julie却在此时运用了文佳佳的第三式。

她突然站起来使劲鼓掌，力排众议："太棒了，这是我见过最棒的画。"

但Julie的夸奖并没有获得Darwin的欢心，他伤心愤怒地瞪着Julie，令她心里一咯噔，深刻意识到自己搞砸得有多彻底。

Frank和文佳佳听后，一同脑补了当时的场景，一同哈哈大笑。

在Julie的怒视之下，文佳佳好不容易才忍住笑，安慰道："没事，宝贝儿，能被我这三式搞定的也不是什么好男人，不用遗憾！"

文佳佳没有注意到，自己连同老钟也一起骂了进去。

Frank问："后来怎么又和好了？"

Julie说："后来，我就直接过去跟他说，我想和你做朋友。"

文佳佳挑起眉："就这么简单？"

Julie得意地点点头："就这么简单。"

文佳佳看着Julie神采飞扬的样子，忽然意识到，那令她沾沾自喜百试百灵的三式，在美国是水土不服的。Julie其实比她更有天分，因为在Julie的心里，爱情本来就没那么复杂，它来的时候简简单单，可能就是一个眼神，一个动作，或是一句话……

而文佳佳呢，习惯了用心机俘获爱情，得到了也只能是充满了心机的爱情，所以她的爱情总是不够纯粹。

那是不是说，不纯粹的爱情，也会开出不纯粹的花和结出不纯粹的果子？

这个结果，文佳佳很快就亲身体验到了。

当他们几人兴高采烈地像是一家人一样返回了月子中心时，一个戴着墨镜的男人从院子里的秋千椅上站起来。

他是文佳佳的熟人，并且不该在这个时候出现在这里，令文佳佳呆若木鸡地愣在当场。

在Frank和Julie疑惑的目光下，文佳佳喃喃地介绍，"他是小王，老钟的司机。"

老钟的司机会出现在这里只能说明一件事：老钟卷土重来了。

但文佳佳却并不喜悦，这或许就是应了那套理论："当时间正确时，人却从对的变成了错的，所以直接影响了爱情的结果。"

一个多小时后，老钟的司机开始一件件将文佳佳的行李搬上车，文佳佳和Frank在一旁话别。

Julie躲在门里，不想让人看到她泪流满面的样子。

Frank对文佳佳道："Julie跟她妈妈一样，好强，不当人面流眼泪。"

文佳佳淡淡笑一下，随即眼圈也红了。

相聚总是短暂，而离别却很长。自这以后，天南地北，相隔太平洋，也不知道何时再能再见。可能要等到白发苍苍，也可能是永诀。

Frank安慰道："你该高兴，老钟婚也离了，你不是一直盼着这一天。"

文佳佳本想说些什么，但只是张了张嘴，最终什么也没说。

然后，文佳佳从包里拿出一个厚厚的信封，递给Frank。

"你照顾我做月子的工资。"

Frank拿在手里："多了。"

Frank打开信封，从里面拿出一半还给文佳佳。

文佳佳笑道："拿着吧，老钟不差这一点。"

Frank也说："你留着吧，总有要用钱的时候。"

老钟虽然逃过一劫，却保不齐还有下一次。Frank和文佳佳对这次的事都还有些记忆犹新，有钱傍身总是好的。

文佳佳收下钱，走出门时对Frank道："跟我向julie说再见。告诉她，她是我见过的最可爱的小女孩。"

见Frank点头，文佳佳笑笑，转身走向汽车。直到车子开走很远，Julie才从门里悄悄走出来，靠着同样望着路的尽头的父亲。

而坐在车里的文佳佳，早已泣不成声。

分别，永远在不该来的时候到来。

文佳佳只觉得，这是老天爷在跟她开的玩笑。

【你曾经梦寐以求的东西】

对文佳佳来说，一段感情的开始和结束，就像是拥有和失去一件奢侈品的过程。

在文佳佳连三千块挂号费都拿不出来的时候，她甚至不敢去爱马仕精品店问价，因为问了也是白问，除了给自己添堵以外，什么都得不到。但后来，她跟了老钟，到爱马仕精品店一样不问价，因为一样问了也是白问，问了也会买，反正不是她付账。

再后来，文佳佳的经济命脉被人拦腰掐断，那些爱马仕的包又被她通通送往了北京的米兰站，心里有些疼，就像是告别了一场轰轰烈烈的爱情。

但是过了些时日，文佳佳已不再心疼，因为她发现比起生活来，那些包并不值得一提。它们被关在衣柜里，升值不会比黄金快，就算是限量版，在转手寄卖时也是低价售出，因为即便增至也不是增持有者的值。

说到转手寄卖，文佳佳还记得一年前去香港玩时，特意去了当地的米兰站转了一圈，并在一个不起眼的角落里发现一款八折销售的限量版的包。但当时她肚子正饿，原打算吃完了饭回来再买。哪知几十分钟后回来一看，角落里的包已经被放到了橱窗里，价格也不再是八折，而是原价，并标注着"全新"二字。

文佳佳走进店里又将包反反复复仔仔细细地看了一遍，确定它就是几十分钟前的那一只，立刻失去了购买的欲望。

原本她是不介意买一个二手的包，毕竟有些东西是可遇不可求的，但是在经过店家改头换面的手法之后，文佳佳便不得不开始怀疑它的真伪。

再后来，文佳佳从一朋友口中辗转得知，一些香港的专柜和二手店，也经常会进一些超A级的包。别说顾客，就是经验丰富的销售人员也不敢断定超A的真伪，而它又能换取更多的利润，一些经销商便胆大起来。

想到此处，文佳佳就控制不了对柜子里的收藏品的猜忌。她有时觉得自己是个幸运儿，可以拥有了别人这么多限量收藏品，有时候又觉得自己是一个彻头彻尾的傻逼。

回去的班机上依旧播放着《西雅图夜未眠》，但是这一次文佳佳难以入戏，她一直沉浸在自己的情绪里，连衣服也懒得换，最后依旧穿着那身肥大的运动衣走下飞机。

飞机下有一辆加长型劳斯莱斯，老钟举着花束站在车旁等她，一如既往的风度翩翩。

如果换作是从前，文佳佳一定会身着小洋装，踩着足以摔死人高度的意大利进口牛皮高跟鞋，浓妆艳抹地飞奔下去，扑进老钟的怀抱。

但是现在，在周围人们的指指点点下，文佳佳蓬头垢面，有些不修边幅，对于眼前的一切她只觉得夸张得不可思议，连老钟殷切的面孔也令她很不舒服。

劳斯莱斯没有开回家里，而是越过了半个北京城，开到一家采用会员制的高级餐厅的门前，老钟早已定了这里最豪华的包间。

文佳佳曾经很熟悉这里的一切，但是现在，她只觉得格格不入，做什么都束手束脚。

他们相对而坐，文佳佳望着餐桌上的菜色，鱼翅燕窝，山珍海味，她却一点都不觉得饿。锚锚躺在桌边一个高级婴儿车里，两个保姆站在车边守候，但文佳佳仍是不放心，时不时望过去，再时不时看向忙不迭的吐苦水的老钟。

老钟只顾着指责前妻，口不择言："她居然为了不离婚就举报我！TMD，这种女人怎么能要！我也不含糊，咬死没行贿，没外遇，硬是一点钱都没分给她！"

老钟太太净身出户，这是文佳佳始料未及的。毕竟老钟太太陪着老钟熬过许多年，为他尽心尽力。哪怕是全世界的女人都抛弃老钟，老钟太太也不会的。

老钟抱怨完了前妻，又对文佳佳笑道："哎，宝贝儿……这事真是苦了你了，可我不能让她抓住把柄不是！不过你也太牛了，她给你打电话还录了音，结果电话里你一句也没露出来你和我有一腿！宝贝儿，你太厉害了！"

只闻新人笑，不闻旧人哭，文佳佳面无表情地边吃边听，不吭一声。

老钟却还喋喋不休："宝贝儿，你说你想要什么吧？一套房还是一辆新车？我打算给儿子办个大Party，你想在哪儿？"

文佳佳没回答，心想才出生不久的孩子，懂得什么是Party吗，来参加Party是真的为锚锚庆祝的吗？

锚锚仿佛知道自己被大人们谈论着，这时也用大哭博得注意力。

保姆赶紧俯身，却被文佳佳拦住："抱给我吧，他饿了。"

保姆把孩子抱给文佳佳，文佳佳侧身回避开老钟视线，正要喂奶。

老钟使劲探头看，品头论足着："宝贝儿啊，喂完这个月就给咱儿子喝奶粉吧，要不你的胸会下垂的！那多难看啊。"

文佳佳听到这儿，忽然抬起头，诧异地看着老钟。

老钟却一脸迷惑："怎么了？"

文佳佳又低下头喂奶："没什么。"

老钟的变化，令文佳佳感到陌生。曾经和老钟在一起的画面，走马观花地在脑海中略过，文佳佳却只觉得不可思议，仿佛那个女人不是自己。

第二天，文佳佳则在司机和保姆的陪同下，到派出所为锚锚在中国的居住权办理手续。她和老钟都险些忘记了，锚锚是个美国公民，在中国居住是需要居住登记的。

文佳佳带齐了所有资料，包括锚锚的中国旅行证、她自己的户口本，以及登记在她名下的房产证，很快将手续办妥。但老钟却一整天不见人影。

之后的那几天，文佳佳的日子过的浑浑噩噩。她告别了北京这里的所有夜生活，包括Praty、小礼服、高跟鞋、洋酒、甜品，以及五颜六色的灯光和化妆品，还有属于这里的那些狐朋狗友。

文佳佳的变化也同样令别人感到诧异，她变得宜家宜室，安分守己，再没有陪老钟出席过任何宴会，也懒得周旋于上流社会，更告别了以往出入频繁的私人会所。

她除了吃就是睡，偶尔看看书听听音乐，好似生活原本就如此简单，从未变过。

只有一样东西没有变过，文佳佳依旧喜欢一个人坐在客厅窗台上看夜景。这样高的楼层可以将夜晚北京的繁华尽收眼底，比星光更璀璨。

偶尔，她也抬起头，望着挂在窗子上的那个捕梦网，看它在微风下轻轻晃动，嘴角也会不由自主地翘起。

直到保姆轻手轻脚地走过来，提醒她："文小姐，洗澡水放好了。"

文佳佳才会收回目光，回过头去。衬在保姆身后的豪华室内装修，在文佳佳眼中，更显得冷冷清清。

"好，谢谢。"

文佳佳从窗台上下来，穿过长长的走廊，轻轻推开婴儿房的房门。

房间很大，锚锚的小床摆在正中央，显得孤独而渺小，旁边的保姆见文佳佳进来，连忙从床上起来："刚换了尿裤，我一会儿……"

文佳佳摇摇头，示意她不用再说什么："你睡吧，我没事。"

保姆诚惶诚恐站着，仿佛生怕自己方才的举动会令她失业，但文佳佳已经轻轻关上房门，返回主卧室。

和主卧相连的浴室开了半边门，里面的按摩浴缸装满了水，正不停翻滚着。

文佳佳抬头看表，快要凌晨两点了。

她拿起电话，拨通老钟的号码，听筒那边很快传来KTV唱歌的声音，老钟扯着嗓门"喂"了一声。

文佳佳问："什么时候回来？"

老钟道："你先睡吧，陪几个朋友，还没点呢！"

这是老钟一贯的生活方式，文佳佳默默地挂上了电话，心情就如同浴室里翻滚的水一样，起伏不定。

接下来的日子，老钟的夜生活依旧丰富多彩，一成不变，没有因年岁渐渐大了而稍有收敛。

文佳佳独自在家时，总会重温过去的记忆，再对比现在，总有种错

觉，好像自己是在养老，而老钟还正值青年，有大把的时光可以挥霍。

文佳佳体会到老钟太太过去多年来的心境，很想找机会见见对方，再问问她是怎么熬过来的。

然后转念再一想，其实老钟从未变过，他一直是这样的，变得只是他身边的女人们。

所以在老钟和女人们的关系上，没有人是对的，也没有人是错的，差别只在于，他们只是一时同路而已。

一时同路，难以终身。

文佳佳的平静也是一时，终会爆发。

而爆发的那天，她正和老钟坐在上次那间高级餐厅的包间里，老钟眉飞色舞地讲着自己有惊无险的经历，好似他这辈子值得炫耀的就是这件事。

"我想在君悦办酒席，最大的厅能摆60桌。趁这茬我正好是告诉大伙儿，我老钟又没事了！零口供！多牛！"

文佳佳低头吃饭不说话，老钟的话她已经能倒背如流了。

老钟继续道："办完事，你可以去香港或者日本购物，我最近特忙，恐怕陪不了你。"

见文佳佳仍没有抬头，老钟想想道："哦，对了，还有……"

哪知文佳佳却突然抬起头来，轻描淡写道："老钟，我们分手吧。"

老钟当场愣住："你说什么胡话，儿子有了，我婚也离了，分什么手？！"

文佳佳很平静，大概是早已打定了主意："我真的想分手了。我们不合适。"

老钟这才严肃起来，想起过去这些时日的相处，试图找出症结所在："等等，等等，你这是什么意思？你是嫌我没空陪你？"

文佳佳不说话，默默听着。

老钟继续道："你不能指望我在外头打拼，回家还得给你心灵鸡汤吧！"

这话老钟可能也对老钟太太说过吧，文佳佳想说什么，但最终未置一词。

老钟还以为问题已经解决，息事宁人道："那我以后尽量都抽空陪你，好吧？"

他以为，文佳佳的情绪已经闹完了，却没想到文佳佳在这时候摇头道："我不是想你陪我，我只是想分手。"

老钟皱起眉，神色认真，顿了片刻，找出另一个可能性："你是不是在美国和什么人搭钩上了？我知道了，是不是你发微博照片的那个？！"

文佳佳叹了口气："和他没关系。"

老钟却越想越靠谱，穷追不舍："怎么没关系，我在照片里都看见他抱着我儿子了！我就是不计较这些了，你在那种情况下还给我生了儿子，我认你这份情，所以离的婚！"

末了，又问："……他是干什么的？比我有钱是不是？"

文佳佳有些不耐烦，这样的态度是以往老钟惯常用的："我说了和他没关系！"

老钟很坚持："不可能！你们这种女人怎么可能看上穷光蛋！他到底是干什么！"

他的话，直接刺伤了文佳佳，等同压死骆驼的最后一根稻草。

"我再告诉你一次，我跟你分手和他一点儿关系都没有！他就是个司机，还兼职在大学实验室打工，行了吧！"

老钟这才平静下来："那为什么？那你说他哪儿比我强？"

在老钟的世界里，男人有钱就等于拥有了一切。以前的文佳佳也是这么想的。

但文佳佳却在老钟面前细数有关钱以外的东西："他善良，本分，踏实，爱家爱孩子爱妻子，知道每天晚饭回家吃，知道周末能在家陪老婆孩子……"

老钟将她打断："别扯了，这算什么理由，这些空话你骗小学生啊！"

他认为，一个男人本分地待在家里，那正是因为他没有本事出门赚钱。事业成功的男人，本就少有时间分给家庭。这是铁的定律。

文佳佳有些气结："好，那我告诉你实话，他比你帅行吗！他TMD比你帅行吗！"

老钟一下子安静下来，不得不承认这是除了钱以外，他唯一比不上那个Frank的地方："靠，我就知道是这么回事。我老婆说得一点儿都没错，你们这种女人就是水性杨花！就知道爱小白脸！"

我老婆，而不是我前妻，也不是"那个女人"。

文佳佳看着老钟，一眨不眨："好，那我就爱了，行了吗！"

老钟突然笑了："我靠，我就知道是这么回事。你们女人就知道爱小白脸！……分就分，我找女人还不是分分钟的事！但我必须告诉你，如果你不跟我了，孩子以后就不算我们钟家人，他可是没权利分财产的。"

大概，他当初和前妻分手时，也是用的这套说辞和这张嘴脸吧？文佳佳想。

文佳佳也笑了："你放心，我怀的时候确实是冲着你的财产，但是生的时候不为这个了！"

两人都撂下了狠话，气氛一下子降到谷底，令文佳佳有些恍如隔世的感觉。

文佳佳忘了在哪儿看过，看一个男人好不好，要看他对前妻的态度。千年修行，一朝分手，怎么也不能就反目成仇，斩尽杀绝。她曾经羡慕嫉妒恨过老钟太太在多年前嫁给这个男人，如今居然又羡慕嫉妒恨老钟太太可以离开了这个男人。真是可笑！

数日后，文佳佳离开了老钟，就像老钟太太对老钟忿忿不平的预言一样，"像她那种爱钱的女人，才不会跟你走到最后！"

如果是以前，文佳佳听到这句话一定会为自己哭冤叫屈，因她对老钟是真心实意的。但换做是现在，文佳佳不得不认同老钟太太的话，她的的确确没勇气也没心情陪老钟一直到老。

老钟专一于事业，专一于周旋于各种女人，而老钟太太则专一于老钟，专一于生活。在这一点上，老钟太太做到了别人做不到的事，也算得上是生活里的女强人了。

而事业上的女强人，当属Linda，她简直可以和老钟一较高下了。这两人要是凑在一起，一定能创造出跻身于世界五百强的牛X企业，只可惜Linda遇到的是Frank，而老钟遇到的是老钟太太，所以他们的结局也注定雷同。

文佳佳曾经试想过，自己离开老钟以后，老钟在通宵玩乐之后回家是什么心情？会不会和她，以及老钟太太为他等门时的心情一样，觉得屋子太大，屋里却没有交谈声，走起路来都有回音？

就算老钟酒桌和谈判桌上如何了得威武，当他晕晕乎乎回到家里后，也不会有人随时递上醒酒汤，不会有人为他脱去皱巴巴的西装，第二天宿醉醒来他才会发现自己东倒西歪的躺在客厅的地毯上。

光是想到此处，文佳佳就有些可怜老钟。

不过最近，老钟和老钟太太的结局稍有改写，应该说是生活里的强人终于战胜了事业上的，也可能是老钟终于意识到，无论他如何拼搏，回

到家里面对冷冷清清的屋子，也只会显得自己凄凉无比吧？

他们复婚了，就在老钟和文佳佳原本预定的那家酒店里，场面办得很大，据说老钟当时还满场飞的吹牛他如何"零口供"。

文佳佳简直难以想象当时老钟太太的心境，怕是在众人眼里，这对夫妻只是闲得无聊瞎折腾一场吧？

但也因为这件事，文佳佳觉得自己做了一件好事，也正是因为她，老钟才觉出了老钟太太的可贵。所以文佳佳甘愿认输，自认比不上老钟太太。

【当北京遇见西雅图】

一段感情的离开，要么是他变了，要么是她变了。

文佳佳不得不承认，在她和老钟的这段关系里，变的是她。因为她变了，所以才会找上老钟；也因为她变了，才会离开老钟。

从这个角度来说，老钟是专一的，专一于他的一成不变，变的只是他身边来来往往的女人们，哪怕是陪他熬过的老钟太太，也是一样。

想到这里，文佳佳又想起了Frank，Frank也是难得一见专一的男人，他专注，有耐性，对人对事都一心一意。

但是同样都是两个专一的男人，一个混得风生水起，一个却落魄颓废，这是为什么呢？

文佳佳认为，他们一个是事业上的强人，一个是生活里的强人，各有专攻，是两个截然不同类型的金字塔尖。

如果作为情人，当选前者，但作为妻子，后者为上。

一转眼，两年过去了。

文佳佳开了新微博，叫"馋嘴宝宝"，粉丝五十万。这是她赖以为生的宣传工具之一。

她平日的生活很简单，租了一个不算大但很温馨很有家感觉的单身公寓。

客厅里凌乱的桌面中间摆着一个Apple笔记本电脑，那上面总是开着一个同样名为"馋嘴宝宝"的网站，用户很多，流量不错。

每当文佳佳按期为网站缴费时，都会想起Frank当初的话："你拿着吧，总有要用钱的时候。"

如Frank所说，"馋嘴宝宝"正是文佳佳用他退回的那笔钱办起的，内容自然是她的强项——做菜。

只不过只给宝宝们做，但这是全世界妈妈共同关注的课题，所以永不落伍。何况文佳佳还是国内第一个推出宝宝菜谱的作者，更加物以稀为贵。

至于成效，直到上个月，她得到了第一笔广告。

这两年来，文佳佳的工作和生活都在这间小单身公寓里，她的整日安排也很简单，每天会按时按点地到厨房里忙活，临到饭菜出锅时，她会扬声对外面的锚锚说："锚锚，饭饭马上就好哦！"

坐在宝宝椅上两岁多的锚锚，就会奶声奶气回答："好的，妈妈！"

然后不多会儿，文佳佳就从厨房里拿出两份一模一样的食物，它们摆盘漂亮，色彩诱人。

一份会送到锚锚面前。

文佳佳会说："锚锚，这叫春天来了，尝尝好不好吃。"

另一份会拿到房间专门空出来的一块摄影角落，文佳佳拿起照相机对着食物各角度拍摄，随即存入电脑，传上网站。

然后文佳佳又会边打字边对着电脑喃喃自语："春天来了，这是初春给宝贝最好的一份食物，她由新鲜的胡萝卜，菠菜和花生糊组成。"

这样的生活似乎很写意，也很容易，文佳佳专心致志地带着孩子，就像老钟专心于事业，老钟太太专心于老种一样。

她发现，人一旦有了目标，并且具备了专一这一美德时，这个人会显得更有魅力些。

这似乎是Frank吸引她的原因。

想到Frank，文佳佳难免有些怅然若失，虽然生活还在继续，但少了一些人的陪伴，就像是一道美食少了调味料一样，单调乏味。

午夜梦回时，起夜为锚锚冲奶粉时，那许久没犯的空虚症就会造访文佳佳，而她脑海里也总会浮现Frank的脸，尽管他已经变得渐渐模糊。

这样的情况时有发生，规律得就像是会持续一辈子，不得不令文佳佳慎重地思考了许多，也令她终于鼓起勇气，在带着锚锚去西雅图换领旅行证时，头一次拨打了Frank的手机。

她不知道Frank是否换了号，只是想碰碰运气，直到听筒那头传来"用户已关机"的提示音，她才讪讪一笑，挂上了电话。

而就在一分钟前，她站在酒店房间的窗前，望着对面的帝国大厦时，还在心里对自己说："就一个，就打一个……"

只是一个，就足以失望。

文佳佳不知道的是，在纽约某医院的走廊里，Julie正忐忑等待着Frank的考试结果。

而屋里的考官正在问Frank："你今天四十四了，为什么在这个年纪想重新当回医生？"

下巴已经恢复光洁不再胡子拉碴的Frank，对考官笑道："我想，是为了找回我的生活。"

接下来，又是一连串的专业问题……

当Frank一脸面无表情地从屋子里走出来时，Julie立刻紧张地奔了过去，轻声询问："他们要你吗？"

Frank脸色微苦，Julie跟着心里一凉，难过地看着他，不知说什么才好。

却没想到，Frank突然说道："提要求吧，今天你想干吗都行！"

Julie只愣了一下，就欢呼雀跃地跳到Frank身上："万岁！"

就像文佳佳时常想起Frank的话一样，Frank也时常想起文佳佳的，就比如，她说他穿医生袍很帅。

Julie的要求很简单，再去一次帝国大厦。

几十分钟后，Frank已经带着Julie跻身于人群中，排队涌进入口。

Julie情绪很高，拿手机招呼着："来，爸爸，看这里……"

她给自己和Frank自拍了一张，满意地笑眯了眼，但笑着笑着也和Frank一样眺望起远方。

Julie涩涩地问："爸爸，你说她现在在干什么？"

Frank笑了，揉揉她的头发："不知道，应该是在中国当妈妈。"

Julie又一次提起说："我想给她发这张照片过去。"

Frank却说："我们不该打搅人家。"

Julie低下头，解释道："两年前，都是因为我她没来成，我只是想告诉她，现在我们替她来了。"

Frank没说话，终于点了头。

可能，在他心里，也有些期盼吧。

但是期盼什么呢？难道是一句"谢谢"吗？

Frank不知道。

不过也幸好是Frank心里突然升起的期盼，直接改变了一些事。

与此同时，就在帝国大厦顶层的另一边，文佳佳正抱着锚锚望向前方，直到被微博更新的提示音拉回注意力。

文佳佳随手打开一看，愣在当场，因那来自许久不曾联络的Julie。

更令文佳佳吃惊的是，Julie发来的竟是Frank和她一起在帝国大厦顶上的照片，那背后的景色，就在自己不远处。

文佳佳顿了一下就立刻回神，抱着锚锚穿行于人群中，四处张望着。但来往的人太多，时常挡住她的视线，她只好喊道："Frank，Julie……"

但是没有人答她。

文佳佳只好再翻出照片，试图找出拍摄的位置，然后努力向目标挤过去。

然而，当她终于站到照片中的位置时，这里已经没有Frank和Julie的影子了。文佳佳很着急，也无暇去想见了面该说什么，便拿出手机对着自己自拍了一张，并迅速传上微博。

这时，Frank和Julie正落寞地走在帝国大厦外的人行道上的，他们也像方才的文佳佳一样，被Julie手机里发出的微博更新提示音留住了脚步。

只见Julie像中了乐透一样，大叫一声，引来Frank的注意力，两人一同望着她的手机，Frank几乎是立刻要将电话打回去。

但这时擦肩而过的路人却将手机撞到了地上，"哗啦啦"散了架。

Frank将手机碎片捡起来，正不知如何是好时，就被Julie一把拉住往回跑。他们飞快地越过队伍，跑到电梯口，忙着道歉抢进电梯，全然不顾旁人的指指点点。

接着，便是度日如年的电梯持续上升的时间。

帝国大厦高一百零二层，电梯的速度高达四百二十七米每秒，但即便这样电梯上升也需要一分多钟的时间。

它生了多久，这对父女就紧张了多久，并且在电梯上升的过程中，他们都很害怕当他们赶过去时，文佳佳已经离开了。

然而，当电梯"叮"的一声抵达时，那缓缓开启的门外，是空无一人的通道。

Frank却紧抓着Julie的手往前走，好像冥冥中有种力量驱使他一样，牵引着他向前方的拐角走去。

三步、两步、一步……

抱着锚锚的文佳佳，出现在拐角的另一面。

七十三部电梯，但他们却同样在这里汇合，就像《西雅图夜未眠》里演的一样。

Frank、Julie和文佳佳对视着，不约而同地笑了。

他们都没有说话，此时无声胜有声。

直到Frank走出电梯，向文佳佳走近。

在Frank微笑的注视下，文佳佳先一步主动伸出手，Frank毫不犹豫地伸手拉住她。

有时候，我们选择一个人，是因为生活。

有时候，我们选择一条路，是因为再无其他路可以走。

有时候，我们选择一种生活，是因为懒得去冒险，去改变，去经受波折。

生活往往只会给你一次选择的机会，你抓住了，会赢来很多，你没抓住，似乎也不会输掉筹码，差别只在于幸福与否。

一年后，文佳佳的《抛锚西雅图》终于出版了。

在这本书里，老钟是开场，奢华而高级，像是无边无际的名利场的一个简单缩影。小周和陈悦则是特约演员，虽然戏份并没有占据太多，却是直接教会文佳佳一些人生道理的媒介。黄太是像所有人的母亲一样的人物，包容是她最伟大的特质。还有大小龙套一大堆，比如Linda，比如

Doctor唐。

而男主角，自然是Frank。他是整本书里最鲜明的感情线，是文佳佳精神围绕的中心。她最初的愤怒和暴躁来源于Frank，最初的不耐烦来源于Frank，但最初的陪伴、最初的依赖，甚至是最初的信任，全都来源于Frank。

Frank有过一段婚姻，文佳佳则有过一段婚外情。

Frank有一个女儿Julie，文佳佳则有一个儿子锚锚。

分开来看，这是两个破碎的单亲家庭，但组合在一起，就是圆满。

安妮有萨姆，而文佳佳有Frank。

历时两年，她终于找到了属于自己的《西雅图夜未眠》。

《北京遇上西雅图》非常非常好看，剧本扎实，人物可信，制作完成度高，我是流着泪看完的，隆重推荐，尤其是女性观众，这可能是这几年最漂亮的爱情电影！衷心希望这么高质量的类型片越多越好！

——宁财神

　　《北京遇上西雅图》是部有价值的电影，类型准确，朴素温情。这是薛晓路导演编剧的第二部作品，《海洋天堂》是动人于心，这部电影是动人以情。内心有爱的人才会拍出这样的作品，更难得的是，它真的很浪漫。

——姚　晨

　　我太喜欢这部电影了，《北京遇上西雅图》一定大卖！这是我近年来看过最好的一部情感大片！

——文　章

　　提前看了《北京遇上西雅图》，看完朋友问什么感觉？嗯……就是觉得爱情这东西，它还在！很多女孩子迷失了方向，迷失了自我，失去了爱的能力～～往往是因为爱错了人！可是错在哪?错在爱情这东西，你不能对它提要求！它得自然的发生、发酵、成形、成长～～

——白百何

很少有一部电影，看过一天以后还异常兴奋，还不厌倦地和周围看过的没看过的朋友反复地不间断地说，我说的是 电影《北京遇上西雅图》，汤唯和吴秀波，每一个男人都说喜欢汤唯，每一个女人都说喜欢吴秀波，当然是指他们在电影里的角色 祝贺薛晓路！很久没有看过这么好的爱情电影了。

——陈　彤

电影看完了。《北京遇上西雅图》非常好看！汤汤华丽丽的演技让我都认不出来了。这是我每天看见的萧红吗？今晚必须忘记，以免明天跳戏，哈哈。很精彩的电影，祝票房大卖！

——冯绍峰

《北京遇上西雅图》:文佳佳人生的根本转折不是她选择的男人从老钟换成了弗兰克，而是她终于成为一个独立自强、人格意义完整的女性，这是一切浪漫和爱情的前提。

——《三联生活周刊》

电影散场后，被感动的泪眼婆娑的女观众，定会揪住男友追问:我也可以像文佳佳那样不要名包游艇，可你能不能变成Frank那样的男人？美女导演薛晓路 的温柔一刀，戳中女性观众泪点，又按住男性观众死穴，狠！真心的好。

——林黎胜

晚上看汤唯主演《北京遇到西雅图》，我认为这是迄今中国最地道的浪漫喜剧。片子开头刻意表现文佳佳作为拜金女的细节有点生硬，但很快就越来越引人入胜。电影触及了高端人才移民、二奶、赴美孕妇、同性恋等当代敏感话题，非常精彩。一位南加大学电影朋友说：不亚于好莱坞同类片。

——徐小平

薛晓路编剧导演的《北京遇上西雅图》是一部轻松幽默的爱情喜剧，题材接地气，处理有才气，几位主演均有不同以往的突破。国产片每年都有这个类型的作品，但像这部那么用心的却不多。

——周黎明

喜欢 。爱汤唯，吴秀波也很棒，还有非常喜欢薛晓路导演。

——谢 娜

带老妈和队员们一起看电影《北京遇到西雅图》。轻松、幽默、感人，很棒！我给五颗星。

——郎 平

看了《北京遇上西雅图》，喜欢吴秀波，本来看预告以为一定是汤唯抢戏，但吴秀波的含蓄内敛更大气，真是好演员，而且好靓仔。

我在香港看的那一场好多内地观众笑得好开心，所以肯定在内地市场会大卖。我个人挺喜欢！

——王　晶

吴秀波是个惊喜，汤唯演得到位，编剧导演薛晓路是个人才，恰如其度不逾矩。

——薛蛮子

图书在版编目（CIP）数据

北京遇上西雅图/薛晓路著.--北京：华艺出版社，2013.4

ISBN 978-7-80252-426-2

Ⅰ.①北… Ⅱ.①薛… Ⅲ.①长篇小说－中国－当代

Ⅳ.①I247.5

中国版本图书馆CIP数据核字(2013)第064570号

北京遇上西雅图

作　　者：薛晓路
出 版 人：石永奇
策划编辑：黄　倩
责任编辑：刘　泰　韩海涛
装帧设计：越　粤
出版发行：华艺出版社
社　　址：北京市海淀区北四环中路229号海泰大厦10层
电　　话：010-82885151
邮　　编：100083
电子信箱：huayi@vip.sina.com
网　　站：www.huayicbs.com
印　　刷：北京天正元印刷有限公司
开　　本：1/16
字　　数：155千字
印　　张：17.5
版　　次：2013年4月第1版第1次印刷
书　　号：ISBN 978-7-80252-426-2
定　　价：29.8元